大事なことほど小声でささやく

森沢明夫

幻冬舎文庫

大事なことほど小声でささやく

目次

遠い闇夜から、消防車のサイレンが聞こえてきた。

眠りの浅い私は、その音に夢から現《うつつ》へと呼び戻されてしまう。

まぶたを薄く開けると、暗がりのなか、白い天井がぼんやりと浮かび上がって見えた。

ふう……、と、ひとつ気怠《けだる》いため息をついて、私はベッドの上で身体《からだ》を転がし、海老《えび》のように丸くなった。

部屋の南側の窓が目に入る。

換気のために細く開けておいたその窓からは、街の湿った夜風が吹き込んでいた。

ひらり、ひらり。

幽《かす》かに揺れるレースのカーテンは仄白《ほのじろ》い月光を染み込ませていて、夢のように淡く発光して見えた。

きれい——、そう思って、私は再びまぶたを閉じる。

眠りの世界へ戻るのだ。まだ、起床には早すぎる。

目を閉じていると、どこかで車のクラクションが鳴らされた。続けて、酔っぱらいたちの奇声が近づいてくる。やがて、その声が徐々に遠ざかっていくと、この部屋にも夜更けの静けさが戻ってきた。

ようやく寝られそう、と思ったその刹那《せつな》——。

私の耳に、棘《とげ》のような音が入り込んできたのだった。
チ、チ、チ、チ、チ……。
無慈悲に時を刻む、壁掛け時計の秒針だ。

ひとりぼっちの夜更けにこの音を耳にすると、ふいに生きた心地がしなくなることがある。チ、と、ひとつ針が動くたびに、自分の肉体を——あるいは、余命を、耳かきひとさじ分だけ削り取られるような気分になってしまうのだ。

十秒で十さじ。

一分で六十さじ。

私の未来が、じりじりと目減りしていく。

一時間で三千六百さじ。

今夜、ひと晩なら……。

考えまいとすればするほど、闇のなかから不安の津波が押し寄せてきて、私は叫び出したくなっていた。

はあ、はあ、はあ……。

気づけば、過呼吸になりかけている。

酸欠の金魚のように喘《あえ》ぎながら、掛け布団を撥《は》ね除《の》けると、私は窓のある側のベッドサイドに起き上がった。

右手の甲で額に触れた。

すでに、じっとりと汗がにじみ出ていた。

両手で心臓のあたりを押さえつけながら、ひとつ深呼吸をする。そして、足元に転がっている金属の塊《かたまり》を見下ろした。ダンベルだ。窓から淡く差し込む月光が、その丸みを帯びた輪《りん》郭《かく》を冷たくふちどっていた。

はあっ、はあっ、はあっ……。

薄墨《うすずみ》色の闇を激しく吸い込んでは吐き出しながら、私はふたつのダンベルを手にした。

そして、ぐいぐいと上腕の曲げ伸ばしをはじめたのだ。
チ、チ、チ、チ、チ……。
規則正しく、冷厳に、私の未来を削り取っていく音。その堪《た》えがたいリズムが、部屋の闇のなかにじりじりと堆積していく。

私は胸を切られるような怖さに抗いながら、ただ、ひたすら冷たい金属の塊を上下させた。求めているのは、肉体的な苦痛だった。

やがて、何度も、何度も、ひたむきにダンベルを上下させているうちに、過呼吸とは違った息苦しさが肺を圧迫してきた。上腕の筋肉も軋《きし》み、熱を帯びていく。

しかし、ここでやめるわけにはいかない。

もっと、もっと、自分を追い込まなければならないのだ。

私は強引にダンベルを上下させ続けた。

ほどなく意識の表面に白い靄《もや》がかかりはじめた。

限界が近いのだ。

筋肉が、燃えるように痛む。

でも、それで、いい。

筋肉に苦痛を受ければ、それと同じ分量だけ、秒針への不安は薄らいでゆくのだから。心の苦痛が、肉体の苦痛へとすり替わってくれさえすれば、私は、生きてゆける。

近くの道路を違法改造のバイクが通った気がしたが、幻聴かも知れなかった。いま、私の耳に届いているのは、自分の激しい呼吸の音と、鼓膜《こまく》の奥で鳴り響く鼓動だけなのだ。

限界の向こう側が見えはじめる。

それでもなお、私は究極の苦痛に抗い続けた。
「ぐうぅぅ……」
絞り出すような声が、奥歯の隙間から漏《も》れ出す。
もう無理だろうか。
いや、まだ、あと三回は上げられる――そう自分を叱咤《しった》する。
息を止め、最後の力をふりしぼる。
エナメル質が削れるほど、奥歯をきつく食いしばった。
顔に血液が上って、こめかみが破裂しそうになる。
一回。
二回。
三……。
途中まで上げたところで、動きが止まった。
上がる！
私は、上げ切れるっ！
しかし、気持ちとは裏腹に、ダンベルはじわじわと下がっていく。
「く、うぁぁぁ……」

意識が途切れる寸前、私は止めていた息を一気に吐き出して、脱力し、ダンベルを床に下ろした。

はあっ、はあっ、はあっ……。

再び激しく夜気を肺に取り込んだ。過呼吸に戻らないよう、両手を胸にあてて、自分を抱くようにした。

足元に置いたダンベルが月光を蒼《あお》く弾《はじ》き返している。この金属の塊は、私のトランキライザー（精神安定剤）なのだ。もう、ずいぶんと前から。

額からこめかみにかけて、したたる汗を手でぬぐった。

それなのに、頬をしずくが伝って、ぽたぽたと顎《あご》の先からしたたり落ちてしまう。

それが汗ではなくて涙だということは、自分ひとりだけが知っていればいい——。

私はなかば放心状態のまま、おもむろに窓辺に歩み寄ると、クリーム色をした半月を見上げた。

第一章　本田宗一の追伸

「痛《い》てっ……」

会社帰りの満員電車に揺られながら、本田宗一《ほんだそういち》は思わず声を漏《も》らした。

こちらに背中を向け、密着して立っているＯＬの細いヒールに、思い切り足を踏まれたのだ。中指の付け根のあたりがミシッと嫌な音を立てたから、少なくとも痣《あざ》にはなっているだろう。それなのにＯＬはこちらを振り返って謝るでもなく、何事もなかったかのようにそっぽを向いたまま地下鉄の揺れに身を任せている。

本田は眉間《みけん》に皺《しわ》をよせて、窓ガラスに映るＯＬの顔をチェックした。艶《つや》のあるストレートの黒髪のせいか、後ろ姿は見栄えがしていたのだが、しかし窓ガラスに映ったその顔は思いがけず地味だった。とりわけ目元から唇の口角にかけてべったりと張り付いた疲労感が厚化粧の下からにじみ出ていて、何とも言えない薄幸な印象を醸《かも》していたのだ。深い皺を刻んだ眉間。苦しげに閉じられたまぶた。

ああ、この女も疲れているのか……。

OLのパッとしない顔を見たら、なんだか妙な親近感を覚えてしまい、苛《いら》ついた気持ちは電車の揺れとともに失《う》せていった。とはいえ、踏まれた足はズキズキと痛む。

ツイてない日ってのは、こんなもんだよな……。

本田は胸のなかで自嘲気味に嗤《わら》うと、両手で吊《つ》り革にぶら下がって、自分も静かに目を閉じた。

世界が暗転すると、聞き慣れたゴオオという地下鉄の騒音がBGMになり、本田のまぶたの裏側には昼間の情けない映像が甦《よみがえ》ってくる。得意先の会議室と、上司のデスクの脇で、へこへこと頭を下げる四十五歳の冴えない男。出世が遅れた課長補佐——自分の姿だった。

それにしても、今日は朝から最悪だった。

出社してすぐに、三日前から頼んでいたプレゼン資料を、部下が作り忘れていることが発覚したのだが、それが、すべての発端だった。得意先でプレゼンをするまでに、本田に残された時間はわずか二時間足らず。慌てた本田は、部下を叱責するよりも先に、とにかく大急ぎでザックリとした資料を自ら作成し、それを抱えて会社を飛び出した。しかし飛び出した五秒後には、空から降ってきた鳩《はと》の糞《ふん》が背広の肩にペチャッと命中。嫌な予感を抱きつつも、「いや、ウンがツイているのだ」と自分に言い聞かせ、ハンカチで糞を拭き取って地下鉄の階段を駆け下りた。そして、ちょうど停車していた電車に飛び乗ろうと思ったら、信号機の故障とやらでしばらくの間は運行をストップ──。

　この時点ですでに、得意先でのプレゼンの時間に間に合わないことが確定してしまった。それでも本田はきびすを返し、必死に駅の階段を駆け上がり、今度はタクシーをつかまえて乗り込んだ。しかし五百メートルほど進んだところで、予想外の事故渋滞に巻き込まれてしまったのだった。

　結局、得意先に到着したのは約束の時間から三十分遅れ。あきれ顔の社長に何度も頭を下げて、ようやく自作のプレゼン資料を手渡してテーブルにつくことができたのが、その五分後。そして、その三秒後に、本日最大の悲劇が起きたのだった。

　社長は、氷のような口調で、こう言ったのだ。

「本田さん、うちがコンドームの会社だからって、馬鹿にしてるんだね」

　何のことやら、さっぱり見当もつかなかった。

「へ？　まさか、そんな、とんでもな……」

「うちの社名」

「はぁ……」

「こんなんじゃないから」

　社長がコツコツと爪で叩《たた》いたプレゼン資料の一ページ目を見た瞬間、本田は気を失いそうになった。

　この会社は、いま目の前で腕を組んでいる田中清史郎《せいしろう》社長が一代で築き上げた中堅のコンドームメーカーだ。正式名称は、社長の名前をとって『清史郎ゴム株式会社』だった。しかし、今朝、本田は慌ててプレゼン資料を作ったせいで、よりによってこんな変換ミスをしてしまったのである。

『精子漏ゴム株式会社　御中』

　コンドームメーカーの社長に、精子が漏れるだなんて。

　顔から火を噴き出しながら、本田は平身低頭、何十回も謝罪の言葉を口にして、決して悪意はなかったことを伝えようとした。そして、憮然《ぶぜん》とした表情を引きずったままの社長をなんとか席につかせ、恐る恐る付け焼き刃で作ったプレゼン資料をめくりながら新商品のパッケージ案を説明しはじめたのだが、まだ半分も話し終えていないうちに、清史郎社長に、精子――ではなく、制止されたのだった。

「ああ、もういい。お宅とは金輪際《こんりんざい》付き合えそうにないから」

「え、その……社長。すみません。アレは単純な誤変換でして。この新商品のパッケージ案につきましては、もう誠心誠意……」

「もういいから。どいてくれ」

「…………」

まさに取りつく島もなかった。

そして、肩を落として帰社するやいなや、部長に呼びつけられて、みんなの前でこってり三十分も嫌みを言われ続けたのだった。

「キミはいつもあと一歩のツメが甘いんだよ。名前と一緒でさ」

部長にそう言われたとき、同じフロアの社員たちがくすくすと忍び笑いをするのを、本田は力の抜け落ちた背中で聞いていた。

部長の言う「名前と一緒」とは、こういうことだ。

本田宗一。いちばん最後に「郎」さえつけば、伝説の起業家である「HONDA」の創業者と同姓同名になるというのに、その一文字が足りないばっかりに、小さな厚紙加工メーカーの営業課長補佐にとどまっているのだと、遠回しに皮肉られたのである。

本田の会社での評価は、偏差値で言えば四十五くらいだろう。同期入社は五人いるが、いまだに肩書きに「補佐」が付いているのは本田だけだった。あとの四人の名刺には、課長、部次長、もしくはプロデューサーと記されていた。肩書きから「補佐」という二文字がとれると給料がだいぶよくなるらしいのだが、今日の大失態をかんがみても、その日がくるのはずいぶん先のことのように思えた。

正直、これまでに会社を辞めようと思ったことは何度もあった。だが、これといった取り柄もなく、ヘッドハンティングされたワケでもない自分が、四十代なかばで転職をして、うまくいくとは思えなかった。ただでさえ不景気な世の中だし、ネットの経済ニュースによれば、転職をして給料が上がるケースはほとんどないそうだし……。

地下鉄がターミナル駅に着いて停車した。

ぎゅうぎゅう詰めだった鉄の箱から大量のサラリーマンが吐き出されていく。本田の足を踏んだ女も、よれた背広の群れにもみくちゃにされながらドアの方へと押し出されていった。

本田は、空いた座席を見つけ、そこに向かって歩き出した。しかし、今まさに座ろうとして後ろを向いた刹那《せつな》、横から素早く割り込んできたオバチャンに席を奪われてしまった。ドスンと勢いよく腰掛けたオバチャンは、金縁メガネの奥の黄色く濁った目で本田を見上げた。その視線には、明らかに勝者の優越感がにじんでいた。

やれやれ……。俺《おれ》もこの人みたいな生命力が欲しいよ。こういう強引さが少しでもあれば、いま頃、肩書きから「補佐」がとれていたかもなぁ……。

オバチャンの、紫色をしたクルクルパーマの髪の毛を眺め下ろしながら、本田は今日いちばんの深いため息をついた。

いったん大量に吐き出したサラリーマンたちを、鉄の箱は再びガブガブと飲み込んだ。そして金属が軋《きし》む苦しげな音を立てながら、長く暗いトンネルのなかへと動き出していく。

　そのとき、ブーンと背広の内ポケットが振動した。携帯メールだ。見ると、妻の朋子《ともこ》からだった。

《お仕事お疲れさま。今日はうちでご飯だっけ？》

　短い文章のなかに、いくつもの可愛《かわい》い絵文字が使われていた。妻の気遣いに本田は少し癒された思いがして、《うん。あと三十分で着くから、よろしく》と返信した。

　メール画面を閉じると待受画面に切り替わった。本田はその画面をまどやかな気分で見詰めた。画面には、一人娘の彩夏《あやか》の笑顔が咲いていた。その写真は、まだ彩夏が小学生だった七年前、家族旅行で海に行ったときに撮影したものだった。仕事中、心と身体《からだ》がくたびれ果てると、本田はデスクの下でこっそりこの写真を眺めては、自らを奮起させ、なんとかここまでがんばってこられたのだ。

　彩夏の笑顔――。思えばこの写真を撮った頃は、顔を合わせれば「パパ大好き！」と抱きついてきては、ほっぺにチュウをしてくれたものだった。彩夏が転んで怪我《けが》をしたり、風邪《かぜ》で熱を出して苦しがっている様子を見ると、本田はいますぐにでも身代わりになりたいと切に願った。よく一緒にお風呂《ふろ》にも入っていたし、休日ともなれば、手をつないで遊園地や動物園に遊びに行った。それは絵に描いたような父娘の至福のデートだった。本田は、どんなに仕事で疲れていても、彩夏のためならば休日をまるごと捧《ささ》げることができたし、そういう父親でいられる自分のことが、少しくすぐったいけれど、好きでもあった。

朝、ネクタイを締めて一歩外に出れば、そこには倦怠感《けんたいかん》と劣等感を引きずって歩くような倦《う》んだ日々が待ち受けている。でも、夜、「ただいま」と言ってつつましやかな家のドアを開けさえすれば、その奥には何ものにも代え難い幸福が待っていたのだった。普通の家庭で、普通のパパでいること――どこにでもあるような環境に、こんなにも幸福を感じられるとは、正直、独身時代の本田は想像もしていなかった。

「自分の命よりも遥かに大切なものがこの世に誕生するなんて、子供を持つまでは想像できなかったよね」

幼い彩夏を寝かしつけたあと、よくリビングで妻の朋子とそんな会話を交わしながら微笑《ほほえ》み合っていたものだ。

なのに、いまは――。

素っ気ない高校生の娘を思って、本田は、「ふうっ」と短い息を吐いた。

電車がガタンと揺れ、踏ん張ったら、さっき踏まれた足が痛んだ。

ああ、なんて一日だ。

とにかく明日、駄目もとでもいいから、清史郎社長に謝罪に行くかな……。

胸中でつぶやいてみる。そして救いを求めるように待受画面をもう一度じっくりと眺めた。彩夏の笑顔の背後には、うららかな春の海がキラキラと光っていた。吊り革につかまって再び目を閉じたら、この写真を撮ったときの波音が聞こえてきそうな気がした。

◇　◇　◇

帰宅して、ひとっ風呂浴びた本田は、上半身裸のまま首にバスタオルをかけてリビングに入っていった。そのまま発泡酒を求めて冷蔵庫へと向かう。たとえ「オヤジ臭い」と言われようとも、やっぱり風呂上がりのこの一杯はやめられない。

リビングには、高校二年生になった彩夏と、妻の朋子が並んで床に座っていた。二人とも、やや前のめりになってテレビに魅入っている。去年買い替えたばかりのテレビ画面では、まだあどけない顔をしたアイドルタレントが、上半身裸でアクションシーンを演じていた。映画か何かの番宣らしい。

「うわっ、この胸板、チョーかっこいい。どんだけ鍛えてんのって感じじゃない？」

休日の渋谷か原宿あたりを歩いていたら、風景にすんなり溶け込んでしまいそうな、いわゆる「いまどき」っぽい彩夏が、目をうるうると光らせている。朋子まで「ホントねえ」などと言いながら、ご満悦の吐息を漏らしていた。

「パパだってな、若い頃は、それに近いものがあったんだぞ」

本田は冷蔵庫の中から発泡酒とキュウリのぬか漬けを取り出しながら、背中越しに言った。

そして振り返ると、妻と娘が黙ってこちらを見ていた。

「ん、どうした彩夏？」

「べつに……」

素っ気なく三文字で答えた娘は、おもむろにテレビ画面に向き直ってしまった。

やれやれ、といった風情で朋子が立ち上がった。そして本田を哀れむように眉尻《まゆじり》を下げると、すれ違い様に本田の脇腹をチョンと突ついて夕飯の用意をしはじめた。

「な、何だよ……」

言いながら、ふと、突つかれた自分の脇腹に視線を落とした。デブと言われるほどではないが、そこには確かに、若い頃にはなかった贅肉《ぜいにく》がぽってりとついていた。俗にいう「浮き輪」というやつだ。ヘソも、肉の奥の方に隠れてしまっている。何気なく脇腹の脂肪をつまんでみたら、自分で想像していたよりも厚みがあって、それがちょっぴりショックだった。しかも、つまんでいた手をパッと離した瞬間、浮き輪はブルルンと大袈裟《おおげさ》なくらいに揺れたのだ。

ううう、これはさすがに格好悪いな……。そう思ったとき、

「うわっ、マジ、かっこいいんですけどぉ」

彩夏がテレビに向かって黄色い声を出した。

本田は、いわゆる「若者言葉」を流暢《りゅうちょう》に使うようになった娘の後ろ姿を見た。彩夏は、紫色をした男物のスエットの上下を、だぶっとだらしない感じで着ていた。茶色く染めた髪の毛が、背中の真ん中あたりにまでかかっている。肩から腰にかけてはスラリと細いのに、お尻はふっくらと丸い。あまり認めたくはないが、娘は、まぎれもなくオンナになっていた。

「ああ、そういえば、彩夏。最近、勉強の方はどうだ？　来年は受験だろう」

こういう意味もなくよそよそしい台詞《せりふ》こそが、思春期の娘にいちばん煙たがられるのだと知っているはずなのに、どういうワケだろう、気づけば自動的に口をついて出てしまう。

「はぁ？　べつに、普通だけど」

こちらを見もせずに言う。背中が明らかに「うざい」もしくは「ほっとけ」と言っている。でも、「きもい」まではいっていない……はずだ。そして彩夏は、再びテレビに没頭してしまった。何やら、洒落《しゃれ》た感じの料理番組を観ているようだ。

本田は、なんだか間がもたなくなって、キッチンで料理をしている朋子を見た。朋子はクスッと笑うと、首を小さく左右に振ってみせた。

思春期だから、しようがないのよ――。

きっと、そういう意味のゼスチャーなのだろう。

日本中の家庭にありがちな「父親の片思い」に悲嘆しそうになった本田は、こぼれそうなため息を押し戻すように発泡酒を一気に飲み干して、空いた缶をギュッと握りつぶ……そうと思ったのだが、なんだか中途半端に潰れただけだった。歳《とし》のせいか、握力も弱っているようだ。手のなかで悲しくひしゃげた缶を見たら、なんだか自分を見ているような気分になって、押し戻したはずのため息をゲップと一緒に吐き出してしまった。

とりあえず発泡酒を飲んだら汗は引いたので、上半身にもパジャマを着け、本田はテーブルについた。

「はい、元気出して」と、朋子が出してくれた二本目の発泡酒のプルタブを開け、のろのろと新聞を手にする。新聞には、いつものように邪魔な折り込みチラシがどっさりと挟まっていた。そのチラシの束をはじこうとした刹那、ふと本田は手を止めた。

セパレートのトレーニングウエアを着てニッコリと笑う健康的な美女の写真――。

《今年の夏は、ちょいモテBODYで、あなたも海にデビュー!》

近所にあるスポーツクラブのチラシが目に留まったのだ。

おいおい、なんてベタなキャッチコピーだよ……。

内心で嘲笑しながらも、《いまなら入会金無料! 月々の会費は一万円ポッキリ!》という、どこぞの風俗店のチラシみたいな文字にまで目を通しはじめていた。

ちょいモテBODY、か……。

彩夏の背中を見た。その背中の向こうのテレビ画面では、再びアイドルの引き締まったボディが躍動していた。料理番組と映画の番宣を交互に観ているらしい。

月々一万円ポッキリ、ね……。

「ねえ、今日は麻婆豆腐なんだけど、他にお肉でも焼こうか?」

朋子がキッチンから声をかけてきた。

いつもなら、間違いなく「おっ、いいねえ」と目を細めるところなのだが、今日の本田は違った。ベタなチラシに視線を落としたまま、首を振ったのだ。

「いや、肉は、いいや」

◇　◇　◇

スポーツクラブSAB(通称・サブ)のロッカールームは、会社帰りの会員たちでごった返していた。本田はユニクロで買いそろえたジャージに着替え、トレーニングジムへと続く階段を上がった。

ガラス張りのドアを開け、蛍光灯が煌々《こうこう》と光るジムのなかに入ると、一瞬、ムワッとした空気に押し返されそうになった。十五台ほども並べられたランニングマシンの「ウイーン」という機械音が、やたらと騒々しい。

すかさず二十代前半くらいの若い男性スタッフが「こんばんは」と快活な声をかけてくる。

「あのぅ、今日、はじめてなんですけど」

「そうですか。では、ワタクシ鈴木がご案内させて頂きますね。何かトレーニングをされる上で、目標はお持ちですか？」

「モテ……。あ、いや、えっと、贅肉を落として、筋肉を少しつけようかな、と」

「分かりました。夏にはデビュー、ですね！」

スタッフは意味ありげに、でも、基本は爽やかに、白い歯をキラリと光らせて笑った。

「あ、いや、べつに、そういうワケじゃ」

「そうしましたら、まずはマシンの使い方からご説明いたします。ちょいモテBODY作りは、筋肉量を増やすことからはじめると効率的ですので」

「いや、だから……」

「大丈夫です。筋肉は正直ですから！　では、こちらへどうぞ」

「…………」

再びキラリと白い歯を光らせたスタッフは、本田の言葉を聞き流しながら、てきぱきと各種トレーニングマシンの使い方を説明しはじめた。

サラサラのおかっぱ頭で、かなりマッチョなこのスタッフは、過度なくらいに明るくハキハキしていて、そして不思議なほど感じのいい青年だった。

三十分ほどマンツーマンでマシンの説明を受けていたら、本田はなんとなく打ち解けた気分になって、くだらないけれど気になっていたことを質問した。

「このスポーツクラブの名前ってさ、なんだかホモの倶楽部《くらぶ》みたいだけど、なんでSAB(サブ)なわけ?」

「あははは。それ、よくお客様に言われるんですよ。じつは、スポーツ・アンド・ビューティーの頭文字で、SABなんです」

「ああ、なるほどね。そうだったんだ」

「そうなんです。自分もスタッフになりたての頃、この名前の意味が不思議で、先輩スタッフに訊《き》いたことがありました」

「だよね。なんか、気になるもんね」

「ですよね」スタッフは親近感たっぷりに笑うと「では、これでひと通りのマシンの使い方はお教えしましたが、他に何かご要望はございますか?」と訊《たず》ねてきた。

「いや、大丈夫。ありがとう」

本田も笑顔を返して首を振る。あとは自分なりに自由に運動をして、汗を流してみたかったのだ。ただ、最後にひとつだけ訊いておきたいことがあった。ジムの奥の方から、「うごあぁぁ！」とか「ふんぬぅっ！」とか「どおりゃっ！」などと、異様な声が聞こえてくるのだ。

「あの、いちばん奥のさ、奇声が……っていうか、ダンベルやらバーベルやらが並べられてるところも、自由に使っていいの？」

「フリーウエイトゾーンですね。もちろんお使いになれます。本格的にトレーニングをされる方には、ダンベルやバーベルといったフリーウエイトを使ったトレーニングをおすすめしているんですけど、一応、トレーニングに慣れるまでは、マシンの方が安全なんで」

「そうなんだ」本田は言いながら、フリーウエイトゾーンを見遣《みや》った。そこにいるのは、なるほどマッチョな連中が多かった。そもそも着ているウエアからして他とは違っている。みんな乳首がはみ出るような、ほそーいタンクトップを着ているのだ。

「うわ、なに、あの人。デカいねえ……」

身長二メートルは優にある、プロレスラー張りの男を見つけて、本田は目を見開いた。

「ああ、権田《ごんだ》さんですね。あの方は、うちのジムの常連さんです」

「あんな人がいるのか。すごいなあ……」

「そうですね。なかなか、あそこまでマッチョな人はいませんよね」

するとと、本田とスタッフの視線を感じたのか、権田という巨漢が丸太のような首をねじって、ぬっとこちらに振り向いた。ほとんどヒモと言いたくなるようなショッキングピンクのタンクトップ——その脇から、真っ黒い乳首がふたつともはみ出していた。そして乳首の土台となる大胸筋の迫力が半端ではなかった。まるでそれ自体が別個の生き物みたいにメリメリとうねり、皮膚の下の筋繊維の束が透けて見えるようだったのだ。四角い顎《あご》と、張り出した頬骨と、意志の強そうな眉。頭はツルリと磨き抜かれたスキンヘッドで、蛍光灯の光を見事に反射させている。

権田は、無言のまま、こちらに視線を向けていた。

何という目ヂカラだ……。

本田は野生のヒグマとバッタリ至近距離で出くわしたような気分になり、両腕に鳥肌を立てた。つい、ゴクリ、と生唾を飲み込んでしまう。

と、そのとき、権田の大きな唇がキュッとすぼまった——と思ったら、次の瞬間——。

バチンッ！

と、右目だけが閉じられた。

「あうっ！」

風圧さえ感じさせるそのウインクに本田が凍り付いているのをよそに、となりにいたスタッフの鈴木は、親指を立てて権田に応えていた。すると今度は、権田から豪快な投げキッスが放たれたのだった。しかも、スタッフにではなく、本田に向けて放たれた気がして、思わずひっくり返りそうになった。

「あ、あ、あの人……、もしかして、オカマ？」

本田は小声でスタッフに訊ねた。

「そうですよ。でも、すごく優しくて愉快で大人気の、名物会員さんです」

「も、もう一度、念のため訊くけどさ、ＳＡＢって名前は……」

「たまたま、ですよ」

スタッフは、さも愉快そうに笑った。

権田も、遠くでくねくねとしなを作って微笑みながら、グローブみたいな大きな手をすっとこちらに差し出した。

そして、本田に向かって、おいでおいでをした。

すると本田は、見えない糸に引き寄せられるかのように、権田に向かって歩きはじめた。なんだか魔法にかかったような、夢のなかにいるような、そんな不思議なふわふわとした感覚が身体を支配していて、足が勝手に動いてしまうのだ。

「じゃ、ぼくは、これで」

鈴木というスタッフが離れていった。

「あ、ちょっ……」

スタッフを引き止めたい気もしたが、それ以上に、権田の引力がすさまじかった。どうしても足が止まらないのだ。

ああ、自分はこれから新たな世界に足を踏み入れるのだ。それがどんな世界なのかは、まるっきり分からないけれど、とにかく、これまでとはひと味もふた味も違った濃い人生がはじまる――そんな悪寒、じゃなくて予感を抱かずにはいられなかった。

フリーウエイトゾーンは、周囲よりも一段高くなっていた。床一面に黒いゴムが敷かれたその結界のなかに足を踏み入れると、明らかに空気の密度が濃くなった気がした。

そこから四歩半進み、巨漢の目の前で立ち止まった。

魔法のような、おいでおいでも止まった。

本田は、首を弓のようにそらして、巨漢の顔を見上げた。

デカい。それにしても……デカすぎる。

どう考えても、自分と同じ霊長類とは思えなかった。なにしろ権田がそこに立っているだけで、風圧のようなものを感じるのだ。

「うふふ。あなた新人さんでしょ？　初日から鈴木ちゃんに教えてもらえるなんて、ツイてるじゃな〜い」

ドスの利いた野太い声は、どこか色っぽい感じに嗄《しゃが》れていた。しかし、典型的なオネエ言葉だったことは、本田を少しばかりホッとさせた。なんというか……新宿二丁目のゲイバーのママとしゃべっているような、気さくな空気を感じたのだ。

「え、えっと。はい。新人です。本田といいます」

「ふふふ。そんなに緊張しなくていいのよぉ。楽しくやりましょっ」

権田のフランクフルトみたいな人差し指で、鼻先をチョンと突つかれた。

「よ、よ、よ……、よろしく、お願いします」

「あら、もう嫌ねぇ。緊張しなくていいって言ってるじゃなぁ〜い」

権田が先ほどより軽めのウインクをしてニコリと笑ったので、本田の緊張もゆっくりと解けていった。

◇　◇　◇

スタッフの鈴木が言った通り、権田は見た目とは裏腹に、優しくて愉快な男——というか、オカマだった。このスポーツクラブのすぐそばにあるＪＲの駅近くの裏通りで「スナックひばり」を経営するママで、トレーニングを終えてから朝方までカウンターに入っているという。ジムでの仲間やスナックのお客たちからは、親しみを込めて「ゴンママ」と呼ばれているらしい。

「ほら、ご覧の通り、あたしったら罪作りな美人ママでしょ〜。もう、ファンが多くて困っちゃうのよぉ」

冗談を言って本田を笑わせながらも、ゴンママはせっせとトレーニングを続ける。両手に持った巨大なダンベルを上下させて、上腕二頭筋を鍛えているのだ。何となく、そのダンベルに彫られた数字を見てみたら、驚いたことに四十五キロとあった。

「それにしても、ものすごい筋肉ですね……」

本田は「太腿《ふともも》」と言いたくなるような上腕を見ながら言った。

「うふ。筋肉ってね、男と違って正直だから、あたしを騙《だま》したりしないのよ。尽くした分だけちゃんと応えてくれるんだから。で、あなたはどこを鍛えたいの？　股間以外なら、鍛え方を教えてあげるわよ」

ゴンママは、なるほど夜のママらしい台詞で本田を笑わせた。

「あははは。僕は、そうですねぇ……」本田はだんだんと愉快な気分になりながら、アイドルの胸板に感激していた彩夏を思い出した。「やっぱり、胸板ですかね」

「あ〜ら、あなた正解よ。たいていのオンナは胸板に惚《ほ》れるんだからね。じゃ、あたしがちょっと教えてあげるから、言われた通りにやってごらんなさい。いいわね、あたしがドSの女王様で、あなたはドM役をやるのよ」

「ドM役、ですか……」

「あら？　見かけによらず、あんた夜はSちゃんなの？」

「いえ、そういうワケじゃ」

「なら平気よ。あたしがしっかり調教してあげるから。はい、このベンチに仰向けになって寝てみて。ほら、早く。ズボンは脱がなくていいのよ」

　本田は、ゴンママの軽妙なトークに何度も噴き出しながら、ダンベルプレスというトレーニングを教えてもらった。ベンチに仰向けになり、両手にそれぞれ持ったダンベルを上げ下げするのだ。最初は軽めの五キロからスタートだ。

「そうよ。ウエイトはね、下ろすときがゆっくりなの。しっかりとフォームを確認しながらやってね」

　しばらくして本田がフォームを覚えると、ゴンママはずっしりと重たいダンベルを持たせた。ひとつ十七・五キロもある。

「十回ギリギリ上げられるくらいのウエイトでトレーニングすると効率的なの。ちょっと、そのダンベルでやってみて。絶対にフォームは崩しちゃダメよ」

「はい、女王様」本田はノリのいい返事をして、十七・五キロのダンベルを上げ下げしはじめた。最初の五回目までは楽勝気分だったのだが、なぜか六回、七回目からぐぐっと急に重くなり、八回目の途中で力尽きてあきらめようとしたところで、ゴンママから叱咤《しった》されたのだった。

「ほら、これからが勝負よ。死ぬ気であと三回上げなさいっ！」

本田は「うっ」と息を止めて八回目を上げ、「うあっ！」と声を出しながらなんとか九回目を上げ、そして十回目を上げようとしたら、腕がぷるぷる震え出して、いよいよ本当に上がらなくなってしまった。

「はい、上げるっ！　上げるっ！　これが上がらなかったら、いちばん大切な人が奪われちゃうと思って、火事場の馬鹿力を出すのよ！」

いちばん大事な人……。気張りすぎて白くなりかけた意識のなかに、朋子と彩夏の顔が浮かんだ。そして、携帯の待受画面の笑顔も。

「ウウッ……」

「ほら、上がるわよ！」

「ウウウハッ……。ウハハ、ハ、ハッ……」

「行けー！」

「ウハ、ハ、ハッ、ハハハッ」

まるで笑い声みたいな、奇妙な声が漏れてしまったけれど、なんとか十回目を上げることができた。

「よーし、ＯＫよ。ダンベルを下ろして」

言われるままダンベルをゆっくりと下ろし、そして床にドンと落とした。息んでいたせいか、ハアハアと呼吸が激しく乱れている。

「あなた、初めてにしては、よくがんばったわよ。なかなか根性あるじゃない。このトレーニングを今日は三セットやってね。続けていれば、あなたも立派な動くおっぱいを作れるから」

ゴンママは乳首丸出しの胸をゴリゴリと動かしてみせた。

「は、はい」

本田はベンチの上に起き上がった。そして、「ああ、きつかったな〜」とボヤいた。でも、ボヤきながら、自分の頬が緩んでいるのが分かった。なんというか、これまでに味わったことのないような、えも言われぬ達成感が、本田の内側からあふれ出していたのだ。

苦節、四十五年……、これまで自分は、こんなにも本気になって物事に挑戦したことはあったろうか？　いや、ないはずだ。死力をふりしぼって何かを達成すること。そして、その心地よさ。

本田は、大胸筋に熱っぽく残る筋肉の張りさえも、不思議なほど好ましく感じていた。

うん、トレーニングって、おもしろいかも知れないぞ。

なんだか少年みたいなわくわくした気分になってゴンママを見上げると、スキンヘッドの巨漢は意味ありげにニヤリと笑った。

「あなた、思いっ切り力んだときに出す声、かなり怪しいわね。まるでクスリで頭のイカれた人が笑ってるみたいだったわよ」

た、たしかに——。自分でもアレは怪しいと思う。

「というわけで、あなたの渾名《あだな》、考えてあげたわ」

「渾名、ですか？」

「そうよ。ここではみんな渾名で呼び合ってるの」

「はあ……」

「あなたは今日からケラちゃん。笑いながらダンベルを上げるから、ケラよ。いいわね？」

ケラって……。四十五歳にして、まさか渾名をつけられるとは。しかも、今日、出会ったばかりのオカマに。

「あら、気に入らない？　それとも何か、元々の渾名があったりするわけ？」

「いや、渾名って、人生で一度もつけられたことないんです」

言いながら本田は、あらためて自分の「渾名のない人生」を思い返した。取り柄も、特徴もなく、人に褒められもしなければ、けなされもしないという平々凡々な日々。もしかすると、これこそが「退屈な人生」というのではないか。

しかし、そんなことにはお構いなしに、ゴンママはしなを作って笑った。

「じゃあ、よかったじゃない。あなたの渾名ヴァージン、あたしが頂いちゃったワケね。ご馳走《ちそう》さま、ケ・ラ・ちゃん」

本田は、プッと噴き出した。

ゴンママも「うふふ」と笑った。

「あなた、言っとくけどね、いちばん苦しいときに笑うって、じつは人生の極意なのよ」

「なるほど……」たしかにそうかも知れない。

ケラちゃん——まあ、悪くないか。しかも、いちばん苦しいときに笑うなんて、なかなか粋じゃないか。

よしっ。

本田は、十七・五キロのダンベルを再び手にして、ベンチに仰向けに寝転がった。そして、トレーニングに入る前に、ゴンママに言ったのだ。

「ねえゴンママ。今夜のトレーニングが終わったら『ひばり』に飲みに行ってもいいですか？」

ゴンママは、はみ出た乳首をムキムキ動かしながら「いやん、もう、その台詞をさっきから待ってたのよぉ」と悪戯《いたずら》っぽく微笑んで、今度は五十キロの巨大なダンベルを手にした。

ようし。見てろよ彩夏。

ケラちゃんになったパパ、本気出すからな。

深呼吸をひとつして、本田はダンベルを上げはじめた。

今度は七回目から「ウハハハッ」と奇妙な声が出てしまった。

◇　◇　◇

スポーツクラブSABを出て、駅の裏通りの飲食店がひしめく小さな繁華街に向かって歩き出した。

夜の十時を回ったベッドタウンの駅前ロータリーには、まだまだ仕事帰りのサラリーマンたちが行き交っている。

時折、艶《なまめ》かしい秋の夜風が吹いて、風呂上がりの首筋を冷ましてくれるのだが、その風のなかにキンモクセイの花の香りが溶けていた。毎年、この匂いをかぐと、本田はふと微笑みたくなる。

もうすぐ、彩夏の誕生日だな——。

十七年前の秋、本田はキンモクセイの香りのなかを歩いて産婦人科へと通っていた。出産後の入院をしている新米ママの朋子と、生まれたてほやほやの彩夏に会うために、パパになりたてほやほやの本田は会社帰りに通っていたのだ。毎日、幸せを噛《か》みしめながら。

想い出のキンモクセイが香る夜風。トレーニング後の心地よい疲労感。これで生ビールが飲めたら極楽だな。

「ねえ、ゴンママ」

本田は、となりを歩く巨漢のオカマに話しかけた。

「ん、なあに？」

「スナックひばりには、生ビールもありますか？」

「もちろんあるわよ。うちはジョッキもちゃんと冷やしてあるから、最高よ」

ゴンママは標高二メートルから本田を見下ろすようにして、バチンと迫力満点のウインクをぶつけてきた。

「それよりケラちゃん、初めての筋トレのご感想はいかが？　けっこう大変だったんじゃない？」

「うん。きつかったけど、っていうか……きつかったからこそ、なのかな、すごく気持ちよかったです。すべて出し切って、ぐったりした脱力感も新鮮だし。とにかく、こんなにいいものだとは知らなかったです」

本田は、ついさっき味わったトレーニングの達成感を追懐しながら、しみじみと言ったのだが、すかさずゴンママはニヤリと笑ってこう返すのだ。

「ケラちゃんたら、もう、エッチなんだから」

「へ……？」

「あたしは童貞を喪失したときの感想なんて聞いてないわよ」

童貞って？　数秒間、ゴンママの言葉の意味を考えて——そして、自分の口にした台詞を反芻《はんすう》したとたん、思わず本田はくすっと笑ってしまった。この人はいったいどういう脳味噌《のうみそ》をしているのだろう。

それから二人は軽口を叩き合いながら、繁華な駅前の脇から、ちょっと怪しげな細い路地へと入っていった。

すれ違う人たちは、みな一様にゴンママの巨体を見てギョッとした顔をする。それが本田にはおかしかった。なんだか用心棒を引き連れたマフィアの首領《ドン》にでもなったような気分だ。

「はい、到着。このビルの階段を下りたところが、あたしのお店よ」

ふいにゴンママがフランクフルトのような指で、左手を指し示した。見ると、街灯に浮かび上がる路地の一角に、くたびれた印象のビルがひっそりと建っていた。どうやらそのビルは昭和の遺物らしく、本田は何ともいえない懐《なつ》かしさを覚えた。一階は不動産屋で、二階から上は雑多な事務所が混在しているようだった。

「このビルの地下、ですよね？」

「そうよ」

「お店の看板とか、何もないんですか？」

「あるわよ。ここに、ほら」

なるほど、言われてよく見れば、地下へと続く階段の入口の壁に、葉書ほどのサイズのプラスチックの板が貼られていた。白地に黒い文字で「スナックひばり」と小さく書かれているのだが、それは看板というより表札と言いたくなるほど控えめなものだった。

「こんなに小さいと、お客さんに気づいてもらえないんじゃ……」

「いいのよ、これで。言葉ってのはね、大事なことほど小声でささやくものなの。その方が相手の心の奥にまでしっかり届くんだから。看板だって同じよ」

ゴンママの台詞には、なんだか妙な説得力を感じたのだが、よく考えると違うような気もするな……と、ぼんやり思っていたら、突然、足元から「みゃあ」と声がして、本田は思わず「うわぁ、びっくりした！」と言って、跳び上がりそうになった。声の主は、黒猫だった。長い尻尾を夜空に向かってピンと立てている。

「うふふ。この子は野良猫《のらねこ》のチロっていうの。あたしのお店の番人なのよ。あ、猫だから、番人じゃなくて、番猫ね」

チロは本田をじっと見上げたまま、もう一度「みゃあ」と鳴くと、漆黒《しっこく》の身体を脛《すね》にすり付けてきた。

「あら、ケラちゃん、すごいじゃない。初日からチロに気に入られるなんて、とっても珍しいのよ」

「あ、そうなんですか。それは嬉《うれ》しいな」

本田はしゃがんで、チロの首を撫《な》でた。しっとりとして艶のある、きれいな毛並みをしていた。いわゆる「鴉《からす》の濡《ぬ》れ羽色」というやつだ。

「みゃあ」

「そうか、よしよし。俺のことが好きか。お前は見る目があるな」

「かなりケラちゃんのこと好きみたいね。あ、言っとくけど、チロはオス猫ちゃんよ」

「え……」

うふふふ、と愉快そうに笑いながら、ゴンママはビルの薄暗い階段を下りていった。せっかく懐いてくれたチロに、そこはかとない失望を覚えながら、本田も巨漢の背中に従った。

◇　◇　◇

「スナックひばり」の店内は、まさに本田の思い描いていた通りの空間だった。薄暗い照明の下に、八人がけのL字型のカウンターがひとつと、四人がけのテーブル席がふたつ。店のはじっこにはカラオケの機械があり、時代めいたミラーボールが天井からぶら下がっていた。

カウンターにはごっつい背中をした常連らしい男が一人いて、女性店員を相手に陽気な声をあげて笑っている。奥のテーブル席には中年の男女が横に並んで座り、いちゃついていた。

ようするに、日本各地のどこにでもありそうな場末のスナックの光景なのだった。ただ、他のスナックと決定的に違うのは、カウンターに立つ女性が、学級委員を思わせる、いかにもまじめそうな銀縁メガネの美女であることと、その美女のとなりに立ったのが二メートルを超える巨漢のオカマだということだった。

「カオリちゃん、お疲れさま。紹介するわね。今日、ジムでお友達になったケラちゃんよ」

「こんばんは。カオリです」

カオリちゃんと呼ばれた学級委員系メガネ女子は、本田を一瞥《いちべつ》するとペコリと頭を下げた。

その拍子に、おさげにした黒髪がピョンと跳ねる。妙にあどけない表情、そしてコスプレかと突っ込みたくなるようなバーテンダーの黒服。どう見ても未成年のようなのだが、まさかそんなことはないだろう。

「おーっと、ジムの仲間ってことは、僕ともお友達になっちゃいますね！　ほらほら、よかったら、こっちにきて座ってくださいよ。二十四世紀の筋肉について熱く語り合いましょう。あはははは」

カウンターに座っていたごっつい男が陽気な声をあげて立ち上がったと思ったら、本田の肩を抱くようにして強引にとなりのスツールに座らせた。初対面にしては異常に馴《な》れ馴れしいが、なぜかあまり嫌な感じはしなかった。むしろ、旧友に邂逅《かいこう》したような、照れ臭くも愉《たの》しいような気分にさせられてしまう。

「ケラちゃん、このゴツくて馴れ馴れしい金髪ソフトモヒカン男はね、四海良一《しかいりょういち》さんっていって、こう見えても歯医者さんなのよ。見た目はコワいけど、嚙み付かないから大丈夫。みんなはセンセーって呼んでるわ」

「えええ、見た目がコワいだなんて、ゴンママにだけは言われたくないな。あははは。でも、そーなの、そーなの、僕は四つの海と書いてシカイなのね。歯科医だけに、シカイなんですよ。もう出来すぎでしょ？　あははは。よかったら今度、うちのクリニックに遊びに来てくださいよ。ツルッと歯石を落として、ピッカピカにしちゃいますから」

　金髪でソフトモヒカン頭のセンセーは、自分のジョークに自分で笑いながら、本田の背中をバシバシ叩いた。

「あ、じゃ、じゃあ、今度、ぜひ伺います」

　本田は、センセーのマシンガントークに気圧《けお》されながらも、なんとか笑顔で応えた。

　カオリちゃんが生ビールをジョッキに注いできてくれた。ゴンママと本田はそれぞれジョッキを持ち、センセーは飲みかけのウイスキーのグラスを手にした。カオリちゃんは、オレンジジュースだ。

「それじゃあ、ケラさんの筋肥大に、カンパーイ！」

　センセーのかけ声に合わせて、四人でグラスとジョッキをぶつけ合った。

　本田はゴクゴクと喉をならして、ジョッキを半分まで空けた。

「いやぁ、うまいなぁ」

　思わず本田が目を細めると、それを見たセンセーが「やっぱりトレーニングの後のビールは最高でしょ」と笑う。

「そういえば、センセー、今日はジムに来なかったじゃない？」

　ひと息でジョッキを空にしたゴンママが言った。

「うん、今日は歯科医師会があったの。ほんと、つまんない講習会だったからさ、もう途中から眠くて仕方なくて、こっそり机の下で腸腰筋《ちょうようきん》のアイソメトリックをやってたよ」

「アイソメトリックって、何です？」

本田が首をかしげると、センセーが椅子をクルリとこちらに向けて、教えてくれた。

「簡単に言えば、静止したままの筋トレですよ。例えば、胸の前で拝むみたいに両手を合わせて、そのまま左右からギュッと力を加えると、大胸筋のトレーニングになるんです。全力で七秒くらい続けるとね、そこそこトレーニング効果が出るんですよ」

「へえ。そういうトレーニングもあるんですね。奥が深いなあ」

「そうよ、筋トレってオトコより奥が深いのよ。でも、ケラちゃんにアイソメトリックは向いてないわね。やったら怪しすぎるわ」

「え、どうして僕には向いてないんですか？」

「だって、あなた——」

それからゴンママが、「ケラ」という渾名の由来をおもしろおかしく話すと、センセーもカオリちゃんも手を叩いて喜んだ。

聞くところによれば、スポーツクラブＳＡＢのフリーウエイトゾーンには、他にも仲のいい常連がいるらしかった。

いわく、いつもスケベなことばかり考えている広告代理店の社長・末次庄三郎《すえつぐしょうざぶろう》さん。渾名はシャチョー。年齢は六十八歳だというから、なかなかにお盛んだが、さすがにご老体のため、マッチョではないらしい。

二人目は、小生意気でシャイな現役高校生の国見俊介《くにみしゅんすけ》くん。顔立ちはアイドルみたいな美形だけれど、学校をサボったり、世の中を斜めに見ているふしがあって、そこがむしろジムの不良中年たちに可愛《かわい》がられる理由なのだという。トレーニングもかったるそうにやっているから、いつまで経《た》っても貧弱な少年体型をしているらしい。通称、シュン君。

そして最後は、謎のセクシー美女・井上美鈴《いのうえみれい》さん。呼び名はそのままミレイさんで、年齢は二十五歳くらい。職業はどんなに訊いても教えてくれないそうだ。いつも胸元が大きく開いたウエアを着てジムに現れては、男たちの筋肉にペタペタとタッチするので、周囲のマッチョたちは片っ端からメロメロになってしまうという。

「そのミレイちゃんをね、なんとか落とそうとシャチョーががんばってるんだけど、これが絶対に落ちないんだよね」

センセーがおかしそうに言うと、ゴンママが「そりゃそうよ。ミレイちゃんはああ見えて、芯はお堅いイイ子なのよ」と言って、三杯目のジョッキをカッポリと飲み干した。この巨漢が飲むと、ジョッキがお猪口《ちょこ》に見えてくる。

「まあ、そのうちケラちゃんも、みんなと会えるわよ。ね、センセー」

「そうそう。ケラさん、楽しみにしててくださいね。もうホント、濃い連中ばかりですからね。あははは」

いま目の前にいる二人がすでに充分に濃いんですけど——本田がそう思ったとき、それをカオリちゃんが代弁してくれた。

「ママとセンセーがいちばん濃いと思います。お酒で表現するなら、テキーラくらい」

「あらま、カオリちゃんたら、言うじゃな〜い。テキーラはちょっと濃すぎよねぇ。せめてマッコリくらいにしといてちょーだい」

「じゃあ、僕は男らしくモッコリで！　あははは」

センセーのベタな下ネタを本田は受け流したけれど、カオリちゃんは、ひとり頬をピンク色に染めながら、優等生っぽくクイッとメガネの位置を直した。そして、「ケラさん、次もジョッキでいいですか？」と笑顔で小首《こ》をかしげた。慇懃《いんぎん》すぎず、かといって砕けすぎず、とても好感の持てる接客をする娘だ。

「はい。じゃあ、もう一杯もらいます」

そして、二度目の「筋肥大に乾杯！」をした。

乾杯で掲げたジョッキの重さに、いまさっきトレーニングで苛《いじ》め抜いた肩の筋肉（三角筋というらしい）が悲鳴をあげて、ぷるぷると腕が震えたけれど、でも、それすらもなんだか心地よく思えるようなトレーニング初日の夜だった。

◇　◇　◇

翌日も、その翌日も、さらにその先もずっと、本田はスポーツクラブSABにせっせと通い、ジムで汗を流し続けた。

ゴンママかセンセーに会えた日は、毎回みっちりと筋トレを教わり――というか、ドMとドSの関係でビシバシ調教され、そして噂の「濃い面々」とも知り合えた。

相変わらず、全力を出したときに「ウハハハ」という怪しい声が漏れてしまうけれど、それも「濃い面々」は笑って流してくれるのがありがたかった。シュン君だけは「おっさん、キモ……」と苦笑したけれど、まあ高校生の男の子なんてそんなもんだ。

本田にとって、ジムは第三の居場所になった。

家庭、会社、そしてジム。家庭で癒され、会社で疲れ、そしてジムで楽しみながら発散する。このトライアングルが確立されたことで、本田の生活は徐々に変わりはじめた。以前よりも気分が前向きになり、様々なことに積極的になれたのだ。

例えば、日々の食生活におけるカロリー摂取量を意識しはじめたし、煙草《たばこ》もスッパリとやめ、「スナックひばり」以外では、酒の量も半分になった。

ひと月もすると、ベルトの穴ひとつ分だけウエストが引き締まり、体重も五キロ落ちた。しかも、なんだか若い頃のように身体に覇気がみなぎってきて、満員電車でつま先立ちをしてみたり、会社の最寄り駅のひとつ手前の駅で降りて、ウォーキングをしながら通勤するようにもなったのだ。

さらに、しっかりと朝食を摂《と》るようになったせいか、仕事にも集中力が出てきて、業績が徐々に上向きになってきた。部下の女の子に「本田さん、ちょっと痩せました？　なんか若返った気がする」などと言われては、調子に乗って、若者が着そうなスーツを新調してみたりもした。絶縁されていたコンドームメーカーの清史郎社長には、何度も誠実な謝罪の手紙と新企画を送り続けていたのだが、ついに取引を再開してもらえたときには、うっかり涙をこぼしそうになった。

ジム通いをはじめて、ふた月経った頃には、ベルトの穴がまたひとつ変わった。ワイシャツの襟《えり》まわりのサイズも小さくなり、靴ひもまで締め直すことになった。顎の下の邪魔な肉もとれて、二重顎がスッキリ解消。

自分にちょっぴり自信がついてきたせいか、このところ本田は娘のご機嫌伺いをせず、むしろ父親らしく堂々とした接し方をしていた。

そして、ある晩、試しに、テレビを観ている彩夏の背中に声をかけてみた。

「おい彩夏、たまにはパパとデートするか？　どこでも好きなところに連れてってやるぞ」

しかし、彩夏は、こちらを振り向きもせず、背中で断固とした拒絶を示すだけだった。

本田は、まあ、こんなものだろうな——と、ことさら軽く自分に言い聞かせてはみたものの、内心、肩を落としたことは認めざるをえなかった。

フリーウエイトゾーンの愉快な面々とは、日増しに親しくなっていった。センセーのクリニックでは歯石落としをやってもらったし、スケベなシャチョーには怪しい中国製の回春剤とやらをプレゼントしてもらった（怖くて飲んでいないけれど）。シュン君とはメル友になり、ミレイさんにはペタペタとボディタッチをされるようになった。

最近、ゴンママには、ボディビルダーがやるポージングのひとつ、「サイドチェスト」を仕込まれた。お腹の前あたりで、右手で左手首をぎゅっと握り、身体を斜めにして、前足を少し曲げる基本のポーズだ。心なしか大胸筋がついてきた気がする本田に、ゴンママが入門編として教えてくれたのだった。

フリーウエイトゾーンの周囲の壁は鏡張りで、その鏡に向かって本田とゴンママが並んで立ち、ポージングの練習をするのだが、二人は親子ほどに体格差があって、見ているだけで笑えた。

ゴンママが「サイドチェスト」をやると、全身から猛烈なオーラが噴き出す——というか、もはや人間離れした迫力があった。一方、となりで鏡に映る本田のポーズには、迫力の「は」の字すらない。

「いやあ、僕はまだまだ様にならないなぁ」

本田が照れて頭を掻《か》くと、ゴンママは首を振った。

「大丈夫よ。ケラちゃんも、続けていれば様になってくるわ。でもね、中途半端に照れながらやるポージングって、いちばん格好悪いし、見ている相手も恥ずかしくなっちゃうのよ。だからホラ、こうやって、ありのままの自分のすべてをさらけ出して——フンヌッ！」

ゴンママがポーズをとった。ワイヤーみたいな筋肉の束がゴリゴリと動いて、血管がマスクメロンのごとくビシビシと浮き出した。

あまりの迫力に殺気すら感じて、本田は背中に鳥肌を立てた。

そんなある日のこと。

どうしても急ぎで片付けなければならない仕事があり、残業をした本田は、ジムに顔を出せないままに遅めの帰宅をした。そして、久し振りに自宅の小さな風呂に浸《つ》かった。スポーツクラブの泡風呂もいいが、こうして鼻歌を歌いながら一人で入る家の風呂も悪くない。

風呂上がり、洗面台の鏡の前に立つと、以前よりもだいぶ引き締まった上半身が映っていた。あの憎たらしかった「浮き輪」も、ほとんど消えてなくなっている。

ちょいモテBODYはまだだけど、まあ、この歳にしては合格ラインに入ったよな……。

本田は胸中でつぶやき、そして、なんとなくゴンママに教わったポーズ、「サイドチェスト」を試してみた。すると、天井からの光の加減だろうか、胸の筋肉が若干大きくなっている気がしたのだった。

おお、この胸板、いいじゃん、いいじゃん。

本田はさらにグイグイと全身の筋肉に力を入れて、鏡のなかの自分に魅入っていた。と、その刹那——、鏡越しの背後に、彩夏の姿が映った。

「あうっ……」

驚いた本田は「サイドチェスト」をしたまま、固まった。

彩夏も一瞬、驚愕《きょうがく》の表情を浮かべたが、すぐに真顔に戻り、「キモ……」とひとことだけつぶやいて、リビングへと消えてしまった。

シュン君にならともかく、実の娘に「キモ……」などと言われては、立つ瀬がないが、しかし、いまの自分のナルシスティックな行動を冷静に考えれば、たしかにキモいと言われても仕方がないような気もしてくる。

俺ったら、鏡のなかのピエロだな……。力の抜けた「サイドチェスト」に、自分で苦笑してしまった。

しかし、やれやれ、と心中でつぶやきつつも、体脂肪計に乗ってみると、本田の気分をハイにさせる数値が表示された。目標だった体脂肪二〇パーセントを切っていたのだ。

おお、やったよ、ゴンママ！

師匠とも言うべき巨漢の顔を思い出した。そして同時に、あの台詞が脳裏に甦ってきたのだった。


ありのままの自分のすべてをさらけ出して——フンヌッ！


ようしっ。こうなったら……。

本田は上半身ハダカのままリビングに入った。

「あのな」

前振りのない本田の声に、楽しげに会話をしていた朋子と彩夏がこちらを振り向いた。つけっ放しのテレビからは、ムーディーなＣＭのクリスマスソングが流れていたが、そんなものは関係ない。

本田は大きく息を吸って、そしてキッパリと言い放った。

「あのな、パパは、もっともっとキモくなってやるからな！」

そう言って本田は、全力の「サイドチェスト」を決めた。

一瞬にして部屋の空気が凍り付いた……と思ったら、朋子が「なに、それ！」と、手を叩いて笑い出した。

すると彩夏もつられて「馬鹿じゃん、あははは！」と噴き出した。

それは、とても、とても、久し振りに見る、娘の本当の笑顔だった。

本田も全力でポージングをしたまま、「ウハハハハ」と、声をあげた。もちろん、大切な家族と一緒に笑った——のではなく、あの「怪しい声」が出ていたのだった。

◇　◇　◇

「彩夏がね、卒業したらフランスに修業に行って、将来はフレンチのシェフを目指すって言うんだけど、あなた、どう思う？」

そんな突拍子もない相談を朋子に持ちかけられたのは、二月三日の節分の夜のことだった。

この日も本田はトレーニングを終えてから帰宅し、いつもの「至福のビール」を味わっていたのだが、その隕石《いんせき》のような台詞が本田の脳天を直撃するやいなや、ひとときの小さな至福など粉々に砕け散ってしまった。

「フ、フランス？　って、あの、ナポレオンの？」

　言ってから本田は、自分の発言が若干とんちんかんであることに気づいた。しかし、朋子はそれに突っ込むでもなく、まじめな顔のまま続けたのだ。

「そう。ナポレオンを生んだフランスよ。彩夏、ああ見えて料理は子供の頃から好きだったし、レストランでアルバイトをしていて、何か思うところがあったみたい」

「ちょ、ちょっと待て……。話が飛躍しすぎてるだろ。だって、シェフを目指すなら日本の専門学校に通ったっていいし、進路なんて短大を出てからゆっくり考えたっていいじゃないか。何でわざわざ高卒でフランスなんかに行かなきゃならないんだ」

「いまはね、向こうの一流レストランをいくつか巡りながら、住み込みで修業ができたり、本場のワイナリーでワインの勉強ができたりもする留学パッケージがあるのよ。それに参加したいんだって」

「期間は、どれくらいなんだ？」

「最低でも一年。長いコースだと三年だって」

「三年って……」

　本田は飲みかけの缶ビールをテーブルに置いて、腕を組んだ。そして、冷静になるために目を閉じ、ひとつ深呼吸をしてから思いを巡らせた。たった一人でフランスに修業に行き、言葉もまるっきり通じず、しかもチャラチャラした外国の男だらけの厨房《ちゅうぼう》で下働きをさせられている彩夏——、妄想のなかの彩夏は、いまにも泣き出しそうだった。

結論は、すぐに出た。

ああ、駄目、駄目。そんなの、絶対に駄目。

それでも、一応、カタチだけでも朋子の意見を聞いてみることにした。

「お前は、どう思ってるんだよ？」

「わたしは——」朋子は一瞬とまどいの表情を浮かべたけれど、すぐにいつもの凜《りん》とした目をして、「彩夏の人生だからね」と言った。

「え？　嘘《うそ》だろ。賛成するつもりかよ」

「だって、あの彩夏が、はじめてあそこまで本気になってるんだもん。親としては応援してあげたいじゃない」

「阿呆《あほ》か。人生の危険を回避させてやるのが、親の仕事だろう」

「危険って、何が危険なのよ」

「あのな、年頃の女の子がだよ、外国人だらけの、しかもチャラチャラした男だらけの職場に何年も行くんだぞ。何があるか分からないじゃないか」

「チャラチャラって、何よ。しかも、そんなの、日本にいたって同じじゃない」

そこから先は、話が平行線を辿《たど》り、珍しく口喧嘩《くちげんか》になってしまった。そして最終的には、

「彩夏の気持ちを変えたいんだったら、あなたが説得してよね」と言われ、その夜の舌戦は、しこりを残したまま試合終了のゴングとなった。


その翌日、本田はジムに行かずにまっすぐ帰宅した。

スーツを脱ぎ、スエットに着替え、リビングに入っていくと、夕飯を食べ終えた彩夏と朋子がテーブルについていた。テーブルの上には、数冊のパンフレットや冊子が広げられている。例のフランス留学の資料に違いなかった。自分のいないところで勝手に話が進められていることに、本田は苛立ちを覚えた。

彩夏は、リビングに入ってきた本田の顔を見るなり表情を硬くし、無言のまま立ち上がった。そして、本田の脇をスタスタと通りすぎてリビングから出ていこうとした。

「彩夏、ちょっと待ちなさい」

本田は、彩夏の腕をつかんだ。

「ちょ、痛い。何すんのよ」

「話をしよう。テーブルにつきなさい」

「ママと話すからいいよ。放してよ」

彩夏は腕を振って、本田の手を振りほどこうとした。

しかし、本田は放さなかった。

「痛いってば、ちょっと、もう、何なんだよっ！」

「ちゃんと、話をするんだ」

「パパに話すことなんてないよっ！」

「ないワケないだろう」

「どうせ頭ごなしに反対するだけのくせに！」

「ああ、反対するよ。でも、どうして反対なのか知りたいだろ」

本田がそう言った瞬間、彩夏はピタリと抵抗をやめた。そして、本田の顔を挑戦的な目で見上げると、これまで耳にしたことのないような乾いた声色《こわいろ》で言ったのだ。

「自分が夢のない、つまんない人生を送ってるからって、あたしまで同じ道を歩かせようとしないでよ」

「………」

娘の口から出た台詞の冷たさに、本田は思わず、ごくり、と唾を飲み込んだ。

叱らなくてはいけない――。

そう思うのに、なぜか返す言葉が見つからなかった。まるで背骨をすっぽりと抜かれたようになっていて、身体のどこにも力が入らないのだ。気づけば、やおらつかんでいた彩夏の腕も放していた。

彩夏は、本田から視線をそらさずに勇み立っていた。

本田も、娘の冷たい色をした目を戸惑いながら見詰めていた。

やがて、娘の両目の下まぶたに、ぷっくりと透明なしずくが浮かび上がった。最初のしずくがぽろりと頰を伝い落ちると、そのあとは立て続けに流れた。それでも彩夏は、本田から視線を外さなかった。

コチ、コチ、コチ……という壁掛け時計の秒針の音が、やけに大きく聞こえていた。

と、そのとき、それまで椅子に座っていた朋子が立ち上がった。朋子は無表情のまま、すたすたとこちらに歩いてくると、彩夏の左肩を引いて自分の方を向かせた。

パシンッ！

静かなリビングに、平手打ちの音が響いた。

「え……」

思いがけない展開に、本田はポカンと妻を見た。

彩夏も「え、なんで？」と言いたそうな表情で朋子を見る。

そんな彩夏を、朋子は強い意志を込めた目で睨《にら》んだまま、言葉を発さずにいた。

最初に動いたのは、彩夏だった。

「はぁ。もう、ぜんぜん意味分かんないし」

これ見よがしにため息をついて本田の脇をすり抜けると、廊下へ出ていった。彩夏の足音は、そのまま階段を上がり、パタンとドアの閉まる音がした。自室に入ったのだ。

再びリビングは、コチ、コチ、コチ……と、秒針の音で満ちた。

本田は深いため息をついて、テーブルの上を見遣った。乱雑に広げられた留学の資料が、妙に空々しいものに思えてくる。

朋子に視線を移すと、妻は腕を組んで、やれやれという顔をしてみせた。そして、意外なくらい、あっけらかんとした声色で言ったのだ。

「というわけで、パパ、彩夏のフォローはよろしくね」

翌日、本田は、上の空で仕事をこなし、ジムではやけくそになってトレーニングに励んだ。そして、「スナックひばり」のカウンターに座ると、強い酒をしこたま呷《あお》って悪酔いをした。

「たしかに僕はぁ〜、夢のない人生を送ってますよぉ〜。でもね、家族のことはさぁ、大事に思ってるのね。カオリちゃん、分かるぅ？　だってさ〜、家族のためだと思うから、夢がなくてもがんばれるんだっつーの。ええ？　それのどこが悪いっつーの？」

　本田は、ゴンママとカオリちゃんにくだを巻きながらも、どこか頭の隅っこでは、もう一人の自分が「格好悪いなぁ、俺……」と、冷めた目で見ている気がしていた。

　結局、その夜は完全に酔い潰れて、朋子が車で迎えにくるハメになった。ゴンママは、こんにゃくみたいになった本田をヒョイとお姫様抱っこすると、そのまま店の階段を上り、停めてあった車の後部座席に優しく横たわらせた。そして、恐縮してぺこぺこと何度も頭を下げる朋子に「いいのよ。ケラちゃんにだって、酔い潰れたいときくらいあるわ」とウインクをしておどけてみせ、そして、諭すような口調で話しはじめたのだった。

「ねえ奥さん、筋肉ってのはね、トレーニングで苛めて、苛めて、わざと傷をたくさんつけてやるの。そうすると筋肉痛が起きるけど、それでいいのよ。傷ついた筋肉は、治るときに以前よりも太く、強くなるから。これ、超回復っていうんだけどね」

「はあ……」

「家族も同じ。ときには傷つけ合ってもいいの。仲直りしたときに、それまで以上に深い絆《きずな》でつながれるんだから。だって、それが家族でしょ。他人同士じゃ、なかなかそうはいかないものよ」

「はい……。ありがとうございます」

やいた。

朦朧《もうろう》とした意識のなか、本田は二人の会話に耳を傾けていた。そして、ひとり車内でつぶやいた。

「俺、格好悪いなあ……」


それから数日後――。

本田は朋子に「デート」に誘われた。夫婦ふたりで外食だなんて、いったい何年振りだろうと過去を振り返ってみたのだが、分かったのは、思い出せないほど久し振りだという事実だけだった。

いったい、どういう風の吹き回しなんだ？

いくらそう訊いても、朋子はニヤニヤ笑いつつ「まあ、いいじゃない」としか答えなかった。

朋子が予約したというレストランは、隣町の住宅地にある一軒家の洒落た店だった。白い口髭《くちひげ》をたくわえた店主らしき男が「お待ちしておりました」とおおらかに微笑むと、二人を予約席へと案内してくれた。店内は、思ったよりも広かった。すべてのテーブルに客がいたけれど、どこを見てもカップルばかりだ。

「落ち着いた感じで、いい店だな」

本田は率直な感想を口にして、レモンの香りのするグラスの水を飲んだ。

朋子は「でしょ。料理もすごく美味《おい》しいの」と微笑む。

なんだか、結婚前に戻ったみたいだな——と、本田が遠い過去を追懐しはじめた刹那、テーブルのすぐそばで「いらっしゃいませ」という声がした。若い女性の声だった。

ハッとした本田は、声の主を見上げると、そのまま口をぽかんと開けてフリーズしてしまった。

パリッとした黒と白の制服。後ろでひっつめた髪の毛の清潔感。弓のように凜と伸ばした背筋。そして、ちょっと照れ臭そうな微笑。

我が娘の立ち姿は、ひいき目抜きにしても見栄えがしていた。

朋子を見た。妻は悪戯っぽい目で笑っている。

そういうことだったのか。やられたな——。

本田はなんだか急に力が抜けて、ははは、と小さく笑ってしまった。

「今日はわたしのおごりだから、パパもママもごゆっくりね。オーダーは、わたしに任せておいて」

そう言って彩夏は、くるりときびすを返し、厨房の方へと歩き出した。遠ざかっていく娘の凜とした背中を眺めていたら、本田は嬉しいような、淋《さび》しいような、複雑なため息をこぼしてしまった。自分の知らぬ間にも、娘はどんどん成長している。そして、成長したら、いつかは巣立っていく。そんな当たり前の現実に、ようやく気づいたのだった。

「ねえ、驚いた？」朋子が頬杖《ほおづえ》をついて微笑んでいる。

「ああ、やられたって感じ」本田も笑った。「朋子、ありがとな」と、言いながら、珍しく素直な言葉を口にしている自分に気づいて、少し面映《おもは》ゆくなってしまった。

妻も、えへへ、と少し照れ臭そうに笑った。

食事は想像以上に洗練されたフレンチだった。ワインと料理の相性も良く、終始、本田の舌を満足させてくれた。

やがてひと通りのコースを食べ終えると、彩夏がテーブルの上に小さくて洒落たデザインの紙袋を置いた。

「ん、なんだ、これ？」本田が首をひねる。

「もちろん、チョコだよ」と彩夏。

チョコ？

「あらら、会社で、ひとつももらえなかったのかな？」

言って、朋子がクスッと笑った。

「あっ、今日は、バレンタインか！」

「正解です」朋子が親指を立てた。

紙袋のなかを見ると、チョコと手紙が入っているようだった。

「あ、言っとくけど、手紙は店内で読んじゃ駄目だから」

彩夏は、少しはにかみながらそう言った。


レストランからの帰り道。

街灯に照らされた下り坂を歩いていると、朋子が腕を絡めてきた。

「ねえ、彩夏の手紙、読んでみなよ」

「え、ここで？」

「うん」

「歩きながら？」

「だって、早く読みたいでしょ？」

たしかに、読みたい。「分かった」と頷《うなず》いた本田は、白い封筒を開けて、三つ折りになっている便箋を開いてみた。四ツ葉のクローバーがデザインされた可愛らしい便箋には、ボールペンで丁寧に書かれた紺色の丸文字が並んでいた。

書き出しは《パパ、この間は本当にごめんなさい》だった。

本田は、思わず朋子の顔を見た。

「どうしたの？」

「ああ、いや……。まあ、最後まで、読むよ」

再び、手紙の文面に視線を落とした。

謝罪は丁寧で、数行を費やされていた。あのときは悲しさのあまり、パパを傷つけたくなってしまった、とある。謝罪文の後は、フレンチシェフという夢への想いが熱っぽく書かれていた。いわく、人に喜んでもらえる仕事をしたい。喜んでくれた人の顔を見たい。そのために、ぜひともシェフになりたい——のだそうだ。だが、そこから先は、筆致が変わった。筆圧も少し弱くなったように見えた。

《でもね、やっぱり、パパの反対を押し切るのはやめました。わたしは日本で修業します。心配かけてごめんね》

その一文を読んだとき、本田は思わず立ち止まりそうになった。しかし、下り坂の勢いも借りて、あえて歩き続けた。足が歩けと言っていたし、目が先を読めと言っている気がしたのだ。

そして、手紙の最後は、こう締めくくられていた。

《パパがトレーニングをして、もっとやせて格好よくなったら、たまには一緒に歩いてもい

いよ》

　さらに《追伸》を読んだとき、うかつにも涙ぐみそうになったけれど、公衆の面前だけに、本田は深呼吸をして目頭の熱を散らし、なんとかこらえた。

「ねえ、何て書いてあったの？」

　朋子が本田を見上げて訊く。

「もっと筋トレして、痩せて格好よくなったら、デートしてくれるってさ」

「ふーん、よかったじゃない」

「まあな。そんなわけだから、デートが実現するまで、このチョコはおあずけだな。お前があずかっていてくれよ」

「いいよ。でも、うっかり食べちゃったら、ごめんね」

　朋子が笑う。

「駄目だよ、俺の唯一のチョコなんだから」

　本田も笑いながら、チョコと一緒に手紙を朋子に差し出した。

　朋子はそれを受け取ると、手紙をじっくりと読みはじめた。

　本田は、携帯電話を上着のポケットから取り出し、そして一通の短いメールをしたためた。

　できるだけシンプルな言葉で。

そう、大切な言葉ほど、小声で伝えるのだ。

《彩夏の夢を応援することにしました。フランスで修業してきなさい。パパも「彩夏とデート」するために、筋トレに励みます》

文面を読み返したら、ちょっと気恥ずかしかったので、最後に《(笑)》と入れてみた。

「手紙、読み終わったよ」

言いながら朋子は、手紙を封筒に戻した。すでに瞳がうるうるしている。

「じゃあ、今度は、ちょっと、これ読んでみてくれ」本田は、携帯に入力した文章を朋子にチェックしてもらった。「どう？　問題ないかな？」

するとは、肘で本田の脇腹を軽く突ついた。

「ふふふ。パパ、やるじゃん」

よし。じゃあ、メール送信だ——。

送信が完了すると、本田はメール画面を閉じた。

携帯の液晶が、待受画面になる。

そこには小学生の頃の彩夏の笑顔が咲いていた。

本田は「ふぅ」と短く息をついて、冬の夜空を見上げた。耳が痛いほど冷たくて乾いた空には、たくさんの星たちがチリチリと瞬いていた。

近いうちに、待受用の写真を撮り直そう。うん、今度は家族三人で写っているのがいい——。

本田はそう決めて、携帯をポケットにしまった。

そして、少々照れながら、朋子の肩に右腕を回して歩き出した。

昨日、ジムで徹底的に苛めた三角筋がズーンと痛んだけれど、それはむしろ心地よい痛みだった。

《追伸☆真剣に心配してくれるパパとママの娘に生まれて本当によかったです。これからもよろしくね♪》

第二章　井上美鈴の解放

ダミ声がかしましかった五十路《いそじ》がらみのサラリーマン二人組が店を出ると、薄暗い「スナックひばり」に静けさが戻った。天井に設置されたBOSEのスピーカーから流れるのは、まったりとしたオールド・ジャズ。その揺らぐような低い音がふわふわと店内を漂って、落ち着いた大人のムードを醸《かも》し出していた。

この店は、こうでなくちゃね……。

L字型のカウンターのいちばん奥、座り慣れたいつものスツールにちょこんと腰掛けた井《い の》上美鈴《うえみれい》は、客が自分ひとりになったことを確認すると、ホッとして小さなため息をこぼした。

「いまのお客さん、会計のときにミレイちゃんのことを芸能人かって訊《き》いてきたわよ。あんまり美人だからびっくりしたって」

嗄《しゃが》れた太い声が天井近くから美鈴に降ってきた。

声の主は、この店のオーナーにして、美鈴が通う「スポーツクラブSAB」のトレーニング仲間のひとり、権田鉄雄《ごんだてつお》——通称ゴンママだ。身長は優に二メートルを超えていて、そんじょそこらのプロレスラーなら、ひょいとねじ伏せてしまいそうなくらいにマッチョなママである。

「で、ゴンママは何て答えたの？」

美鈴が訊くと、ゴンママはバチンッと豪快なウインクを放った。

「芸能人は芸能人でも、ゲイの方のゲイ能人だって言っておいたわよぉ。そしたら、あんなに美人なニューハーフは二丁目でも見たことないって、目を丸くしてたわ。うふふふ」

「えええっ、わたしがニューハーフ！」

相変わらずのゴンママの悪戯《いたずら》っぷりに、美鈴は噴き出した。

「ミレイさんが、本当は超売れっ子の漫画家さんだなんて知ったら、あの方たち、もっとびっくりしたでしょうね」

バーテンダーの制服を凜々《りり》しく着こなした従業員のカオリちゃんが、くすっと笑いながら清楚《せいそ》な声を出した。銀縁メガネの奥の目を細めたこのキュートな娘は、おさげにした黒髪と幼い顔つきのせいで、まるで高校のクラス委員長みたいに見える。

「だよね。わたしがニューハーフで、しかもハードなバイオレンス系の少年漫画家だなんて言ったら、誰でもびっくりするよね」

美鈴は、氷が融けて薄くなったシングルモルトの水割りをひと息に飲み干した。そしてゴンママに空いたグラスを返しながら、鼻にかかった甘ったるい口調で話しかけた。

「それより、ねえゴンママ、ちょっと助けて欲しいの。相談にのってくれる？」

「あら、嫌よ。あたしは自分より若くてキレイな女の子の面倒は見ないって決めてるんだから」ゴンママは悪戯っぽい顔をして言うと「で、次は何を飲みたいわけ？」と話をそらした。

「あ、えっとね……カオリちゃんの得意なカクテル、何か作ってくれる？」

「はい。分かりました」

コスプレ女子高生みたいなカオリちゃんが、気持ちよく微笑《ほほえ》んだ。

と、その刹那《せつな》、美鈴の頭のなかにキラリと流れ星が降ってきたのだった。

あ、このキャラ、使えるじゃん！

美鈴は急いで鞄《かばん》から使い込まれた大学ノートを取り出し「ロリ系のバーテンの娘」と走り書きした。

「何なのそれ、ネタ帳？」

標高二メートルから覗《のぞ》き込んできたゴンママに「うん、そうなの。いつもひらめきを書いておかないと、ネタに困りそうで怖くて」と答え、そして、先ほどと同じ甘ったるい声を出した。「ねえゴンママ、ホントに怖いの。〆切までにストーリーが降ってこなかったときのことを考えると、胃がキリキリするくらい。今回はね、主人公の龍助がはじめて女の子にフラれるシーンを描こうと思ってるんだけど、なんか、こう、粋なフラれ方がちっとも思い浮かばなくてさ……。何かいいアイデアないかなぁ」

「あなたね、二十五歳にもなって、しかも、そんだけベッピンさんで、お色気ムンムンのくせして、男のフリ方も知らないわけ？」

「だって、わたしはいつも、ごめんなさいって謝っちゃうか、ムリムリ〜って笑い飛ばすか、どっちかなんだもん」

ゴンママは、眉毛をハの字にして「やれやれ」とつぶやくと、カオリちゃんに振り返った。

「カオリちゃん、あたしよりちょっとだけ美人なこの娘に、青いお月様を作ってあげてちょーだい」

「はい。分かりました。青いお月様、ですね」

「え……、なにそれ？」

「ナ・イ・ショ。うふふ」

ゴンママが笑うと、カオリちゃんも頬にえくぼを作り、意味ありげな微笑を浮かべた。そして、幼い顔に似合わない鮮やかな手つきでシェーカーを振ると、冷蔵庫でキンキンに冷やされたカクテル・グラスに「青いお月様」とやらを注いでくれた。

じっくり見ると、青というより、紫がかって見えたけれど、なんともいえない艶っぽさをたたえたエレガントな色彩のカクテルだった。

「きれいね、これ……」

「でしょ。それはね、ブルームーンっていうのよ」

「ああ、それで、青いお月様ってわけね？」

「そうよ」

ゴンママは言って、ほとんどカラスの羽ばたきのようなウインクを飛ばした。

「はじめて飲むかも。で、これをどうしてわたしに？」

「カオリちゃん、ブルームーンの意味を教えてあげてくれる？」

「はい。このブルームーンのカクテル言葉は、『無理な相談です』なんです」

無理な相談です——か。

美鈴はグラスを手にしたまま思いを巡らせた。

「無理な相談ってことは……、ゴンママ、わたしの相談にのってくれないってこと？　ひっどーい。いつも一緒に汗を流してるジム仲間なのに。ねえ、カオリちゃん、ひどいよねぇ？」

美鈴が同調を求めると、カオリちゃんは首をすくめるようにして微笑んだ。

「いいえ、違いますよ。もうママはミレイさんの相談の答えをあげています」

「え……？」

思わずゴンママを見上げた。ママは遥か上方から、親しみのこもった母のような目で美鈴を見下ろしていた。ただし、胸の前で組んだ腕は丸太のように太くて、筋肉の束がボコボコと浮き出していて、むしろ屈強なパパのようだったけれど。

「ミレイちゃん、いいこと？　そのカクテルはね、男性に口説かれている女性が、スマートにお断りをするときに飲むものなのよ」

男が口説く……それにたいして、女性が「無理な相談」という意味のカクテルを飲む。

「そ、それ、使えるっ！　ゴンママ最高だよ。もう大好きっ！」

美鈴は慌てて先ほどの大学ノートを開き、ペンを走らせた。

「ああ、ホント助かった。これでいいシーンを描けそう。ゴンママ、ありがとう」

心底ホッとした顔で言うと、美鈴は細身のカクテル・グラスを手にして、目の高さまで上げてみた。そして、あらためてブルームーンの透き通った青紫色に魅入った。

「ホント、きれいなカクテルだなぁ」

やや芝居がかったような台詞《せりふ》を口にすると、グロスをたっぷりと塗りつけたセクシーな唇でそっとキスをするように、ブルームーンを口に含んだ。

「この味は……ジンがベースかな？」

「正解です」カオリちゃんが答えてくれる。「ブルームーンはドライジンをベースにして、それにバイオレット……日本語で言うとスミレのリキュールを混ぜるんです。最後に漉《こ》して透明にしたレモン果汁を少し加えてキリッとさせると、味が引き締まるんですよ」

「あ、ちょ、ちょっと待って。それ、メモるから」

美鈴はカオリちゃんの説明をそのままノートに走り書きした。漫画に命を吹き込むためには、こういう些《さ》細《さい》なことまでしっかり取材しておくことが大切なのだ。神は細部に宿るのである。

「よっし。なんか、描けそうな気がしてきたかも。うん」

美鈴は自分を鼓舞するように頷《うなず》くと、艶っぽいスミレの香りのカクテルを舌の上で転がした。同時に、脳味噌《のうみそ》をフル回転させて、漫画のストーリー展開を考えはじめた。

◇　◇　◇

カルティエの腕時計が、午後十時を示していた。

そろそろ自宅兼アトリエに戻って、仕事をしなくてはならない。もしかすると、アシスタントの麻美《まみ》が、まだ一人でスクリーントーン貼りの作業をしているかも知れない。

美鈴は二杯目のブルームーンを飲み干すと、スツールから立ち上がった。

「ゴンママ、ご馳走《ちそう》さま。今夜はそろそろ帰るね」

「あら、これから描くの?」

ゴンママは野球のグローブみたいな手で、ペンを走らせる仕種《しぐさ》をしてみせた。

「うん、朝まで描きまくり。だから酔っぱらう前に帰らないと」

美鈴はカオリちゃんに千円札を何枚か手渡した。

「わたし、来週の『月光の拳士』も楽しみにしてます。ミレイさん、じゃなくて、月影拓巳《つきかげたくみ》先生、がんばってくださいね。応援してます」

釣り銭を差し出しながら、カオリちゃんがあどけない少女の笑顔を見せた。

「月光の拳士」とは、美鈴が週刊少年漫画誌に連載している作品のタイトルだった。内容が激しいバイオレンス系なだけに、「月影拓巳」という男性のペンネームを使っている。作者が女性であることは極秘にするよう、編集部から念を押されているのだ。

いま、この世界で美鈴の正体を知っているのは、編集部とその関係者を除けば、茨城県の実家にいる家族と、学生時代の親友ふたりと、アシスタントの麻美と、ゴンママとカオリちゃんだけだった。申し訳ないけれど、ジムのトレーニング仲間たちにも自分の職業は内緒にしていた。

カオリちゃんからお釣りを受け取った美鈴は、「うん。がんばるね。じゃ、またね」と言って胸の前で小さく手を振り、唇を意識的にUの字にしてみせた。でも、目が自然に笑えていないことに自分でも気づいていた。

「ゴンママも、また、ジムでね」

美鈴は手を振ったけれど、しかし、ゴンママは返事をせず、代わりに心の奥まで見透かすような静かな視線を美鈴に返したのだった。

「な、なによ、ゴンママ。どうかした？」

ゴンママは「ふぅ」と、ひとつため息をつくと、出来が悪いけれど可愛《かわい》い教え子を見るようなまなざしで、こう言ったのだった。

「いちばん騙《だま》しやすい人間は、すなわち自分自身である」

「え……？」

「イギリスの政治家が言った名言よ。ミレイちゃん、あなた、自分に騙されちゃ駄目よ」

「どういう、こと？」

「答えは、自分の胸にこっそり訊いてみなさい」

ゴンママは意味ありげなウインクをバチンッと放つと「はい、これ。アシスタントちゃんと食べてね」と言って、お店で出す極細のポッキーを一箱お土産《みやげ》にくれた。

それから店を出る瞬間にも、カオリちゃんの「がんばってくださいね」という無邪気な声援が背中に届いた。すると、ほとんど条件反射のように美鈴の胃はきゅっと固く縮こまり、地上へと続く階段を上がりながら軽い吐き気を覚えたのだった。

なんとか嘔吐《おうと》をこらえ、深呼吸を繰り返しつつ路地に出ると、足元に黒い塊《かたまり》を見つけた。よく見れば、黒猫がちょこんとお行儀よく座っているのだった。しばしばこの店の前で見かける黒猫だった。

この猫……たしかチロという名前だったはずだ。以前、ゴンママに聞いたことがある。

夜の路地で見るチロの漆黒の毛並みはミンクのような美しさで、街のネオンと街灯の光を受けてつやつやと光っていた。

美鈴は不快感のある胃を右手で押さえながら、ゆっくりとチロの前にしゃがみ込んだ。チロはエメラルド色をしたよく光る目で美鈴を見上げた。

「ねえチロちゃん、わたし、自分を騙してなんていないよね」

小声で言って、黒い顎《あご》の下を撫《な》でようとしたら――。

ふわり、チロは身をひるがえして、ビルとビルの隙間へ飛び込むと、まるで幻みたいに闇のなかに溶けてしまった。

◇　◇　◇

自宅兼アトリエのある高級マンションの最上階に戻ると、アシスタントの麻美が背景の描き込みとスクリーントーン貼りの作業をこつこつと続けてくれていた。

この娘《こ》は、今年二十二歳になったばかりのあっけらかんとした性格の子で、どんなに〆切に追われて忙しくても嫌な顔ひとつしないし、仕事のスピードも申し分ないという、まさにアシスタントの鑑《かがみ》のような存在だった。また、その一方では、積極的に時間を作っては、友人たちと合コンやら温泉やらキャンプやらに出かけていき、とことん人生をエンジョイする行動派でもある。恋愛も、遊びも、仕事も、バランスよく、どれも真剣——そういう麻美の生き方を、時折、美鈴は羨望のまなざしで眺めていることがあった。

片や美鈴はといえば、高校卒業と同時に漫画家一本の生活に入ったせいで、遊びらしい遊びをほとんど知らなかった。ただひたすら、毎週やってくる〆切を乗り切ることだけに全精力を傾けながら単調な毎日を繰り返し、そして気づけば二十五歳。四捨五入したら三十路に突入してしまったのだった。

朝から晩まで、そして、晩から朝まで——。十八歳の頃からずっとずっと仕事部屋にこもってペンを走らせるだけの生活だった。しかし、それではあまりにも社会性に欠けるし、不健康だと思い直し、一念発起して近所のスポーツクラブに入会してみたのが四年前のことだ。

そこで美鈴は、筋肉を育てることに情熱を燃やす不可解な男たちと出会い、そして彼らの肉体をつぶさに観察しているうちに、漫画の登場人物の身体《からだ》の描き方がメキメキと上達し、作品に躍動感が生まれたのだった。

いつも美鈴は彼らの肉体をプロの漫画家の視線で熱っぽく眺めては、触れさせて欲しいとせがみ、ぺたぺたと触らせてもらったお礼に「すごい筋肉ですね」などと色っぽい口調でお世辞を言っていた。するとマッチョたちは、片っ端から美鈴にメロメロになって墜《お》ちていき、熱烈な愛の告白をするのだった。

あまりにも多くの告白を受けた美鈴は、彼らが知恵をふりしぼった決め台詞や、様々な恋愛のシーンを目の当たりにし、それを作品に生かすことができた。すると美鈴の描く主人公は、みるみる粋なプレイボーイへと成長していき、それに比例して「月光の拳士」の人気もうなぎのぼりになったのだった。

いまではテレビアニメはもちろん、映画にもなり、韓国、中国、台湾、アメリカ、ヨーロッパ各国でも出版される超人気漫画として成功をおさめ、美鈴の銀行口座の預金額は膨れ上がる一方だった。しかし、成功を手にすればするほどに仕事はいっそう忙しくなり、貯《た》まったお金を使う暇がまるっきりないというのが現状なのだ。

「先生、お帰りなさ〜い」

「ただいまぁ。麻美ちゃん、遅くまでご苦労さま」

美鈴はゴンママにもらったポッキーを麻美に渡すと、自分専用のデスクに向かって座り、ノートパソコンを開いてメールをチェックした。メルマガ、広告、迷惑メール、仕事関係者から数通、そして担当編集者の西山からの進捗《しんちょく》状況伺いのメールが入っていた。

《月影先生、今週もそろそろ山場だと思いますが、なんとか乗り切ってくださいませ——。》

携帯のメールにも、留守電にも、西山からの似たようなエール（という名の尻叩《たた》き）が残されていた。

「先生、ついさっき、編集の西山さんから電話があって、次の号も期待してますので、がんばってくださいって言ってましたよ」

幸せそうにポッキーを齧《かじ》りながら麻美が言う。

また、がんばって、か……。

考えたら、胃がきゅっとなった。見えない手で握られているみたいな、嫌な感覚だ。美鈴はデスクに向かったまま、そっと目を閉じ、大きく息を吸い込むと、意識的にゆっくりと吐き出した。そして、いつものように自己暗示をかける。

大丈夫。だいじょうぶ。ダイジョウブ。わたしはがんばれるし、描き続けられるし、みんなの期待に応えられる……。

「あと、先生、茨城から、また荷物が届いてますよ」

茨城というのは、農業を営んでいる美鈴の実家のことだった。サツマイモを主に作っているのだが、それ以外にも十数種の作物を少量ずつ育てている。

「え、そうなの。どこ？」

「コピー機の脇に置いておきました。いつもの美味《おい》しいお野菜ですかね？」

美鈴は「さあ、どうかな」と言って立ち上がり、コピー機の脇に置かれた段ボール箱から
ガムテープをはがしにかかった。背後から麻美が覗き込んでいる。

開けてみると、予想通り、中身は穫《と》れたての野菜だった。

「わあ、やっぱりお野菜だ。しかも泥つき。美味しそうですねぇ」

「麻美ちゃん、少し持って帰ってね。わたし一人じゃこんなに食べ切れないし」

「ラッキー。ありがとうございます。今度うちに友達を呼んで、野菜カレーのパーティーやっちゃいます。先生もよかったら来ません？　って、あ……。ダメか。先生が女だってバレたらやばいですもんね」

麻美はペロッと舌を出して、首をすくめてみせた。そういう芝居じみた仕種が、この娘には不思議とよく似合う。美鈴は返事の代わりに「ふふふ」と軽く笑ってみせ、野菜の上に置かれた白い封筒を手にした。封筒の角には、野菜の泥が少しついていた。美鈴はその泥を指でさっと払ってデスクに戻ると、ハサミで丁寧に開封した。

封筒のなかには、季節外れのあじさい柄の便箋が二枚入っていて、書き出しは《庭のしだ

れ桜がきれいに咲きました。》だった。美鈴が生まれたときに父が植えてくれた桜だ。毎年、庭の真ん中でピンク色の花をいっぱいに咲かせては、季節を華やかに彩ってくれていた。

そうか、もう、そんな季節なんだ——。

美鈴の脳裏に、しだれ桜の咲く庭の情景が鮮明に浮かんできた。くすぐったいような春風の感触や、ふっくらとした畑の土の匂いまでもが、その書き出しの一行から甦《よみがえ》ってくるようだった。しかし、その先の文面に目を通すやいなや、美鈴のなかで咲いたしだれ桜は、霧《きり》に霞《かす》んで消えてしまった。

《美鈴は元気にしていますか？　こちらは元気です。お父さんはとりあえず悪くなってはいません。露地もハウスも、おじいちゃんとおばあちゃんと一緒に、なんとかこつこつ続けています。

段ボールに詰めた野菜は、すべて無農薬です。安心して食べてね。

そうそう、あなたの漫画のファン第一号のお父さんは、毎週「月光の拳士」を心待ちにしています。テレビアニメもしっかりチェックしていますよ。

お仕事、忙しいとは思うけど、あまり無理はしないで健康第一でね。あなたは昔から「ほどほど」という言葉を知らない子なので、ちょっと心配です。たまには実家に顔を見せて、お母さんの手料理でも食べにおいで。じゃあ、またね。　母より》

手紙を読み終えると、便箋を元通りに丁寧に折りたたみ、封筒に戻した。そして何気ない素振りで席を立ち、トイレに向かった。美鈴はフタをしたままの便座に座り、ロールペーパーを引き出した。じんわり、じんわりと、まぶたの奥から染み出してくる温かいしずくを、ロールペーパーで押さえるようにして、声を殺して泣いた。

美鈴の父は、重篤なレベルのCOPD患者だった。COPDとは慢性閉塞性肺疾患の略称で、煙草《たばこ》などによって肺胞の壁が破壊され、正常な呼吸ができなくなる病だ。少しでも身体を動かすと呼吸困難になるため、自宅でじっとしていることが多くなり、それが原因で今度は筋肉が弱っていき、最終的には寝たきりになってしまう。美鈴の父は、まさにその最終段階にさしかかりつつあった。

父がCOPDを患っていることが分かったのは、美鈴が上京して一年後のことだった。それから父は徐々に畑仕事ができなくなっていき、やがて入退院を繰り返した。根気よく薬と呼吸理学療法を併用し続けたものの、病状はまるで良くはならず、いまは自宅で安静にしながら酸素供給機の管を鼻に通して、なんとか呼吸をしている状況だった。

父が畑に出られなくなったことを知ってから、一人娘の美鈴は実家に仕送りをはじめた。いまでこそ使い切れないほどの収入があるけれど、駆け出しの頃は生活費を切り詰めながらの仕送りだった。家族は口をそろえて仕送りなどいらないと言っていたのだが、「いらないなら、わたしの銀行口座に預金しておいて」と言って、毎月可能な限りの送金をし続けた。

もちろん、美鈴が送金したところで、その金で父が旅行に行けるわけでもなく、母もまた父を差し置いて娯楽に興じられるわけもない。年老いた祖父母だって、作物の面倒を見なければならないのだから、そうそう遊んでなどいられない。そのことは、重々承知していた。

それでも、美鈴は仕送りをやめられなかったのだ。今まさに生活力を失いつつある家族を実家に置き去りにして、ひとり自分の好きな道に進ませてもらったことへの「罪ほろぼし」的な意識が、美鈴の内側に巣くっていたのだった。

二分間ほど便座に腰掛けたまま泣いて、美鈴は立ち上がった。そして深呼吸で気持ちを落ち着かせて、何喰《く》わぬ顔でアトリエに戻る。麻美はすでに仕事に集中していた。左手でポッキーを口に運びながら、右手はペンを動かしている。

美鈴も自分のデスクについた。母からの手紙をデスクの抽《ひ》き出《だ》しにそっとしまい、ベッドの上の父を憶《おも》った。

「みぃちゃんは、お絵描きがホントに上手だなぁ。将来は漫画家さんになれるな」

幼い頃、父にそんなふうに褒められながら、どれだけ頭を撫でられたことだろう。

思えば、漫画家になるなどという大それた夢が叶《かな》ったのも、父のサポートがあればこそだった。少年漫画誌のコンテストへの投稿も、もとはといえば父が情報を仕入れてきてくれたのだ。そして、力試しに応募してみたその作品が、思いがけず大賞に選ばれたのだった。美鈴の漫画家デビュー決定の電話を編集部からもらったとき、まるで子供のように廊下でぴょんぴょん飛び跳ねて喜んでくれたのも父だった。

その父がいま、病床で自分の作品を心待ちにしてくれているのだ。

美鈴は少し短くなった鉛筆を手にして、真っ白い原稿用紙に視線を落とした。今夜は絵コンテを描かねばならない。「スナックひばり」で教えてもらったブルームーンを使ったシーンを頭のなかに思い描く。そして、鉛筆をさらさらと原稿用紙に走らせた。

◇　◇　◇

窓の外から雀《すずめ》のさえずりが聞こえていた。

もう、朝か……。

美鈴は椅子の上で伸びをして、鉛筆をデスクの上に置いた。中指のペンだこに鈍い痛みが走っている。集中して仕事ができたときだけに味わえる充実の痛みだ。

レモン色の陽光が、花柄のカーテンを透過して、アトリエをやわらかな光で満たしていた。

美鈴は首を左右にかしげるようにして関節をコキコキと鳴らしながらアトリエを出て、奥のリビングへと入った。一人暮らしにしては大きめの冷蔵庫から缶ビールと冷えたグラスを取り出し、ピスタチオと一緒にテーブルの上に並べた。麻美はすでに電車のある時間に帰らせていたから、一人で「今日のお疲れさま会」をはじめた。

二缶目を飲んでいるときに、美鈴のまぶたは一気に重さを増した。いまにも目が白黒してしまいそうになり、残りのビールを一気に飲み干して、リビングのさらに奥の寝室へと移動した。

「ああ、もう、限界だ……」

つぶやきながらベッドに倒れ込む。そのまま、三、二、一で、背中からベッドに沈むように眠りの世界に落ちていった。

美鈴を夢から引きずり出したのは、枕元の携帯の振動音だった。

メールだ。しかも、仕事のメール。振動のリズム設定で、仕事かプライベートか分かるようにしてある。美鈴は布団のなかから手を伸ばし、携帯をつかんだ。液晶に表示されていたのは、担当編集者、西山の名前だった。

《先生お疲れさまです。昨夜の作業は進みましたでしょうか？　本日、私は終日編集部におりますので、進捗状況のご連絡を頂ければ幸いです。今週もがんばってくださいませ。期待しています。》

がんばって……。

期待している……。

反射的に、胃のあたりから不快感が込み上げてきて、布団のなかで軽い吐き気をもよおす。すぐにメールを消去して、待受画面に戻した。

携帯の時計表示を見ると、すでに正午をまわっていた。

美鈴はのそのそとベッドから這《は》い出して、気怠《けだる》さと闘いながら身支度を整えた。食欲はなかったが、とりあえずカロリーメイトとオレンジジュースを胃に流し込む。それからパソコンのメールをチェックし、急ぎのものにだけ返事を書いていると、麻美が出勤してきた。

「先生、おはようございまーっす」

昨夜遅くまで仕事をしていたことを忘れさせるほど、麻美はすっきりとした顔をしていた。

「おはよう。今日は可愛いスカートはいてるね」

美鈴はヨレヨレのスエット上下を着けた自分をちょっぴり憐《あわ》れみながら言った。

「わ、嬉《うれ》しい。これ、先週買ったばっかりのお気に入りなんですよ」

「麻美ちゃんの彼氏、たしかフェミニンなのが好きだったもんね」

「げっ、あいつとは、じつは、先月別れちゃいました」

「え、なんで？　わりと格好よかったのに」

「だってマザコンだったんですもん」

そんな他愛もないガールズトークをしながら、美鈴は徹夜で描いた原稿を麻美に手渡した。

「今日は、これをお願いね」

「はーい」

これをお願い――それだけですべてが通じる優秀なアシスタントがいることに、美鈴はありがたさを痛感した。かつては多忙にまかせて数人のアシスタントを雇っていたこともあるのだが、作品のクオリティを第一に考えた結果、腕の立つ麻美だけに残ってもらったのだ。

「先生、もしかして、また徹夜でした？」

「うん。分かる？」

「分かりますよ。なんか、疲れ切った表情してますから」

美鈴は「えええぇ、ほんと？　嫌だなぁ」と言いながら、両手で頬を挟むようにした。

「でも、徹夜しないと終わらないから。原稿、落とせないしさ……」

すると麻美は両手を腰にあてて「はぁ〜」と芝居じみたため息をつくと、歳《とし》の離れた姉のような口ぶりで言い返してきた。

「先生って、ホ〜ント、まじめすぎ。わたしには真似《まね》できません。もう何年もずっとずっと〆切を守り続けてるんだから、一回くらい落としちゃってもいいのに。っていうか、いきなり一ヶ月間の休載宣言をして、ふらっと温泉地巡りの癒し旅に出ちゃうとか。それくらいしてもいいと思いますよ」

麻美の突拍子もない発言に、美鈴は笑ってしまった。

「それ、いいね。でも、もしも本当にやったら、担当の西山さん、ショックで病気になっちゃうかもよ」

「先生が病気になるより、ずっといいと思いますけど。あ、でも、一ヶ月間の休載で、わたしの給料がなくなっちゃうのは困るなあ……」

今度は、二人そろって噴き出した。

「じゃあ、麻美ちゃんの申し出を受けて、とりあえず今日の夕方はジムに行かせてもらうね。最近ちょっとストレスがたまってるみたいだから、思い切り発散してくる」

「どうぞ、どうぞ。わたしはこの原稿をやっつけておきますんで。イケてるマッチョを見つけたら、紹介してくださいね。わたし、わりと筋肉フェチなんですよ」

「おっ、どこの筋肉に萌《も》えるの？」

「断然、前腕萌えです」

「あははは。なかなかマニアックだね。了解。んじゃ、夕方まで描けるだけ描いちゃおう」

「はーい」

午後五時。麻美を置いて、美鈴はジムに顔を出した。ざっくりと胸の開いたピンク色のウエアを着ていたせいか、さっそくスケベで有名なシャチョーさんがすり寄ってきた。

「よおミレイちゃん。今日も美人だねえ」

「どうも、こんばんは」

「そろそろ俺《おれ》とデートしてくれる気になった？　ちょっと洒落《しゃれ》たバーがあるんだよ、銀座にさ。一緒に飲みに行ってみない？」

「うーん……わたしには『スナックひばり』があるから、裏切れないなあ。でも、シャチョーがベンチプレスで一〇〇キロ上げたら考えてあげます」

「おいおい、俺を何歳だと思ってるんだよ。あと二年で七十だよ、七十。せめて年齢に近い七十キロにしてくれない？」

美鈴は「駄目でーす」と笑って、いつものフリーウエイトゾーンに上がった。このスペースだけは熱気が違う。つい習慣で周りのマッチョたちの筋肉を食い入るように観察してしまう。

小生意気な高校生のシュン君がやってきたから、美鈴はからかい半分で「髪切ったの。どう？」と、自分の髪に手をやった。すると少年は「けっこういいじゃん」と、自分の前髪をかき上げながら言ったけれど、言葉に照れがにじんでいて、まだまだ尻の青いガキんちょの台詞だった。でも、そこが可愛くもあるから、ついついちょっかいを出したくなるのだ。

「シュン君の髪型も格好いいよ。もっとこうラフな感じにしたら、さらにいいかも」

言いながら、シュン君の頭をぐしゃぐしゃにした。

「わ、なんだよ、ちょっと、やめろよぉ」

言葉とは裏腹に、妙に嬉しそうな顔をするところも、思春期の少年らしくて好感が持てる。

奥のベンチでは、ダンベルプレスをしながら「ウハハハ」と、相変わらずおかしな声をあげているサラリーマンのケラさんがいた。金髪でソフトモヒカンのマッチョは、歯医者のセンセーだ。センセーのとなりで、ゴンママが冗談みたいに大きなダンベルを上下させていた。

常連のみんなと挨拶を交わすと、美鈴はゴンママのとなりに立った。鏡越しにゴンママが
「あら、どうしたの?」と訊いてきた。

「あのね、ちょっと本気でトレーニングをやってみようかなって。ゴンママ、教えてくれる?」

「あらぁ、どういう風の吹き回しかしら」

ゴンママは首をかしげると、両手に持っていたダンベルをドスンッ！　と床に下ろした。

そして、昨夜のように、心の奥まで見透かすような目で美鈴をじっと見詰めてきた。

「わたしはただストレス発散したいだけ。本当だってば」

「まあ、いいわ。トレーニングは自分を騙せないから。いまのミレイちゃんにはぴったりかも知れないわよ」

野太い声でゴンママは言って、含み笑いをした。

「じゃあ、早く教えて」

「分かったわよ。いい女は、ゆったり構えるものよ。そんなにせかさないの」

言いながらゴンママは、アーム・カールに使っていたダンベルをひとつ手にして、ラックに戻そうとした。と、そのとき、美鈴が勝手にもうひとつのダンベルを両手を使って持ち上げた。と言っても、膝の高さまでしか上がっていない。

「ミレイちゃん、無理しちゃだめよ。それ、三十五キロあるんだから。ギックリ腰になるわよ」

「大丈夫。わたしも片付けるの手伝う」

美鈴は三十五キロのダンベルを両手でぶら下げたまま、フリーウエイトゾーンをよたよたと横断し、それをラックの所定の位置に置こうとした。しかし、ラックは美鈴の腰の高さにあって、なかなか載せられない。

見かねたゴンママがこちらに歩いてくる。

なんとなく意地になった美鈴は、上半身を使ってダンベルを振り子のように振ると、「えいっ」とかけ声をひとつ放ち、腰の高さまで振り上げた。そして、その瞬間、放り投げるような感覚でラックの所定の位置へとダンベルを置いた……はずだったのに、狙いがわずかにズレてしまったのだ。

バキッ……。

乾いた音がした刹那、美鈴は内心で「やばいっ」と叫んだ。「痛いっ」という悲鳴は、反射的に口から出ていたものだった。ラックに載せ損なったダンベルのグリップと、ラックの縁との間に、指を挟んでしまったのだ。しかも、挟んだのは、ペンを握る右手の人さし指だった。

◇　◇　◇

「こりゃ、レントゲン撮るまでもなく骨折してるけど、一応、撮っとく？」

銀髪をオールバックに撫でつけた、ちょっと横柄な感じの整形外科医にそう言われて、美鈴は「はぁ……」と覇気のない返事をした。

とにかく、もう、どうでもいいから早く治して欲しい。指から炎が出るのではないかと思うほどの痛みが、ズキン、ズキン、と脈に合わせて襲ってくるのだ。怪我《けが》をした人さし指は、もはや親指よりも太く腫れ上がっていて、ほとんど明太子だ。

数枚撮ったレントゲン写真を見ると、第一関節と第二関節の間の骨が、見事にポッキリと折れていた。

「ほらね、折れてるでしょ」

なぜかご満悦な顔をした整形外科医は、美鈴の折れた指を金属板とテープで固定して、

「ま、こんなもんでしょ」と、なんとも投げやりな台詞を口にした。

「血行がよくなるから酒は駄目。飲んだら痛くなるよ。風呂に入るときは、ビニール袋で手を包んで濡《ぬ》れないようにして。痛みがあるうちはシャワーだけにした方がいいかもね。ま、三週間もすればくっつくでしょ」

くっつくでしょって、あんた……。

「あのぅ、先生」

「ん？」

「わたし、絵を描く仕事をしてるんですけど……」

「うん。で？」

「〆切とかがあって、描けないと困るんですけど……」

すると医者は「ふんっ」と鼻で嗤《わら》って腕を組み、椅子の背もたれにふんぞり返った。

「私があなたの指を折ったわけじゃないからね。困るって言われても、私が困るよね。違う？」

小憎らしい口調で言うと、医者は椅子をくるりと回転させてデスクに向かい、カルテにペンを走らせた。

スポーツクラブＳＡＢのスタッフが、車で連れてきてくれた病院とはいえ、どうにも腹が立つ対応だ。

二度とこんなところに来るもんか。

このクソジジイ――。

美鈴は横柄な初老の医者の背中に、「ベー」と小さく舌を出してやった。その様子を見ていた若い女性看護師が、下を向いてクスッと笑った。

◇　◇　◇

「ただいまぁ……」

自宅兼アトリエに戻った美鈴は、玄関でおもむろに靴を脱いだ。

「あ、先生、お帰りなさーい」

アシスタントの麻美が奥の部屋から陽気な声を返してくれた。

麻美はデスクについて、いつものようにこつこつと背景画を描いている。

「ねえ、麻美ちゃん」

「はい？」

「やっちゃったよ。これ」

「え……」

包帯ぐるぐる巻きの人さし指を見せると、麻美は開けた口を両手で押さえ、言葉を失った。

「病院に行ったら、骨が折れてるって」

「ちょ……。先生、どうして？」

「重たいダンベルをラックに戻そうとして、挟んじゃったの」

「…………」

「ほんと、我ながらドジだよねぇ……」

「ドジって……。この原稿のペン入れ、先生ができなかったら……」

原稿、落としますよ――心根の優しい麻美は、そこまでは言わなかった。「原稿を落とす」というのは、〆切に間に合わず、編集部に大迷惑をかけてしまうということを意味するのだ。いや、「月光の拳士」の人気度を考えると、編集部どころか出版社全体に大きな損害を与えることになるだろう。

「やばい、よね……」

言って、小さく嘆息したら、鞄のなかの携帯が、ブーン、ブーン、と振動しはじめた。仕事関係者からの着信だった。美鈴は左手で不器用に携帯をつかみ出し、液晶画面をチェックした。そして、泣きそうな顔を作って、麻美に振り向いた。

「え、まさか、よりによって、このタイミングであの人だったりして？」

麻美が眉毛をハの字にして言う。

「うん。その、まさか、よりによって、このタイミングで」

担当編集者の西山からの電話だったのだ。

「ああ、もう、しょうがない。正直に話すわ」

美鈴は清水の舞台から飛び降りる思いで通話ボタンを押した。

「もしもし」

《あ、どうも、先生。お世話様でございます。原稿なんすけど、調子はどうかなーって思っておりまして。今回も、大丈夫っすよね》

西山は入社二年目の若手編集者だった。悪い人ではないけれど、電話で話をするたびに、もうちょっと敬語の使い方を勉強したらどうかと思う。

「いまのところ、大丈夫ですよ」

《ああ、よかった》

「と、言いたいところなんですけど。じつはね——」

美鈴は西山に事の成り行きを嘘偽《うそいつわ》りなく話した。

《えええっ！　マ、マジですか。折れたって、それ、マジでヤバいですよ。だって、それって、原稿、落とすってことですよね》

「落とすっていうか、申し訳ないけど、物理的に描けなくなっちゃったってことなんだけど……」

《え、だって。それヤバいっすよ。俺、編集長に何て言えばいいんすか？》

「大丈夫。わたしが正直に話しますから、ちょっと編集長に替わってくれます？」

《だ、駄目っすよ。担当作家を怪我させたなんて言ったら、管理不行き届きで俺がヤバいっすから》

西山は声をひそめて言った。

「じゃあ、何て言うの？」

《…………》

経験の浅い若者は、受話器の向こうで黙ってしまった。荒くなった鼻息だけが変質者みたいにバフ〜バフ〜と耳障りな音を立てている。

まったく、小さな男だなぁ……。

保身ばかりを考えている男が哀れで、思わず嘆息してしまう。

とにかく、この鼻息をいつまでも聞いていると気分が悪くなりそうだったので、もう一度、編集長に電話を替わってくれと言いかけたとき――ふいに西山が声を押し殺してしゃべり出したのだった。

《先生、今回だけは、アシスタントに描かせちゃいましょう》

「えっ？」

美鈴は反射的に麻美の方を見た。麻美はデスクに両手をついて、心配そうな顔でこちらを見詰めていた。

この娘ならきっと、頼めば徹夜をしてでも描いてくれるだろう。でも、わたしの作品のキャラクターは、わたしが育ててきたのだ。読者は、わたしが身を削って描く絵を待っている。いくら信頼できるアシスタントとはいえ、丸投げするなんて、もってのほかだ。

「冗談は言わないでください」

美鈴は少しきつめの声を出した。でも、そもそも、この件に関する責任は一〇〇パーセント自分にあるだけに、あまり強くは言えなかった。

《やっぱ、駄目ですか。じゃあ……》

西山は開き直ったような声になった。

「じゃあ……？」

《ちょっと言いにくいっすけど、中指と薬指と親指で描いてみてもらえませんか？》

「え……」

《ペンは多少持ちにくくても、とりあえず絵が描けないことはないと思うんすけど》

「…………」

美鈴の顔色の変化に気づいた麻美が、「どうかしました？」と声をかけてきた。美鈴は携帯のマイクの穴をそっと押さえて、小声を出した。

「中指と薬指と親指だけで描けって……」

「えっ。ったく、あんにゃろ」

ふいに麻美は立ち上がって、こちらにつかつか歩いてくると、「先生、ちょっと貸してください」と言って、美鈴の手から携帯を奪い取るやいなや、荒々しい声を出した。

「ちょっと西山さん、無茶なことを言わないでください。こっちで少し先生と話し合って、またお電話いたします」

一方的に畳み掛けるように言って、麻美はブチッと通話を切った。そして、携帯を両手で持ったまま、ゆっくりと美鈴を見た。

「なんか、頭にきて、切っちゃいました」

麻美が「てへっ」とキュートな感じで笑ったので、美鈴も思わず噴き出した。

「麻美ちゃん、やるじゃん。ありがとね」

麻美はちょっと照れ臭そうな顔で、「なんか、すいません」とつぶやいて、携帯を美鈴に返した。

すぐに西山からのコールバックがあるかな、と思ったけれど、予想に反して美鈴の携帯はおとなしいままだった。

さて、どうしたものか――。

美鈴は右手のひらを頬にあてて思案した。原稿を落とせば、何十万人ものファンの期待を裏切ることになる。実家で病と闘っている父も、肩を落とすかも知れない。

ならば、とりあえず……。

「麻美ちゃん、わたし、ちょっと試してみるわ」

「何をですか？」

「人さし指を使わないで、描けるかどうか」

「え、そんなの無理に決まってるじゃないですか」

美鈴は「試すだけだよ」と言いながら、自分のデスクについた。そして、中指と薬指と親指だけで使い慣れたペンを握ってみる。

　痛み止めを飲んではいるものの、どうしても折れた人さし指に力が入ってしまい、焼けるような痛みが走る。それでもぐっと唇を噛《か》んで、コピー用紙の裏にさらさらとキャラクターを描いてみた。

「あれ？」背後から覗き込んでいた麻美が意外そうな声を出した。「先生……、案外、描けますね」

　たしかに、キャラクターの輪郭《りんかく》は自分でも驚くほど正確に描けていた。でも、それは合格点にはほど遠い絵だった。キャラクターに「魂」が吹き込まれないのだ。おそらく、痛みに意識が行ってしまうせいで、ペンの走りに「ノリ」がないのが原因だろう。

「先生」

「駄目だよ、これじゃ……」

「え？」

「キャラクターが生きてないっていうか、呼吸してる感じがしないもん。こんな絵じゃ、読者に見せられないよ」

「そっかぁ……」

　麻美がいかにも残念そうに肩を落とした。美鈴もデスクの上にペンを置いて、ため息を漏《も》らした。

コチコチコチ……と、壁の時計が音を立てる。こうしている間にも、〆切は刻々と迫ってくるのだ。

どうしよう、本当に……。原稿を描けないのなら、一刻も早く編集部に状況を知らせて、代わりにページを埋める漫画を仕込んでもらわなくてはならない。もちろん、今回のようなアクシデントに備えて、編集部では新人の読み切り作品や、中堅の短期集中連載などの作品をストックしている。とはいえ、入稿、校正、印刷の時間を考えると、もはやまごまごしている場合ではないはずだった。遅くとも、明日一番に連絡をしなければ、取り返しのつかないことになってしまうだろう。

「麻美ちゃん、やっぱり編集長に直接わたしから電話で話をするよ」

「編集部に電話すると、西山さんが取っちゃうかも知れないですよ」

「あ、そうか。でも、編集長の携帯番号、名刺には書いてないんだよなぁ」

「偽名でかけますか？」

「あ、それ、いいね。麻美ちゃん、ナイス」

美鈴は携帯を手にすると、不慣れな左手で編集部の電話番号を表示させた。そして、通話ボタンを押そうとした刹那——。

ブルブルブル……。携帯が震え出した。液晶画面には「スナックひばり」と表示されている。ゴンママだ。

「もしもし、ゴンママ？」

《そうよぉ。んもぉ〜、ミレイちゃんたら、指、大丈夫なのぉ。心配してたんだからぁ》

野太いけれど、愛情たっぷりなゴンママの声。

「あ、ごめーん。やっぱ、折れてたよ。でも、もうちゃんと固定してもらったから大丈夫。痛み止めの薬ももらったし」

《あら、やっぱり……。だって、あの瞬間、すごい音したもんね。あんた、右手の人さし指が使えないと、漫画も描けないし、ご飯だって作れないんじゃない？》

そういえば、まだ夕飯を食べていなかった。そのことに気づいたら、急にお腹が空《す》いてきた。麻美もきっと食べていないはずだ。

「うん……。そういえば、お腹空いちゃったな」

スナックひばりで、何か作ってもらって食べようかな——そう思ったとき、ゴンママが思いがけないことを口にした。

《あら、思った通り。じゃあ、今夜は特別サービスをしてあげるわよ》

「特別サービス？」

《そうよ。スナックひばりの出張サービスよ》
「え？」
《え、じゃないわよ。何も食べてないんでしょ。あたしとカオリちゃんで目眩《めまい》がするほど美味しいもの作って、一緒に食べてあげるわ。あんたん家、何か食材はある？》
美鈴はコピー機の脇に置いたままの段ボール箱を思い出した。実家の母が送ってくれた野菜だ。
「野菜は、たくさんあるけど……」
《あら、じゃあ、作り置きのできる野菜カレーでも作って、今夜はドッカーンと盛大にパーティーね》
野菜カレー。偶然にも、麻美が友達を集めて食べようとしていた料理だ。
「ゴンママ、本当に、いいの？」
《あんた、なに言ってんのよぉ。嫌だったらわざわざお店を閉めてまで行かないわよ。それに、あたしも少しは責任を感じてるのよ。なにしろ見ての通り、あたしったらハートが繊細な乙女座《おとめざ》なんだから》
ゴンママが、あの豪快なウインクをしている様子を思い浮かべた。
《んじゃ、いまからそっちに行くからね。あたしの頭がつっかえないように、天井を高くし

て待ってなさいよ》

美鈴はクスッと笑うと、「ありがと。ゴンママ」と言って通話を切った。そして、心配そうな顔をしている麻美に、そのままの笑顔を向けた。

「ねえ麻美ちゃん」

「はい」

「今夜は野菜カレーでパーティーやるよ」

「え、原稿は？」

「やめやめ。わたしの指には、ブルームーンだからね」

小首をかしげる麻美に、美鈴はブルームーンの意味するカクテル言葉を教えてあげた。

無理な相談です——。

◇　◇　◇

三十分もしないうちに、ドアのチャイムが鳴った。

「あ、ゴンママだ」

「わたし出ますね」

玄関にパタパタと駆けていき、ドアを開けた瞬間、麻美は「きゃ」と短い悲鳴をあげて後ずさった。後ろからついていった美鈴は、その様子を見て、思わず笑ってしまった。

なにしろゴンママは大きすぎて首から下しか見えていないし、となりのカオリちゃんはいつものコスプレみたいなバーテンダーの格好をしているのだ。これは麻美じゃなくても驚くだろう。

「お・ま・た・せ」

ドアの枠のなかにヌッと顔を出したゴンママが、いつもの豪快なウインクをした。カオリちゃんも、ペコリと行儀よく腰を折る。

「いらっしゃい。スリッパはそこにあるけど、ゴンママのは……」

「あたしは指人形になっちゃうから、そんなもの履かないわよぉ」

冗談を言いながら、巨漢が家のなかに入ってきた。

最初はあっけにとられていた麻美も、「あら、可愛いアシスタントちゃんねぇ。いつもミレイちゃんがあなたのこと褒めてるわよぉ」とゴンママに言われてから、徐々に本来の人なつっこさを発揮しはじめて、五分後にはすっかり旧友みたいに打ち解けていた。

さっそくキッチンに立ったゴンママとカオリちゃんが、器用な手つきで実家から送られてきた野菜の皮を剝《む》いていく。麻美がそれを尊敬のまなざしで眺めながら、二人の手伝いをしていた。

「料理っていうのはね、みんなで楽しく飲みながらやるのがいいのよぉ。ホラ、麻美ちゃん、あんたも飲みなさい」

「はい、いただきまーす」

ゴンママたちが買ってきてくれたビールを飲みながら、三人は台所でケラケラと笑い合っていた。美鈴は医者にアルコールを止められている手前、泣く泣く酒は我慢していたけれど、なんだかこうして自分の家に気の置けない友人たちが集まって冗談を言い合っているのを見ていると、不思議な安らぎを感じるのだった。

思えば、十八歳の頃に東京に出てきてから、こんな風に、肩の力を抜いて愉《たの》しみながら、ゆったりと流れる時間を過ごした経験など、ただの一日すらなかったのだ。そう、ただの一日すらも……。

「ミレイちゃん、あんた、指を怪我したからって、ボケッとしてないで手伝いなさいよ」

「え、わたし、何をすればいいの？」

「誰かがギャグを言ったらツッコミを入れるとか、自分の過去の笑える恋愛話を暴露するとか、いくらでもやれることはあるでしょ」

ゴンママらしい言い草に、みんなが笑った。

「わたし、先生の恋愛話って聞いてみたい！」

大鍋で具材を炒《いた》めながら、麻美が潑剌《はつらつ》とした声をあげた。きっと、友達と遊んでいるときはいつも、こんな声を出しているのだろう。

「ミレイさん、美人だから、いろんなネタを持ってそう」

カオリちゃんもロリータ顔を恥ずかしげにほころばせている。

「あたしより、ほんのちょっとだけ美人だしね」

ゴンママが言って、みんながまたくすくす笑う。

「そうねぇ……笑えるネタ、かぁ……」美鈴も愉快な気分になってきて、ネタを探しながら思考を過去へと遡《さかのぼ》らせていった。「あ、あったあった！　すごい告白をされたことがあるよ」

「ええぇ、聞きたーい！」

麻美が子供みたいに目をキラキラさせる。

「高校生のときにね、サッカー部の憧れの先輩に、夜の公園に誘われて、そこで告白されたの。で、その先輩がね、わたしにキスをしようとしてきて、もう、まさに唇と唇がくっつきそうってときに――」

キャー。若い女子ふたりと中年のオカマひとりが騒ぎ立てる。

「彼、花粉症だったみたいで、いきなり顔をそむけて豪快なくしゃみをしちゃったの。で、先輩が顔をこっちに戻したとき……」

そこで美鈴は言葉を区切って、みんなの顔を見た。

「え、なになに？　その先輩、どうなっちゃうの？」

麻美が好奇心丸出しの顔をして言う。

「かっこいいはずの先輩の顔に、ドバーッて大量の鼻水がね、口から顎までべったりくっついてて」

みんな一斉に悲鳴をあげた。きたなーい！

「慌てた先輩がね、わたしに向かって、ティ、ティッシュを、ティッシュをくれ！　って鼻水べったりの口で言うんだけどね、憧れの先輩のそんな顔を見ちゃったら、思春期のわたしとしては、もう、めちゃくちゃショックでさ」

「うんうん、分かります。で？」

もはや麻美は身を乗り出している。

「わたしね、思わずくるっと後ろを向いて、走って逃げちゃったの」

どっかーん、とみんなが爆笑した。

「あははははは。じゃあ、ティッシュのない先輩、その後はどうしたんですか？」

麻美が手を叩いて笑いながら訊いた。

「そんなの知らないよ。その辺の葉っぱで拭いたんじゃない？」

「葉っぱって〜！」

　麻美はもう涙目だ。

「あ、あんた、昔から罪つくりなオンナだったのねぇ」

　ゴンママも目に涙をためて笑っていた。カオリちゃんも、両手で口を押さえつつ、さもおかしそうに笑う。

「でね、翌日、先輩とバッタリ学校で会ったら、こんなこと言われたんだよ。『おい、昨日のは、なかったことにしてくれ』だって」

「きゃはは。それって、告白をなかったことにするのか、くしゃみをなかったことにするのか、分かんないですよね」

　麻美が、いいツッコミを入れてくれる。

「でしょ。なんかさ、その瞬間、あらためて千年の恋が冷めちゃったんだよね」

　自分の過去をしゃべりながら、美鈴も笑っていたのだけれど、でも、そのとき、なんだか少し泣きそうな気分にもなっていた。

　こんな風に「ふつうに愉しい」のって、いつ以来だろう——。

　なんだか長いあいだ忘れていた感覚を味わえたことが、やたらと感動的で、ちょっと込み上げてくるものがあったのだ。

美鈴は、まぶたの裏からじんわり染み出してくるしずくを、人さし指にぐるぐる巻きになった包帯で軽くぬぐった。自分のネタがおかしくて涙が出ているようなフリをしていたけれど、もしかするとゴンママはすべてお見通しかも知れない。でも、それはそれでよかった。一人くらい、わたしの全部を知ってくれている人がいたっていい。それがゴンママなら、言うことはない。


みんなで作った野菜カレーは絶品だった。なにしろ市販のルーを使わず、ちゃんと小麦粉から作ったのだ。

「このカレー、大人の辛口なんだけど、野菜の旨味《うまみ》がちゃんとあって、めっちゃ美味しいですね」

麻美がうっとりと目を細めて言う。

「ホントよね。このお野菜、すごく甘いわ。野菜スティックも一級品よ」

ゴンママは、自分で作った野菜スティックに、味噌《みそ》とマヨネーズを混ぜたペーストをつけて、ウサギの顔真似をしながらポリポリと齧った。

「実家が農家って素敵ですね。ミレイさんも帰省したときは、畑仕事をお手伝いしたりするんですか？」

　カオリちゃんは無邪気な顔をして痛いところをつく。美鈴は、ちょっと気まずくなって首を振った。

「じつはね、もう何年も実家に帰ってないの。仕事が忙しくて……」

「あら、じゃあ、今回の怪我はいい機会じゃない。ゆっくり実家に帰って、たまには親孝行してやりなさいよ」

　ゴンママがあっという間にカレーをたいらげて言った。

「でも、この指じゃ、親孝行もなにもできないよ。逆に心配させるだけかも」

「やれやれ、あんたは美人のくせにお馬鹿ちゃんね。娘なんてもんはね、実家に帰ってお母さんの手料理を食べて喜んでればいいのよ。それだけで家族は嬉しいんだから」

　ゴンママの言葉に、ふと母からの手紙の最後の一文を思い出した。

《たまには実家に顔を見せて、お母さんの手料理でも食べにおいで》

　そう書いてあったのだ。美鈴は包帯を巻かれた人さし指を見た。

「そっか。うん、そうかもね。この怪我、たまには実家に顔を見せろっていう神様のおせっかいなのかもね……」

「そうよ、きっと。あんた、お金はガッポリ稼いでるんだから、麻美ちゃんにもたっぷり有給休暇をあげなさいよ」

うん、そうだよね――。

と、言おうと思った刹那、ふいにドアのチャイムが鳴った。

「誰だろう？　宅配便かな」

美鈴は言って、壁の時計を見た。もう、夜の九時だ。

「わたし、出まーす」

席を立った麻美がインターホンに出ると、ぎょっとしたような声をあげた。

「えっ……、西山さん？」

◇　◇　◇

「う、美味《うま》いっす」

ゴンママに促されて、ひとり野菜カレーを口にした若い担当編集者が、感想を口にした。

「美味いっすけど……、先生、いまはカレーを食べてる場合じゃ……」

メガネの奥の神経質そうな西山の目を見て、美鈴は首を振った。

「西山さん、ごめんなさい。やっぱり、この指じゃ描けなくて」

「でも、それじゃ――」

テーブルに身を乗り出した西山に、麻美が強い口調で言葉をかぶせた。

「でも、じゃないです。さっき西山さんが言った通り、中指と薬指と親指だけで、先生は必死に描こうとしたんです。でも、やっぱり生き生きした線が描けなくて、それで断念したんです」

「生き生きって……。でも先生、全国の読者が心待ちにしてますよ。せっかく腕のいいアシスタントさんなんですから、今回だけは先生の指示のもと、代わりに描いてもらうってのはアリだと思いますけど。それに、アシスタントさんだって、将来は漫画家を目指してるんでしょ？　月影先生のゴーストをやったって言えば、この先、漫画編集者の見る目も待遇も変わってくると思いますよ」

西山はいけしゃあしゃあと言い放った。すると、麻美は「ふう」と、相手に聞こえるようなため息をついて、言った。

「わたし、いまカクテルを飲むとしたら、ブルームーンです」

ゴンママとカオリちゃんが、ニヤリと笑う。

「え？　何すか、それ……」

「ブルームーンにはね、無理な相談っていうカクテル言葉があるの」

美鈴が代表して答えた。

「無理って言われても、困るのは編集部なんすけど」

西山が口を尖《とが》らせた刹那――。

「ああ、まったくもう」ゴンママが迫力満点の野太い声を出したのだった。「坊やは、西山ちゃんっていうの？」

「は、はい……」

ギロリと巨漢に見据えられて、西山の背筋がピンと伸びる。

「あんた、今度、うちのお店にいらっしゃい。そしたら、ウォッカとライムとコアントローで作る、カミカゼっていうカクテルをご馳走してあげるわ」

「へ？」

西山はゴンママの迫力に完全に気圧《けお》されて、ゴクリと唾を飲み込んだ。

「カオリちゃん、カミカゼの意味を教えてあげてちょうだい」

「はい、ママ。カミカゼのカクテル言葉は、あなたを救う、です」

いつものキュートなスマイルで平然と答えたカオリちゃんは、生徒会長っぽい銀縁メガネの位置をくいっと直した。

「あなたを、救う――ですか？」

恐る恐る言って、西山が小首をかしげる。

「そうよ。坊やはミレイちゃんの担当編集者でしょ。いま作家のピンチを救ってあげられるのは、坊や以外に誰がいるの？」

「………」

「ミレイちゃんはね、プレッシャーと闘いながら、七年間もずっと休まずに働き続けてきたじゃない」

「はぁ……」

「それって大変なことよ。坊やに、それができる？」

「でも、それとこれとは、話が違うと思います……」

西山は子供みたいに口を尖らせた。すると、ゴンママは前触れもなく西山の上腕をぐいっと握った。

「痛《い》てててて……」

「あら、ずいぶん細いのね、坊や。筋肉が足りないわ。ちょっぴり心の筋肉も足りなさそうだけど——」ゴンママは、震え上がらせるようなド迫力でニヤリと笑うと、言葉を続けた。

「筋肉っていうのはね、トレーニングと休息の両方があってはじめて強くなるのよ。がんばるだけじゃ、逆に弱くなっちゃうの。あたしの見たところじゃ、坊やはトレーニングが足りなくて、ミレイちゃんは休息が足りてないわね。お互いが強くなるために、坊や、あんたはいま、何をすればいい？　ちょっと考えれば、分かるわよね？」

　グローブみたいな手で腕をつかまれたうえに、ギロリと至近距離で目を覗き込まれた西山は、思わず身震いをした。しかし、それでも最後のプライドを賭けたのだろう、ゴンママに向かって震える声で言い返したのだ。

「あ、あなたは部外者ですから、首を突っ込まないでください」

「あらそう。じゃあ、最後にひとことだけ坊やに言わせてちょうだい」

「…………」

　みんな、じっと押し黙って、ゴンママの分厚い唇が動くのを待った。するとゴンママは、ふいに優しい目になって西山を見詰めると、ささやくような声で話しはじめたのだった。

「いいこと？　人生に大切なのはね、自分に何が起こったかじゃなくて、起こったことにたいして自分が何をするか、なのよ。起こったことなんて、そのまま受け入れればいいの。どうせ過去は変えようがないんだから。でもね、考え方ひとつで、起こったことをチャンスに変えることはできるの。ピンチはチャンスよ。分かるわね、坊や。あなたは今回のチャンスを利用して、人気作家から絶大な信頼を得なさい。そうすれば、あなたの将来に、きっとプラスになるわ。しかも、ここで踏ん張れば、心の筋肉も少しは鍛えられて、いい男になれるわよ」

ゴンママはそこまで言うと、握っていた手をそっと離して、西山にバチンッと豪快なウインクを放った。西山はその風圧にひっくり返りそうになったけれど、なんとか後ろに手をついてこらえた。そして、思案に暮れたような顔でうつむいた。

あと一歩だ。もう少しで、この小さな男は落ちる。美鈴がそう思った刹那、今度は、思いがけずカオリちゃんが、彼の背中をそっと押すようなひとことをささやいたのだ。

「もしもミレイさんが他誌に移っちゃったら、それこそ大変じゃないですか？　ここは、作家の信頼を勝ち得た方がお得だと思います」

西山は、「はあ……」と、深いため息をついたあと、いよいよ観念したように言った。

「もう、何なんすか、この人たちは。分かりましたよ。いまから編集長に電話します。一ヶ月間、休載させてくださいって頼んでみます」

みんなの目に、パッと安堵《あんど》と喜色が浮かんだ。

「西山さん」

と、美鈴が自分の担当者を見た。

「はい？」

「どうもありがとう」

美鈴は、少し潤んだ目を細めた。

するとと西山は、ちょっと面映《おもは》ゆそうに後頭部をぽりぽり掻《か》くと、照れ隠しだろう、美鈴に釘《くぎ》を刺した。

「でも先生、休んでる間も、せめてプロットは練っておいてくださいよ」

「はい。練ります」

「あと、何ていうか……」

「なに？」

「僕が、もしも、首になったら――」

「あはは。まさか。首になんて、ならないよ」

美鈴が笑う。

「いや、もしも、ですよ。もしも僕が首になったら、別の出版社に行きますんで、そのときは――」

美鈴はくすっと笑って、頷いた。

「大丈夫。見捨てたりしないから」

麻美とカオリちゃんが、顔を見合わせて微笑んだ。

すると、いきなりゴンママが西山の首に極太の腕をがっしりと巻き付けた。まるでアナコンダに締め上げられた子豚のような絵になった。

「う、ぐ、な、何ですか、いきなり……」

「もう、坊やったらぁ、やるときはやるオトコじゃな〜い。今度あたしのお店に来たときは、カミカゼをやめて——そうね、カシスソーダをご馳走するわよぉ」

「カ、カシス、ソーダ、で、ですか……つーか、く、首、苦しいっす」

西山が目を白黒させながら喘《あえ》いだ。

「そうよ。カシスソーダのカクテル言葉、カオリちゃん、教えてあげてちょうだい」

「はい、ママ。ズバリ、貴方は魅力的、です！」

「もう、このまま坊やにチュウしちゃおうかしら」

悪ふざけしたゴンママは、でっかい唇をすぼめると、西山の頬にブッチュウウウウ〜っと、押し付けた。

「ぐえぇっ、や、や、やめて……、ぐだ、ぐだじゃ〜い……」

メガネがズリ落ちて泣きそうな顔をしている西山を見て、みんなで声をあげて笑った。

◇　◇　◇

鈍行電車がローカル線の寂れた駅に停車した。

大荷物を左肩から下げた美鈴が小さなホームに降り立つと、足元から長くて濃い影が伸びた。

空はマンゴー色の夕焼けだ。

この草と土の優しい匂い――。

走り去っていく電車を見送りながら、美鈴は田舎《いなか》の空気を思い切り吸い込んだ。

昔のままの改札口を出て、駅前のこぢんまりとした商店街を抜けると、頭上を二羽のカラスが飛んでいった。懐《なつ》かしい家、看板、お店、樹木、路地裏……。目に入るモノたちにいちいち胸をきゅんきゅんさせながら、同時にこの数年間で変わってしまった幾多のモノたちにも気づいて、切ないような想いを噛み締める。

時計店が潰れて駐車場になった角を左に曲がり、閑散とした住宅地を歩いていくと、やがて小さな公園が見えてきた。その手前を右折する。そこから先は、夕焼けに照らされた畑地が広がっていて、ぽつぽつと住宅が点在していた。農道の向こうにそびえ立つ銀杏《いちょう》の巨樹《きょぼく》を見つけると、美鈴の足は自然と速くなった。

と、ふいにコートのポケットの携帯が振動した。メールの着信だ。麻美からだった。題名は『ワイハ～♪』とある。

《先生、結局ハワイの格安ツアーに決めました。人生初の海外ですので、まずは入門編ということでワイハ～です（笑）お土産は任せてくださいね！　出発は再来週ですけど、それまでに水着探しとダイエットをがんばらないと（涙）　先生は指をお大事にしてくださいね。あと、ご実家のみなさまに、くれぐれもよろしくお伝えくださいませ♪　ＢＹアロハ麻美》

麻美からのメールを読むと、美鈴は「ふふっ」と目を細めて笑った。「月光の拳士」の一ヶ月間の休載が正式に決まったあと、麻美にはその間の有給休暇を約束し、ついでに臨時ボーナスをプレゼントしたのだ。

携帯をポケットにしまって、美鈴はさらに歩いた。

いよいよ銀杏の巨樹が目の前にそびえて、その角を右折すると、正面にいかにも農家らしい大きな玄関と、明かりの灯《とも》った実家の窓が見えた。

帰ってきたのだ。

仕事場ではなく、自分の本当の家に……。

きっといまの時間は、家族みんながそろって晩ご飯を食べているはずだよね。むふふふ。

ちょっとした悪戯心を芽生えさせた美鈴は、あえて正面玄関からは入らず、こっそり勝手口へと回った。明かりのついた居間の窓からは、美味しそうなカレーの匂いが漂ってきた。

今夜は、カレーか。むふふふ。

美鈴はそっと勝手口のドアノブを左手で握った。

ゆっくりと、深呼吸をひとつ。

そして——。

「ただいまっ！」

と、元気に言いながらドアを一気に開けた。

いきなりのことに、食卓についていた家族は全員ポカンとした顔をして美鈴を見た。

おじいちゃん、おばあちゃん……うん、元気そうだね。お母さんは……あはは、目をまん丸にして固まってる。

いちばん最初に「みぃちゃん……」と言ってくれたのは、車椅子に座ったお父さんだった。鼻に呼吸のための管を通しているけれど、ずいぶんと痩せてしまったけれど、でも、昔と同じとても優しい目で美鈴をまぶしそうに見てくれていた。

「あ、あんた、急に、どうしたの？」

やっぱりね。お母さんはきっとそう言うと思っていた。だから美鈴はあらかじめ用意していた返事を口にしたのだ。

「決まってるでしょ。お母さんの手料理を食べに帰ってきたんだよ」

みんなの顔に、みるみるあったかい笑顔が咲いていく。

その笑顔に、同じ種類の笑顔で応えながら、美鈴の瞳はじんわりと潤んでいった。

ああ、駄目だ。

泣いちゃいそう。

でも、その前に――。

美鈴は包帯ぐるぐる巻きの人さし指を、大好きな家族に向かって突き出した。

そして、昔みたいな陽気な声を出した。

「というわけで、一ヶ月間、ただ飯、よろしくね！」

第三章　国見俊介の両翼

男性用ロッカールームの鏡に顔をぐいっと近づけて、国見俊介《くにみしゅんすけ》は前髪を指先でいじった。ビミョーな垂らし具合を調整したところで、プーマの赤いジャージのポケットに両手を突っ込み、ジムへと続く階段を上がる。

「あら、シュン君、トレーニングこれから？」

踊り場で出くわしたのは、美鈴《みれい》さんだった。

「あ、これからっす」

顎《あご》を前に突き出すような若者独特の「お辞儀」をすると、俊介は自分のつま先のあたりを見下ろした。ざっくりと胸が大きく開いた美鈴さんのウエアを見て、目のやり場に困ったのだ。

「そう。がんばってね、高校生！　じゃあお先ね」

このジムでナンバーワンの美女に心臓のあたりを指先で軽く突つかれて、俊介は思わずゴクリと唾を飲み込んだ。

「ど、どうも……」

軽快な足取りで階段を下りていく年上の女性の背中に、中途半端な挨拶の言葉をかける。美鈴さんの華奢《きゃしゃ》で色っぽい背中が見えなくなると、俊介は、ふぅ、と短く息を吐き、少し気分を引き締めてから、ガラスの扉をくぐり抜けた。通い慣れたジムのフリーウエイトゾーンには、馴染《なじ》みの顔が見える。

最初に俊介に気づいて手を挙げたのはゴンママだった。この人はバイオレンス系のアニメのなかから飛び出してきたんじゃないかと思うほど、その巨軀《きょく》と筋肉のデカさには現実離れした迫力があるし、頭はスキンヘッドで、最近は口髭《くちひげ》までたくわえている。見た目は、泣く子も黙るほどシャレにならないのだが、じつは、とても気さくで愉快なオネエだ。年齢だけは、いくら訊《き》いても教えてくれないけれど、それ以外のことなら何だって教えてくれる珍しい大人だった。

そして、そのゴンママと愉快そうにしゃべっているのは、みんなから「シャチョー」と呼ばれているスケベ極まりない白髪の爺《じい》さんだった。都内で小さな広告代理店を経営しているというこの人は、末次庄三郎《すえつぐしょうざぶろう》さんという名前で、もう少しで七十歳になるらしい。でも、プロテインの代わりに中国製の怪しい回春剤をぐびぐび喉を鳴らして飲んでいるような、シモの方ばかりやたらと元気なご老体だ。ジムに通う目的は、決して筋トレではなく、若い女の子にちょっかいを出すためとしか思えないし、そして、今日もまた性懲《しょうこ》りもなくこんな台詞《せりふ》を口にしていたのだ。

「だからよ、ゴンママ、なんかこう、若者っぽくさ、お洒落《しゃれ》に口説く方法ってないもんかな」

あきれた俊介は、胸中で嘆息しながらも、しかしこの人たちの会話がやたらとおもしろいことは知っているから、「ちわっす」と声をかけながら近づいていった。

「あらやだ。いまどき、お洒落に口説くのなんて、逆にお洒落じゃないのよ。いまの若い子ってね、案外、ひと昔前の日本男児みたいにまっすぐ口説いた方が逆にオチるの。ね、シュン君?」

「えっ? ど、どうっすかね」

ゴンママにいきなり振られて、あたふたしてしまった。

「じゃあシュン君よ、あんたはどうやって女を口説くんだ? それとも、まだ童貞か? まあ、まだ十六歳だもんな。それにしても、いいよなぁ、青春ってのは」

不躾《ぶしつけ》なシャチョーさんの台詞に少しムッとしたけれど、たしかに自分はまだ童貞だったし、正直、まともに付き合った女性すらいない。性格がシャイすぎるのがその原因だと自分でも分かってはいるのだけれど、でも、性格なんてそう簡単には直らないってことも、この歳《とし》になれば分かってしまうのだ。

とにかく、いま、このオッサンたちにナメられたくはない。そう思って、俊介はぐっと顔をあげた。そして、「俺《おれ》……」童貞なんかじゃないっすけど——、と嘘《うそ》を言いそうになった瞬間、ゴンママが助け舟を出してくれたのだった。

「あらぁ、シャチョーったら、失礼よね。あのね、シュン君みたいなジャニーズ系はね、放っておいてもピチピチした活《い》きのいいギャルたちが津波のように押し寄せてくるのよ。べつに口説き方なんて知らなくてもいいの。逆に口説かれるんだから。ね、シュン君？」

バチンッ！　と、黒い扇子で煽《あお》がれたようなウインクが頭上から降ってきた。

「あ、いや、べつに、俺は……」

「そうか、まあ、キミがモテるのは分かるな。でも、シュン君だって、得意な口説き方のひとつくらいはあるだろうよ」

シャチョーさんは脂ぎった赤ら顔をこっちに向けて、ニヤリとスケべな笑い方をした。この、あまりにも裏表のない顔が、なんだか憎めないのだ。

「そんなの、ないっすよ」

「ホントか？　じゃあ、君が得意なのは紙ヒコーキだけか？」

からかうようにシャチョーさんが言うと、ゴンママが「紙ヒコーキ？」と、小首をかしげた。

「得意なんだろ、アレ」

　悪気のない顔で言って、シャチョーさんが俊介の肩を突ついた。

　ったく。バラすなっつーの……。

　ため息をこらえながら、俊介はジャージのポケットに両手を突っ込んだ。そして、渋々
「はあ、まあ……」とつぶやいた。

　あれは、ひと月ほど前のことだ。俊介がジムのロッカールームで着替えている際に、スポーツバッグのなかに紙ヒコーキが数機入っているのをシャチョーさんに見られたのだった。

　ネクラに思われるのが嫌で、ジムでは内緒にしていたのだが、じつは俊介の特技は昔から紙ヒコーキ作りなのだ。

「あら、その紙ヒコーキで告白するなんて、キュートじゃない。さすがジムのアイドルね」

　俺、いつからアイドルになったんだ？

　意味もなく照れ臭くて、後頭部を掻《か》いていたら、シャチョーがトレーニング用のベンチから立ち上がった。

「よし、じゃあ、その紙ヒコーキを作ってくれ」

「え、いまっすか？」

「そうだよ、いまだよ。言っとくけど、人生は短いぞ。何でもサクサクやらないと、歳をとってから、やっときゃよかったって後悔するんだ」

親指を立ててそう言いながら、シャチョーはジムのスタッフが立っている入口のカウンターに行くと、白いコピー用紙と赤い油性マジックをもらってきた。それを、こちらに差し出す。

「ほれ、シュン君、これで作ってくれ」

「まあ……じゃあ、作ります」

渋々ながらも紙だけを受け取った。

どのパターンで作ってやろうかな——俊介は頭のなかにストックされた紙ヒコーキのネタ帳をぺらぺらとめくった。そして、オリジナルも含めて、ざっと二百種類ほどある機種のなかから、ハート形になるべく近いものをいくつかピックアップしていく。

アレがいいかな。

うん、いいかも。よく飛ぶしな。

素人《しろうと》でも簡単に折れて、しかも、きれいなハート形の紙ヒコーキをひとつチョイスした。

そしてトレーニング用のベンチの上で手早くそれを折っていく。ヒコーキの重心は、あえて少しずらしておいた。こうしておけば、投げたヒコーキはクルリと回って、ブーメランのように戻ってくるから、この狭いフリーウエイトゾーンでも試験飛行ができる。ただし、投げ方にはコツがいる。機体を傾けて、少し強めに投げなければ、ヒコーキはうまく曲がらないのだ。

「はい。完成です」

「あら、ちょっと、すごいわね、シュン君」

俊介の手さばきに、ゴンママが感嘆した。

「ほう。人には、いろんな才能があるもんだなぁ」

ハート形の紙ヒコーキを受け取りながら、シャチョーさんも褒めてくれた。毎日通っているクソみたいな高校では、褒められたことなんて一度もないのに。

「じゃあ、この紙ヒコーキの翼に、かわいいキミが好き、デートしてください♪　って書いて……と。よし。出来た。そしたら、あのバイクを漕《こ》いでるカワイ子ちゃんに向けて——」

「え？　あ、だ、駄目っすよ——」

「それっ！」

シャチョーは俊介の説明も聞かずに、さっそく投げてしまった。しかも、ふわりと、軽く。これでは、ヒコーキはあまり曲がらないし、かといって、まっすぐにも飛ばない。つまり、中途半端に曲がってしまうのだ。

「いけ、愛のヒコーキよ、あのカワイ子ちゃんの胸に刺され！」

いい歳した爺さんが、まるで少年みたいな笑顔で空飛ぶラブレターのゆくえを見詰めている。でも、そのラブレターは、ふわふわ〜と飛びつつ、途中からゆっくりと曲がりはじめたのだ。

「あれれ、なんだ、おい、曲がっちまったぞ」

「だから駄目だって――」

紙ヒコーキはそのまま、くくく、と九十度曲がって、そしてショルダープレスのマシントレーニングをやっている五十歳くらいの太ったオバチャンにぶつかって落ちた。しかも、オバチャンの巨乳の乳首にジャストミートだ。

「いやんっ」

太ったオバチャンは、見た目からは想像もつかないような声を発した。そして、その声に、俊介とシャチョーは思わず固まってしまった。俊介は、自分の両腕に鳥肌が立っていることに気づいた。

オバチャンは、足元に落ちたハート形の紙ヒコーキを拾い上げると、翼に書かれた愛の告白を目にして、「あら？」という顔をした。そして、うら若き乙女《おとめ》のように頬を染めながら、ゆっくりとフリーウエイトゾーンを振り返ったのだ。

ま、まずい……。

そう思ってとなりを見たとき、俊介は絶句した。

シャチョーさんが、コイツ、コイツ、と自分を指差しているではないか。

「ち、ち、違います……」

慌てて首を振ってみたものの、つかつかとこちらに歩み寄ってくるオバチャンの迫力に気《け》圧《お》されて、思わず固まってしまった。

目の前まで来ると、オバチャンはしっとりと濡《ぬ》れた瞳でこちらを見詰めながら、ハート形の紙ヒコーキを差し出した。俊介は、ワケも分からず、それを受け取った。

「せっかくだけど、ごめんなさいね。いまの私には、あなたはちょっと若すぎると思うのよ」

「え……え……え……？」

「でも、あなたの気持ちは素直に嬉《うれ》しいから、ちゃんと受け取っておくわ。ありがとね。うふふ」

ご満悦のオバチャンは、そこまで言うと、くるりときびすを返し、豚のように大きなお尻をブルンブルンと振りながら去っていった。

な、何だったんだ、い、いまのは……。

茫然《ぼうぜん》自失のまま、そろそろと後ろを振り返ったら、ゴンママとシャチョーさんがこちらに背中を向けて立っていた。両手にダンベル。しかも、その肩が、小刻みにプルプルと震えている。

「シャチョーさん、ひどすぎっす……」

半泣きの俊介がこぼした瞬間、こらえていた二人の笑いが爆発した。

チクショー。

大人って、やっぱりサイテーだ。

◇　◇　◇

夜になり、俊介は自宅のマンションに帰宅した。

玄関先で靴を脱ぎながら、誰もいないと分かっている暗闇に向かって小声で「ただいま」とつぶやいてみる。

リビングには向かわず、まっすぐ自室に入り、パソコンの起動ボタンを押した。そして、冷えたままのコンビニ弁当をデスクの上に広げると、頼りないほどしなる割り箸でそれを突つきはじめた。

パソコンが立ち上がると、食事を摂《と》りつつ自分のブログをチェックする。昨夜書いた記事には、コメントがふたつ付いていた。俊介はいったん箸を置き、それぞれのコメントに丁寧なレスを返した。

一年ほど前から、俊介はこっそり「紙ヒコーキ日記」という名のブログを書いていた。地味なブログではあるけれど、いまでは毎日三十人ほどの全国の紙ヒコーキマニアたちが足跡を残してくれるようになったし、彼らのなかの数人とは、ネット上で親密な交流をはかり、ひそかに楽しんでいる。最近、いちばん親しいのは、青森県の八戸《はちのへ》市で縄文文化を研究しているという考古学者だった。ハンドルネームは「クマゴロウ」さんという。この人も紙ヒコーキのブログを書いているのだが、その内容がいかにも学者らしく、明解かつ緻密で、とても参考になるのだ。

弁当の残りを一気に掻き込むと、俊介は数学の授業中に新たに開発した紙ヒコーキの作り方をブログに書きはじめた。携帯で折り方の手順を撮影し、写真付きで紹介する。そして、末尾に、折る際の注意点や、実際に飛ばした感想などを付記すれば、完成だ。

ブログを書き終えると、手持ち無沙汰になった。

部屋の時計のカチカチ鳴る音がやたらと大きく感じはじめる。

あまりにも静かだと部屋が広く感じてしまうから、俊介はテレビをつけて、ベッドに寝転がった。ついでに携帯を充電器にセットしたけれど、どうせ誰かから連絡が入ることもない。

せいぜい、仕事中の父親から「今日は遅くなる」という内容のメールが来るか、さもなければゴンママをはじめとするジムのオッサンたちの誰かが、たまにご飯に誘ってくれるか——そのくらいだ。

俊介は仰向けになって、意味もなくため息を漏《も》らした。そして、ブログで紹介したばかりの紙ヒコーキをデスクの上からつまんで、寝たままひょいと飛ばした。大きめの翼を持ったそのヒコーキは、ふわりふわりと旋回しながら部屋を二周まわり、最後は壁にぶつかってポトリと落ちた。

狭いんだよ。この世界はよ——。

天井に向かって、そっとつぶやいてみた。

俊介の両親が離婚をしたのは六年前のことだった。

母はいま、別の男と都内のどこかに住んでいるらしいが、詳しいことは知らされていない。父は多忙な外資系の商社マンで、朝は早く、帰りは遅い。当然、家でもあまり顔を合わせることはない。親の愛情の代わりに、生活費だけはたっぷりともらっていたから、俊介は最新のゲームソフトも漫画も好きなだけ買うことができるし、お菓子だって何でも食べ放題だった。けれど、そういう楽しみは刹那《せつな》的であるということを、この歳になれば知っている。

例えば、部屋のなかでひとりぼっちでやるゲームは、「ああ、おもしろかった」と、ひとりごとを口にした瞬間、空疎で虚《むな》しいモノに思えてくるし、どんなに高価なお菓子を食べても、「ああ、美味《おい》しかった」とひとりごとを言ったとたんに、空っぽなため息が漏れてしまう。

高校生になった俊介はすでに「喜び」という感情の本質を理解していたのだ。

つまり、誰かと分かち合った喜びは大きくて長持ちもするけれど、ひとりぼっちで味わう喜びは、小さくてすぐに消えてしまうのである。

また、それと同時に、俊介は「自分」という人間の本質も、自分なりに分析していた。自分は他人と関わることが苦手なタイプの人間だ、ということを自覚していたのだ。どうやったらクラスメイトに好かれ、楽しくやれるのか――、その方法が、小学六年生の頃からよく分からなくなっていた。そして、他人にたいして苦手意識を持ったせいで、いっそう部屋に閉じこもって一人遊びに興じるようになったのだった。紙ヒコーキ作りをはじめたのは、ちょうどその頃からだった。

本格的に紙ヒコーキ作りにハマったのは、中学生の頃だった。近所の河川敷で行われる大会にも出場し、滞空時間を競う試合ではたくさんの大人たちを抑えて銀メダルを獲《と》ったこともある。

紙ヒコーキは、折るのも楽しいが、やはり飛んでいる姿がよかった。広い空をのびのびと飛んでいく「翼」に、憧憬のような想いを抱いていたのだ。

試作品として折った紙ヒコーキのテスト飛行は、決まって深夜に行っていた。マンションの九階にある自室の窓から、こっそり外に飛ばしていたのだ。しんと寝静まった夜の広がりに、ふわりと解き放たれた白い紙ヒコーキは、なんだか魔法をかけられた妖精の乗り物のようだった。とりわけ蒼《あお》い月明かりに映える翼は幻想的だ。きらめく鱗粉《りんぷん》の尾を引くように、闇のなかをぼんやりと輝きながらどこまでも飛んでいくのがいい。その夢のような光景を眺めていると、俊介はいつも不思議な気分になった。紙ヒコーキと自分が、目に見えない「糸」でつながっていて、紙ヒコーキが飛ぶほどに、自分の内側からその「糸」がスルスルと引き出されていくような気がするのだ。そして、その「糸」が引き出されるほどに、自分が何かから解放されていくような、そんな快感を味わっていたのだった。

小学六年生で孤独の意味を知って、中学の三年間でそれを深め、高校に入っても、俊介は「ひとり」だった。相変わらず友達もいなければ、彼女もいない。べつにいじめられているワケではないのだが、かといって、クラスで班を作ろうというときに、誰かが俊介に声をかけてくれるワケでもなかった。ようするに、みんな、俊介には無関心なのだ。周囲から関心を持たれずに生きる日々というのは、気楽そうに見えて、じつは思いのほか息苦しいものだった。たまに思い切って、こちらから声をかけてみても、用件が済んだらもう会話は続かない。すると、また、周囲との接点がプツリと断たれてしまうのだ。

学校という場所は、俊介にとって「空っぽな水槽」だった。すぐそばにはクラスメイトたちがうようよいるはずなのに、でも、網ですくってみても一匹の魚すら入っていない——そんな虚《うつ》ろな水たまりでしかなかったのだ。だから俊介は、この世界を、とてもシンプルな四文字で言い表すことができた。

サイテー。

そして、そのサイテーな世界を作ってきた大人たちこそが、何よりもサイテーだということには、中学生の頃に気づいた。大人とは、表情ひとつ変えずに白を黒と言い、しかも、ある日、突然、それをグレーと言ったりできる動物のことだ。さらにやっかいなのは、その矛盾について突っ込むと、「社会ってのは、そういうものだ」なんて、知ったような顔で上からモノを言うことだ。

「お父さんは、どうしてお母さんと離婚したの?」

小学五年生のときに訊《たず》ねてみたら、父は、とても重要なはずのその質問すら、はぐらかしたのだ。

「ごめんな、シュン。色々あるんだ、大人には。でも、父さんががんばるからさ……」

本当の理由も知らされないままに、ただ「はい、分かりました。じゃあ、がんばってください」と答えるのが子供の役目なのか？　いくら小学生だからって、そんなの納得できるはずもないのに。

中学二年生のときの担任には、こんな言葉をぶつけられた。

「なあ国見、お前が小生意気なのはさ、やっぱ、お母さんがいなくて卑屈になってるからなのか？」

このとき、俊介は本気でこの先生の脳味噌《のうみそ》を疑った。そんな質問をされて「はい、僕は母がいないから卑屈なんです」なんて答える生徒がこの世に存在するとでも思っているのだろうか？

他にも、似たような話はいくらだってあったけれど――とにかく、俊介にとって、大人はサイテーな存在だった。自分のエゴのためにサイテーな言動をとって、サイテーな世界を作り、そのサイテーな環境のなかに子供を無責任に放り込んでおいて、その子供を最後はサイテーな人間に分類しようとするのだから、もう、どうしようもなかった。両親も、親戚も、教師も、政治家も、サラリーマンも、タレントも、ネットで悪口ばかり書いている連中も、みんなそろってサイテーだ。

でも、高校生になって、新鮮な発見もあったのだ。

それは、こんなサイテーな世の中にも、ときには例外があるという、悪くない発見だった。ジムで会う、あのちょっとおかしなオッサンたちと美鈴さんだけは、サイテーはサイテーでも、どこか愛すべきサイテーなのだった。彼らは一般的には「変わり者」の部類に入るだろうけれど、でも、他のサイテーな大人たちとは、根本的に何かが違う気がするのだ。なんというか「匂い」が違う。阿呆《あほ》だけど、嘘臭くない、とでも言えばいいだろうか……。たとえ周囲の大人たちが白を黒だと言っても、彼らだけはきっと「白は白だよなぁ」と言って、笑い飛ばしてくれそうな気がするのだ。だから、彼らと一緒にいられるジムという空間は、俊介にとってはこの世で唯一の、ひとりぼっちでいなくて済む、サイテーで笑える「ホーム」なのだった。

◇　◇　◇

そんなジムで「青天の霹靂《へきれき》」を味わったのは、土砂降りの木曜日のことだった。

いつものように、学校帰りにジムに立ち寄って、だらだらと適当にトレーニングをしていたら、スタッフに連れられて新人がやってきた。白い細身のTシャツにピンク色のジャージズボン。そして、その顔を見た刹那、俊介は記憶の底の底から、ある名前を見つけ出したのだった。

向山《むこうやま》……恵那《えな》？

間違いない。小学六年生のときの同級生で、たしか吹奏楽部だったはずだ。卒業と同時に遠くに引っ越して、ええと、それから――。

考えていたら、彼女と視線がぶつかった。

「あれっ、もしかして、シュン君？　国見俊介君じゃない？」

付き添いのスタッフをよそに、恵那が目を丸くした。

「え、そ、そうだけど」

「わっ、やっぱりそうだ！　あれ、もしかして、わたしのこと忘れちゃった？」

「いや、覚えてるよ」

「よかったー」恵那はふくらみかけた胸の中心に両手をあてると、こう続けた。「わたしも覚えてるよ。っていうか、まだ持ってるよ」

「持ってる？」

「うん。ほら、わたしが引っ越すときに、くれたじゃん。あれ、まだ持ってるんだから」

「あれ？」

付き添いのスタッフは、空気を読んだのか、恵那のそばからそっと離れていった。

「そうだよ、あれだよ」

向山恵那の言う「あれ」が何なのか、さっぱり思い出せなかったのに、彼女はぺらぺらと勝手にいろんなことをしゃべりまくった。このやたらと機嫌の良さそうなしゃべり方は、昔とちっとも変わっていなかった。当時、クラスで唯一、恵那だけが俊介を「国見君」ではなく「シュン君」と呼んでいたのだが、その呼び方も変わっていなかった。しゃべるときの無駄に大きな手振りも、黒目がちなタレ目も、つやつやした焦げ茶色の髪も、ショートヘアも、右目の下の泣きぼくろも、みんな昔のままだった。

どこをどう見ても、向山恵那は小学生のあの頃とほとんど何も変わっていない。なのに、どういうわけだろう。俊介は、五秒とまともに彼女の顔を見ていられなかったのだ。

「おっ、シュン君、彼女かい？」

ふいに背後から声をかけられた。振り返ると、サラリーマンのケラさんが微笑《ほほえ》んでいた。重たいダンベルを上げるときに「ウハハハ」と奇妙な声を発してしまうけれど、常識のある、優しいオッサンだ。

そんなケラさんの質問に素早く答えたのは、恵那だった。

「いいえ、違いまーす！」

「あはは。ずいぶんハッキリ否定されちまったなぁ」

ケラさんは愉快そうに笑いながら、「じゃ、先にやってるよ」と言うと、いつものフリーウエイトゾーンへと向かって歩き出した。

フリーウエイトゾーンを見ると、例によって変わり者たちが独特のオーラを放っていた。

ふと、俊介に気づいたゴンママが、両手で盛大な投げキッスをしてみせた。俊介は軽く手を挙げて応えた。

「え……。シ、シュン君。ナニ、あのすごい人、誰なの？」

唖然《あぜん》とした顔の恵那が、俊介にだけ聞こえる声を出した。

「あの人はゴンママ。べつに怖くねえよ。慣れれば」

「え、ママ？」

「あの人、オカマなんだ」

ゴンママはヒグマのような巨軀を色っぽくくねらせながら、俊介と恵那においでおいでをした。もちろん、いつもの盛大なウインクもつけて。

「あ、呼んでる」

「え、ちょ……。うそ。あの人のとこ……行くの？」

「大丈夫だって。慣れれば。とにかく紹介してやるよ」

俊介が歩き出すと、後ろにちょっと萎縮した様子の恵那が付いてきた。さっきまでのトークの勢いはどこへやら、だ。俊介はもう一度「大丈夫だっつーの。慣れれば」と言いながら、妙なところで先輩風を吹かせている自分に気づいて苦笑した。

昔から社交的だった恵那は、すぐに「慣れ」た。

二十分と経《た》たず、フリーウエイトゾーンの濃い面々と打ち解けてしまったのだ。さっそくスケベなシャチョーさんは携帯のアドレスを訊きにかかっているし、歯医者の四海《しかい》センセーは歯のカタチをした名刺を恵那に押し付けて「シュン君のお友達ならさ、いつでも歯石のクリーニングやってあげるからね!」と、親指を立てている。ゴンママは「巨乳になりたかったら、大胸筋を鍛えて底上げするのよ。シリコンなんて入れちゃダメよぉ」と、いつもの下ネタを飛ばしながら、恵那にトレーニングを指導しはじめた。美鈴さんは、なぜか恵那のジャージの裾を勝手にめくって「わっ、いい! このきれいなアキレス腱《けん》、使える!」と、目をキラキラさせていた。唯一ケラさんだけは、そんなみんなの中和剤となるような、まともな応対をしてくれていたけれど、でも、「恵那ちゃんて名前、ええなあ」という駄洒落で、みんなを凍り付かせてしまった。

その日以来、恵那とはちょくちょくジムで顔を合わせるようになった。俊介は、なんとなく、トレードマークの真っ赤なジャージのなかに着るTシャツにも気を遣うようになり、鏡のなかの自分チェックも、以前よりマメになっていた。

「シューン君！」

恵那はいつも馴れ馴れしく声をかけてくる。けれど、俊介は彼女と同じテンションで応対できるはずもなく、つい「あ？」と、面倒くさそうな声を出してしまう。そして、とくに会話がはずむでもないまま、恵那は「じゃあね」と手を振ってこちらに背中を向けるのだった。

半月も経つと、社交的な恵那は、フリーウエイトゾーンの「変わり者」以外の人たちとも、親しげに会話をするようになっていた。

「わあ、すごい腕の筋肉ですね」

直球で褒める恵那に気をよくする単純な男たちのマヌケ面をチラッと見るだけで、俊介の内側には黒い熱が生じ、それを発散させたくて、つい、いつもより余計にダンベルを上げてしまう。

「恵那ちゃん、メアド教えてよ」

「あ、いいですよ」

そんなやりとりを視界の隅っこで見てしまうと、さらに筋肉に負荷をかけて、自分を苛《いじ》めてやりたくなるのだ。

たまに、恵那がじっと自分のことを見ていることがあった。でも、目が合うと急に尻がむずがゆくなって、俊介はぷいと視線を外し、何喰《く》わぬ顔で黙々とトレーニングに励んでみせた。

とにかく、ジムに恵那がいると、いつものダラダラした自分のペースではなくなってしまうのだ。

ああ、チクショー。めんどくせえな。

内心で愚痴ってはみるけれど、しかし愚痴るほどに、身体《からだ》の芯に得体の知れないパワーが湧いてきて、余計にぐいぐいと自分を追い込んでしまう。で、その結果、俊介は、ほとんど毎日どこかしらに筋肉痛を抱えているという、かつてない状況に陥ったのだった。

そんな勤勉すぎるトレーニング漬けの日々が二ヶ月ほども続くと、俊介は、なんとなく自分の身体に異変を感じはじめていた。鏡のなかの自分の姿が、どこか大人っぽくなっているようなのだ。体重もあまり変わらないし、服のサイズだって以前と同じなのだが、でも、なんだか、見た目がぎゅっと引き締まっていて、ゴツい感じになっている。

ある日、ゴンママがグローブみたいな手で俊介の上腕を握って、「ふふふ」と意味ありげに笑いながら言った。「シュン君、最近ちょっと男らしくなってきたじゃない？　恵那ちゃんが来てから、男性ホルモンがどぴゅどぴゅ噴き出しまくってるんじゃないのぉ？」

「はっ？　ナニ言ってんすか……」

「うふふふ。いいのよ、隠さないで。あたしには分かってるんだから。応援して、ア・ゲ・ル」

バチンと盛大なウインクが飛んできて、俊介はひっくり返りそうになった。

◇　◇　◇

学校の中間試験が終わった金曜日の夜、ゴンママが経営している駅前のスナックひばりで「筋曜日の会」という阿呆っぽい名称の宴会が開かれると聞いて、俊介も参加を申し出た。どうせ家に帰っても、とくにやることもないし、あの常連たちと一緒なら、けっこう楽しめるはずだった。

「うちはね、高校生には、あんまりお酒は飲ませないわよ。あんまり、ネ」

物分かりのいいゴンママは、そう言って、参加を認めてくれた。

その日のトレーニングを終えると、みんなでぞろぞろと連れ立ってスナックひばりに向かった。恵那は、メンバーのなかにはいなかった。彼女の通う学校はまだ試験の真っ最中らしく、この日はジムにも顔を出さなかったのだ。

駅前のロータリーから寂れた裏通りに入って、古ぼけたビルの前に立つと、やたらと妖艶な感じの黒猫が飛び出してきて「みゃあ」と鳴いた。そのビルの地下へと続く薄暗い階段を下りていくと、ちょっと威圧感のある木製のドアがあり、そのドアの向こうには、テレビのなかでしか見たことのない「大人の空間」が広がっていた。

「どう？　あたしのお店」

ゴンママに訊かれたけれど、他の店に入ったことがないから、何とも言いようがない。でも、とりあえず「いい感じっす」と答えたら、「こいつ、生意気なこと言うなあ」とシャチョーさんに頭をペシッと叩《たた》かれた。それを見て、みんなが笑った。

カウンターのなかには、銀縁メガネをかけた、やたらと色の白い美少女が立っていた。バーテンダーの格好をしているけれど、髪の毛がおさげだから、なんだかコスプレに見える。

その美少女に、みんなが次々とオーダーしていく。

「カオリちゃん、俺、ジントニックね」と、四海センセー。

「わたしは生ビール！」と、美鈴さん。

「今日も可愛《かわい》いねえ。ちょっと手相を見てやろう」

これはもちろんシャチョーさんだ。

「あたしとケラさんも、生ビール。それと、シュン君は――」

ゴンママが言って、俊介を見た。

「お、俺は——、えっと」

酒なんて、ほとんど飲んだことがないから、よく分からない。ビールが苦いってことは知っているけれど。

「何か、甘くて、うす——いの、お作りしましょうか？」

カオリちゃんと呼ばれた美少女系バーテンダーが、そう言ってにっこりと微笑んだ。薄暗いスナックの照明のもと、その微笑はあまりにもキュートでまぶしくて、俊介はちょっと目眩《めまい》を覚えそうになった。そのままぼうっとしていたら、横からゴンママに頰をチョンと突つかれた。

「うちのカオリちゃんに見とれてちゃダメよ。あなたには恵那ちゃんがいるでしょ」

「は？　い、意味わかんないっすけど？」

狼狽する俊介を、周囲がからかう。

「あ、やっぱりそうなんだ」

「わたしも、そうじゃないかって思ってたのよね。だって、あのきれいなアキレス腱だもん。普通は惚れちゃうわよね」

「いや、ちょっと、マジでそんなんじゃねえし。つーか、アキレス腱って何すか？　ホント、マジ、勘弁してくださいよ」

しかし、そんな風に抵抗できたのも、乾杯をしてから最初の三十分までだった。はじめてまともに飲んだアルコールが、脳味噌に甘く染み込んでいって、世の中がみるみるバラ色になってしまったのだ。そこに、百戦錬磨の大人たちによる誘導尋問がはじまったのだから、もはや高校生など赤子の手をひねるがごとく、いいように玩具《おもちゃ》にされるのだった。

「シュン君な、言っておくけど、人生って本当に短いぞ。好きな子がいたらさっさと告白しないと、いずれ後悔するからな」

シャチョーさんのいつもの台詞に、四海センセーが続ける。

「そうだよ。それとも、告白したくない理由があるとか？」

「いや、べつに……そういうワケじゃ」

くるくる気持ちよく回りはじめている頭のなかに、恵那の顔が浮かんでくる。そこにゴンママが追い討ちをかけてきた。

「恵那ちゃん、可愛いし素直だから、ジムでも人気者じゃない。誰かに奪われちゃったら、それこそ後悔するわよ」

「…………」

自分の知らない男にメアドを訊かれて、快く教えている恵那の様子を思い出して、炭酸入りの甘い酒をガブリと飲んだ。

「言っとくけど、恵那ちゃんのメアドを知らないの、このなかでシュン君だけよ」

美鈴さんの言葉に、衝撃を受けた。

「え、嘘でしょ?」

「いや。だって、俺も知ってるよ」

と、まさかのケラさんまで言い出した。

「こらこら、みんなシュン君を苛めないの。相手のことが好きだと、逆にメアドを訊けないっていう気持ち、みんなも分かるでしょ」

ゴンママは、そっと俊介の背中に大きな手を置くと、信じられないほど優しい声を出したのだ。

「きっとうまくいくわよ。元気だしてね」

その声のトーンと、背中をとんとんと叩くソフトな感触に、うっかり俊介はうつむいて
「はい……」とつぶやいてしまった。

「わっ、シュン君、いま、はいって言ったよ！　好きだって認めたぁ！」

美鈴さんが手を叩いた。

「えっ?」

しまった、と思ったときにはもう遅かった。四海センセーがグラスを掲げて陽気な声を出したのだ。

「よし、みんなでシュン君の純愛を応援しよう！　乾杯だぁ！」

「乾杯！」

みんなのグラスがカツカツと盛大にぶつかり合った。

ここまできたら、もうどうしようもなかった。酒にも酔っているし、もう、どうにでもなれという気分になってくる。俊介はグラスに残っていた甘い酒を一気に飲み干して、顔をあげた。

「くそっ、大人って、サイテー！」

言ったら、みんな手を叩いて大喜びだった。

そして宴会がお開きになる直前、つい、シャチョーとこんな賭けをしてしまったのだ。

「シュン君よ、俺がベンチプレスで七十キロ上げるのと、シュン君が六十キロ上げるの、どっちが先か勝負な」

「え、俺が負けたら、どうするんです？」

「シュン君が恵那ちゃんに告白する。俺が負けたら、ミレイちゃんをあきらめる」

シャチョーは目の前の美鈴さんに向かって「なんちゃってー」とおどけていたけれど、みんなは「シュン君、がんばれよ」「いや、負けて素直に告白しなさい」などと、好き勝手を言っていた。

ふと視線を感じてカウンターのなかを見たら、美少女バーテンダーのカオリちゃんと目が合った。心なしか、カオリちゃんが頷《うなず》いた気がした。

よ、よし。やってやる。

「わ、分かりました。俺、負けませんよ」


翌日から、俊介はこれまで以上に真剣にトレーニングに励んだ。ゴンママは手取り足取りベンチプレスの正しいフォームを教えてくれるし、四海センセーはニコニコ笑いながら、「よーし、まだいけるよ。ホラ、あと一回。じゃなくて、あと二回。あ、間違えた、あと三回だった」といった具合で、とにかく極限まで追い込んでくれるから、毎日のジムライフはとても辛《つら》く、充実したものになった。

恵那が来ている日は、さらに気合いが入った。もしも、賭けに負けたら、アイツに告白しなければならないのだ。

チラッと恵那の横顔を見る。すると、なぜか、フラれたときのことを想像してしまって、思わずゴクリと唾を飲み込んでしまう。とにかく、そんなことにならないためにも、トレーニングをがんばらなくてはならない。

それからしばらくして、シャチョーさんがいよいよ六十七・五キロを上げたという噂を耳にした日のこと——なんだか、ちょっと冴えない顔をした恵那がジムに現れて、ダンベルフライに励んでいた俊介を上から見下ろした。

「シュン君、おっす」

「お、おっす」

いつもなら、ここから恵那のご機嫌トークが炸裂《さくれつ》するのだが、この日はなぜか違った。ちょっと神妙な感じの声を出したのだ。

「最近、シュン君、なんか顔つきが変わってきたね」

「え、そうか？」

「うん。なんだろう、ちょっと男っぽくなったみたい？」

「え……」

トレーニングのせいか、緊張のせいか、俊介の心臓は外からドンドン叩かれているようで、声を出せないでいた。すると、となりで巨大なダンベルを手にサイドレイズ（肩のトレーニング）をやっていたゴンママが、代わりに口を開いたのだ。

「そりゃそうよ。シュン君はいま、男になるかどうかの瀬戸際でがんばってるんだもの。ね、シュン君」

　バチンと、いつものウインク。

「男に、なる？」

　恵那が小首をかしげた。

「そうよ。あと二・五キロで、目標のベンチプレス六十キロ達成。それに向けて、鼻息も荒いのよ」

「ふぅん」

　恵那は、分かったような、分からないような、中途半端な顔をした。俊介はダンベルをドスンと床に落としてベンチの上に起き上がった。

「つーか、お前、なんか、顔色悪くねえ？」

　訊くと、恵那は「そう？」と頰を両手で挟むようにして、少しぎこちないような笑みを浮かべた。

　何か、あったのか？

　俊介が訊こうと思った刹那のことだった。

　恵那のピンク色の唇から、思いがけない台詞がポロリとこぼれ落ちたのだ。

「わたし、来月、また引っ越すことになっちゃった」

「え……」

ゴンママと俊介は、恵那の顔をポカンと見詰めながら、言葉を失《な》くした。

「あーあ、せっかくジムのみんなと仲良くなれたのにな」

恵那は陽気な口ぶりで言った。その陽気さが、かえって恵那の淋《さび》しさを物語っているようだった。

俊介は、恵那に気づかれないよう、そっと深呼吸をした。

あまりの急な展開に、言葉が見つからない。

「ねえシュン君……」ゴンママの太い声が横から聞こえてきた。「あんた、あの賭け、負けなさい」

「え？」

「え？」

俊介と恵那の声がそろった。そして、顔を見合わせた。

負けなさいって、なに？

恵那の顔には、そう書いてある。

俊介は、ゴンママを見た。そして、きっぱりと首を振った。

「嫌っす。俺、勝ちに行きます」

負けて告白するのなんて、ゴメンだろ。

◇　◇　◇

もうすぐ恵那が引っ越す――。

考えるたびに、ダンベルを握る手に力が入る。

胃のあたりから込み上げてくる感情は、とても嫌な熱をはらんでいて、俊介はそれをトレーニングで発散させ続けた。なりふり構わず自分を追い込んで、限界の向こう側まで筋肉を痛めつけるのだ。ゴンママや四海センセーを見つければ指導をあおぎ、ゲームソフトや漫画を買うはずだった小遣いはサプリメント代金にまわして、クレアチン、ＢＣＡＡ、プロテインを充分に摂取した。夜更かしだらけの生活も根底からあらためて、睡眠時間を長くとるようにもした。筋肥大に欠かせない成長ホルモンは、寝ているときに大量に分泌されるのだ。

目標は、ベンチプレス六十キロ。

たったの、六十キロだ。

ならば手っ取り早くベンチプレスに使う大胸筋と上腕三頭筋だけを鍛えさえすればいいような気もするが、ゴンママのすすめで体幹や肩まわりのインナーマッスルの強化にまで精を出した。こうすると、フォームが安定して記録が伸びやすくなるのだそうだ。

昼間、学校にいる時間も、俊介の頭のなかはトレーニング一色だった。だから、期末試験を目前に控えた雨降りの木曜日、四時間目の授業中も、俊介はこっそり『筋肉大事典』という本を読んでいた。

すると、後ろからチョンと肩を突つかれた。ギクリとして振り返ると、四角四面のカタブツで知られる数学の教師、片桐《かたぎり》に見下ろされていた。いかにも理系っぽい冷徹な光を宿した目が、メガネの奥で細められている。

「国見、お前、数学の授業中にナニを読んでんだ？」

片桐は、俊介の机の上から昨日買ったばかりの本を取り上げると、「お？」と意外そうな声を出した。

「なんだ、お前、筋トレなんかに興味があるのか？」

興味があっちゃ悪《わ》りいかよ——と、胸裡《きょうり》でつぶやいたけれど、俊介の口は別の台詞を吐いていた。

「はあ、ちょっとだけ……」

「ふうん。お前、華奢に見えるけどな。運動部に入ってたっけ？」

「いえ」小声で言って、わずかに首を振る。

「じゃあ、なんで筋トレなんてやるんだ？」

なんでだっていいだろうが。うっせえジジイだな――。苛立《いらだ》ちが顔に出ないよう気をつけながら、「おもしろいから、です」と答える。

「どこが？」

「は？」

「どこがおもしろいんだ？」

「ええと……」

どこだ？　あれ、どこがおもしろいんだっけ？　自分で自分に問うたとき、恵那の笑顔が脳裏にちらついた。

「成長するところが、おもしろいです」

すると片桐は、くくく、と人を小馬鹿にするように笑った。

「お前な、筋肉で成長するより、こっちで成長しろよ」

片桐がこめかみを指差して言うと、クラスメイトの数人がくすくすと笑った。

「筋肉で成長するんじゃなくて、筋肉が成長するんです」

イラッとして、つい屁理屈を言ってしまった。

すると片桐はまた、くくく、と笑い、俊介の頭を分厚い『筋肉大事典』でボンと叩いた。

そして、教壇の方へと歩きながら、こちらを振り向かずに言った。

「ま、何でも成長しないよりはマシだけどな。この本はあずかっとくから、返して欲しかったら放課後、しっかり反省してから職員室に来い」

「………」

片桐は教壇の机に没収した本を置くと、何事もなかったかのように授業を再開させた。

しばらくすると、また後ろから背中を突つかれた。今度は後ろの席の柳井《やない》だった。一年生ながら野球部で活躍している男だ。

「国見、手紙が回ってきたぞ」

柳井はひそひそ声で言いながら、小さく折りたたまれたノートの切れ端をこっそり俊介に手渡した。

手紙？　俺に、誰が？

俊介は、教壇の片桐に気づかれないよう、後ろ手に受け取ると、机の下でこっそりとその紙を開いてみた。

《国見、筋トレやってんの？　じつは俺も最近ハマってんだよ。もしかして、サプリメントとか詳しい？　ＢＹ辻野《つじの》》

文面を読んで、俊介は教室の反対側の席にいる辻野の方を見た。この男も俊介と同じ帰宅部だが、プロレスファンを公言しているだけあってガタイはなかなかいい。野球部でもないのに坊主頭なうえに、黒目がちな小さなタレ目をしていて、なんとなく気のいい兄《にい》ちゃんといった風情の男だ。

辻野と目が合った。辻野は、左腕に力こぶを作る仕種《しぐさ》をしてみせて、ニッと意味ありげに笑った。

俊介は、思わず、ゴクリと唾を飲み込んだ。

この高校に入学して以来、こんな風に、いかにも「友達」っぽい笑顔を向けられたのは、これがはじめてだったのだ。

一瞬、リアクションに迷った俊介だが、とりあえず親指を立てて辻野に合図を返すと、今度は自分の数学のノートを、音を立てないようにそっと破いた。

そして、その紙切れに、手紙の返事を書き込んだ。

《サプリはわりと詳しいよ。ジムにすげえマッチョがいて、色々と教えてもらってるから。ちなみに、いまもあちこち筋肉痛》

そこまで書いて、いったんペンを止めた。そして、ひとつ深呼吸をして、続きをしたためた。

《この授業が終わったら、一緒に昼飯でも食う？　BY国見》

書き終えると、その紙を素早く折りたたんだ。重心が下にあって、ボディが細長い、ひたすらまっすぐに飛ぶ紙ヒコーキにしたのだ。そして、片桐が黒板に計算式を書いている隙に、ひょいと辻野に向けてそれを飛ばした。青い罫線が印刷された数学ノートの紙ヒコーキは、レールの上を滑るようにまっすぐ教室を横断し、辻野の正面へと飛んでいった。辻野がそれを嬉々《きき》とした顔でキャッチ。

さっそく手紙を読んだ辻野は、少し悪戯《いたずら》っぽいような笑みを浮かべ、ゼスチャーで「飯、一緒に食おうぜ！」と答えた。

俊介は再び親指を立てて頷いてみせた。そして何喰《く》わぬ顔で黒板に視線を移した。けれど、数式はちっとも頭のなかに入ってこなかった。ただひたすら心臓がぽかぽかしていて、ややもすると怪しくニヤけそうになる頬に緊張感を持たせるだけで精一杯だった。

誰かと一緒に昼飯を食うのなんて、いつ以来だ？

考えながら、ほっこりとため息をついたら、教壇の片桐と目が合った。

「国見、お前、数式を見ながらニヤけんなよ。気持ち悪いぞ」

片桐の台詞に、教室がドッと沸いた。

◇　◇　◇

その夜は、しっとりとした小糠雨《こぬか》が降っていた。

細かい雨滴に濡れながら、俊介はジムへと自転車を飛ばした。ロッカールームで着替えを終えて、フリーウエイトゾーンに顔を出すと、すでにいつもの変わり者たちが一堂に会して俊介の到着を待っていた。さりげなく恵那の顔を探したが、今日は来ていないようだった。

「お、いよいよ主役の登場だぞ」

ケラさんが言うと、両手を腰に当てた妙な格好でシャチョーが一歩前に出てきて、口を開いた。

「おっし、んじゃ、さっそく勝負しようや。シュン君、先にやってくれよ」

言いながら、ベンチを指差した。ベンチの周りには、ゴンママ、美鈴さん、四海センセー、ケラさんが腕組みをして立っていた。

今日は、シャチョーさんと約束をした例の賭けの、「勝負」をする日だった。

「いいか。俺に負けたら、あんた、恵那ちゃんに告白するんだからな」

「分かってますよ。でも、俺、負けませんから」

俊介は、トレードマークの赤いジャージの上着を脱いでゴンママにあずけると、Tシャツの両袖をめくり上げた。剝《む》き出しになった肩と上腕。少し前と比べると、かなり引き締まった感がある。

「シュン君、最初は少しでいいからアップしなさいよ」

俊介の赤いジャージを肩にかけたゴンママが、そう言ってバチンとウインクを飛ばしてきた。

小さく頷いた俊介は、とりあえず十五キロのプレートをバーの左右につけて、バーベルの重さを五十キロに設定した。そして、ゆっくりとベンチに寝そべった。バーを握り、呼吸を整え、ぐっと腕に力を込めてラックから外す。

あれ……、お、おかしいな。

なぜか、バーベルがいつもより重く感じたのだ。どうやら、今日は調子が悪いようだ。このところのオーバーワークが祟《たた》っているのかも知れない。

それでも俊介は、そのまま二回連続でバーベルを上下させた。

「お、軽そうじゃん。その感じなら目標の六十キロも行けるよ」

四海センセーがメガネの奥の目を細くした。

「少しインターバルをとってから、一気に勝負しなさい」

ゴンママが、五キロのプレートをバーの左右に足しながら言う。合計六十キロ。まだ一度も上げたことのない未知の重量だ。

俊介はいったんベンチの上に上体を起こして、肩まわりのストレッチをした。胸の谷間を露《あらわ》にした美鈴さんが、白くてやわらかい指で俊介の上腕に触れながら「なかなかいい腕になってきたじゃない」と、艶《つや》っぽい声を出したけれど、今日ばかりは集中を切らせなかった。

やってやる、絶対に――。

二分ほどインターバルをとってから、俊介は再びベンチの上に寝転んだ。ふぅ、と息を吐いて集中力を高め、バーを握る。

「シュン君、がんばれよ」

ケラさんの声が聞こえた。

「死ぬ気でやれば、絶対に上がるよ」

四海センセーも応援してくれる。美鈴さんと目が合うと、色っぽい微笑みを浮かべて、ゆっくりと頷いてくれた。シャチョーさんは腰に手を当てて、お手並み拝見、といった顔をしている。

ゴンママは……丸太のような腕を組んで、黙って、優しい目で見下ろしてくれていた。

『あんた、あの賭け、負けなさい』

あの日のゴンママの台詞が耳の奥に甦《よみがえ》ってくる。

ざけんな。俺は、負けねえっつーの。

俊介はバーをぐいっと押し上げて、ラックから外した。ずっしりとした重さが両手のひらを押し潰そうとする。

自分の体重と、ほぼ同じ重さだ。

よし、一気に決める！

俊介は未知の重量をゆっくりと下ろすと、そのまま胸に当たったバーを跳ね返しにかかった。

じりじりと六十キロのバーベルが上がっていく。

だが、半分ほど上げたところで、俊介の腕が震えはじめた。

「よし、行ける、上げろっ！」

誰かの声がした。俊介は歯を食いしばって大胸筋と上腕三頭筋に鞭《むち》を入れた。腕がさらに震える。だが、バーベルは押し上げる筋力と落ちようとする重力との間でぴたりと止まってしまった。

や、やばい。

このままだと、スタミナが切れて、潰れる……。

やっぱり、まだ、無理だったか。

弱気な思考が脳裏をかすめた刹那――。

「あきらめちゃ駄目！　男になりなさい！」

野太い声が炸裂した。ゴンママだ。

あきらめるって？　何を？　白濁しそうになっている脳味噌のなかに、ふと浮かび上がったのは、恵那の顔だった。

「死ぬ気で勝ち取りなさい！」

また、ゴンママの声。

分かったよ、うっせえな、死んでも上げてやるよっ！

ぐおおおぉぉ——。

均衡を保っていたバーベルが、じりじりと動き出した。自分の顔がうっ血していくのが分かる。

おりゃあああ。

無意識に口から怒声が漏れ出していた。

もう少し。

あと、少しだ。

俺は……、
絶対に……、
負けねえっつーのっ！

最後の一滴まで気力と筋力をふりしぼった。

ふと気づけば、震えていた肘が伸び切っていた。

六十キロのバーベルを、ついに上げ切ったのだった。

「おおお！」

誰かの声がして、パチパチと拍手が聞こえた。

や、やった……。

俊介はバーベルをラックに戻して、バーから手を離した。

と、同時に、思わず、「はぁぁ……」と情けないようなため息をついてしまった。でも、すぐにベンチの上に起き上がって、シャチョーさんを見た。

「上げましたよ、俺」

するとシャチョーさんは、えびす様みたいにニッコリ笑うと、腰に当てていた手で小さく拍手をしてくれた。

「やったな、シュン君。最初に上げたあんたの勝ちだな」

「え？　シャチョーさんも次にやるんでしょ？」

「いや、じつはさ、昨日の夜、ギックリ腰をやっちまってよ。勝負は棄権することにしたんだ」

「え……」

だから、さっきから腰に手を当てたまま、奇妙な格好で立っていたのか。

「まあ、どっちにしろ、シュン君の勝ちね」言いながら、ゴンママがポイッとあずけていた赤いジャージを俊介に放り投げた。そして、シャチョーさんを振り向いてニヤリと笑った。

「シャチョーさん、約束どおりミレイちゃんをあきらめなさいよ」

「え、嫌だよ、そんなの。だって俺はミレイちゃんに会うために、ジムに来てるんだからよぉ」

ほとんど駄々っ子みたいに言って、シャチョーさんは美鈴さんに笑いかけた。美鈴さんは、信じられないほどキュートな仕種で「あかんべー」をして、悪戯っぽく笑い返した。

「うわ、会社のシャチョーともあろう人が、約束を破るんですか？」

ケラさんも笑いながら突っ込む。

「そりゃ、ひどいっすね。でもさ、シャチョーさんが約束を反故《ほご》にするなら……」

四海センセーが俊介を見た。そして、その言葉の続きを口にしたのは、ゴンママだった。

「シュン君も、約束を破っちゃわないとね」

「え……」

賭けに勝っても、恵那に告白をしろってことか？

俊介は周囲をとりまいている大人たちを、ぐるりと見回した。みんな、にやにや笑っている。

「え……、まさか、みんな、グルだったとか？」

「グルだなんて人聞きが悪いな。みんな、たまたま同じ意見だっただけだよ」

四海センセーが笑いながら答える。

「だよねー」と、わざとらしく美鈴さんがみんなの顔を見て言った。

にやにやした大人たちの子供っぽい顔を見ていたら、なんだか急に力が抜けてしまった。

そして、ベンチの上にあぐらをかいて、俊介は吐き捨てた。

「やっぱ、大人ってサイテーじゃん」

◇　◇　◇

翌週、恵那が久し振りにジムに顔を出した。

恵那は馴染みになった人たちと愉《たの》しそうにおしゃべりをしながらトレーニングをしたあと、フリーウエイトゾーンに上がってきた。そして、いつもの怪しい面々に向かって「あの」と、少しかしこまったような様子で声をかけた。

トレーニング中だった怪しい面々は、ダンベルやバーベルを手にしたまま、恵那に振り向いた。

「えっと……じつはわたし、ここに来られるの、今日が最後なんです」

言葉の内容とは裏腹に、恵那は笑顔を浮かべていた。でも、いつもと比べると明るさ五〇パーセント・オフの淋しげな笑みだった。

「みなさん、ホント、色々とお世話になりました」

そう言って、ペコリと頭を下げる。

「なんだよ、美女がまた一人減るのかよ。おじさん淋しいよ」

シャチョーさんが、本気で肩を落としながら言う。

「メールするからね。またビジターでジムにおいで」

ケラさんが言うと、すかさず美鈴さんが「このアキレス腱ともお別れかあ。最後にもう一回だけ、触らせてね」と言ってしゃがみ込み、恵那のアキレス腱をつまんだ。

「引っ越してもさ、たまには歯石落としにおいでよ」

「はい。ありがとうございます」

四海センセーと恵那が握手をする。

そして恵那は、ゴンママを見上げた。ゴンママも淋しそうな目で頭二つか三つ上の高さから見下ろしていた。

「恵那ちゃん、引っ越しはいつなの？」

「来週の土曜日です」

「そう。じゃあ、しばらくはバタバタね」

「はい」

「で、具体的には、どこに引っ越すの？」

「えっと、駅で言うと――」

恵那が答えたのは、このジムの最寄り駅からJRで一時間半ほどのターミナル駅だった。

俊介が想像していたよりも、かなり近い街だ。

「あら、案外近いじゃない。それなら、ずっと逢《あ》えなくなるってわけじゃないわね。むふふふ」

むふふふ、のところで、ゴンママは意味ありげに俊介を見て、いつものカラスの羽ばたきみたいな豪快なウインクを飛ばしてきた。そして、そのウインクに釣られて、恵那の視線がまっすぐ俊介に向けられた。

ゴクリ……。

思わず唾を飲み込んだ俊介は、一人でどぎまぎしながら恵那にかけるべき言葉を探した。

しかし、先に口を開いたのは恵那だった。

「六十キロ、上がったんだってね」

「え……」

「短期間で、すごいじゃん」

恵那のタレ目が細められた。

「たいしたこと、ねえよ」

「ま～た、照れちゃって」

冗談めかした恵那の言葉に、俊介は顔に血が上っていく気がした。

「うっせえっつーの」

わざと素っ気なく言うと、俊介はくるりと恵那に背中を向けて、一人で歩き出した。そのままフリーウエイトゾーンから下り、ショルダープレス・マシンの脇にある休憩用ベンチにストンと腰掛けた。そして、タオルで顔の汗を拭く仕種をしてみせた。恵那と会話をしようにも、周りに興味津々なニヤけた目をした怪しいオッサンたちがいて、どうにも落ち着かなかったのだ。

小さく嘆息して、チラリとフリーウエイトゾーンを見遣《みや》ると、恵那がポツンと取り残されたような顔をしてこちらを見ていた。でも、すぐにゴンママに何か話しかけられて、ひっそりと日陰の花みたいに微笑んだ。

「ったくよ……はぁ」

俊介が自分の膝を見詰めながら湿っぽいため息をついたとき、目の前のショルダープレスのマシンに六十代とおぼしき女性が腰を下ろして、プレート一枚の重さでトレーニングをはじめた。

その様子を見て、俊介はふと思い出した。

そういえば、以前、このマシンを使っていた太ったオバチャンの乳首に、シャチョーさんが誤って紙ヒコーキのラブレターを命中させてしまったのだった。しかも、最後は自分が飛ばしたことにされちゃって……。

『いまの私には、あなたはちょっと若すぎると思うのよ』

太ったオバチャンのご満悦そうな表情が脳裏をかすめて、思わず身震いをした。だが、その刹那、どういうわけだろう、俊介の頭のなかにキラリとひらめきが降ってきたのだ。

紙ヒコーキ――。

俊介はすっくと立ち上がると、近くにいたジムのスタッフのお兄ちゃんに声をかけた。

「あの、ちょっと、紙とペンを貸してもらいたいんすけど」

「いいですよ。少しお待ちくださいね」

スタッフは体育会系らしく清々《すがすが》しい返事をすると、すぐにA４のコピー用紙とボールペンを持ってきてくれた。

「これで大丈夫ですか？」

「あ、はい。どうも……」

「それじゃ、後でボールペンだけ返却してください」

スタッフはそう告げて、テラスの方へと歩いていった。

俊介は、再び休憩用のベンチに腰を下ろした。そして、すぐさまA4の用紙に自分の携帯番号とアドレスを書き込むと、ベンチの座面の上で丁寧に紙ヒコーキを折った。

よっしゃ、完成。あとは――。

フリーウエイトゾーンを見たが、すでに恵那の姿はなかった。

あっけにとられていたら、ゴンママと目が合った。ゴンママはフランクフルトのような人さし指でジムの出入り口を指差しながら、もう一方の手で「早く行きなさい！」というゼスチャーをしていた。

えっ？

出入り口のガラス扉に視線を送ると、そこには恵那の後ろ姿があった。

お、おい、もう帰っちゃうのかよっ！

俊介は慌ててベンチから立ち上がると、そのままジムの出入り口へと走った。恵那はジムを出て、ゆっくりと階段を下りていた。階段を下り切ったところを右に折れると女子更衣室だ。あと二秒もすれば、恵那は右に曲がってしまう。

俊介は素早く手にしていた紙ヒコーキの翼の一部を軽く折り曲げて、右に曲がるよう細工をした。そして、階段の上からそれを飛ばした。

頼む、届け——。

俊介の計算では、紙ヒコーキがすーっと恵那を追い越して、女子更衣室の方に曲がったところで壁に当たって落下。それに恵那が気づいて拾う、というイメージだった。室内は基本的に無風だから、俊介には思い通りに紙ヒコーキを飛ばせる自信があった。

しかし、現実は、とんでもなくサイテーだった。

飛ばした紙ヒコーキは、空調による上昇気流に巻き込まれて、階段の下どころか、逆に上の方へと飛んでいってしまったのだ。しかも、蛍光灯と天井の隙間に挟まってしまったのである。

うそ、だろ……。

唖然としている暇はなかった。もはや恵那は階段を下り切って、女子更衣室へと曲がってしまったのだ。

声を、かけなきゃ。まだ、間に合う。

「恵——」

と、口を開きかけたところで、しかし、声を飲み込んだ。恵那とすれ違い様に、あの太ったオバチャンが階段を上がってきたのだ。

「あ～ら、この間のボクじゃな～い。今日はもう終わりなの？」

オバチャンがやたらと馴れ馴れしい口調で話しかけてきたときにはもう、恵那の背中は女子更衣室へと消えていた。

◇　◇　◇

その夜、俊介は一人でゲームセンターにいた。

格闘ゲームで憂さ晴らしをするつもりだったのだが、しかし、やってみたら負けっぱなしで、かえってストレスが溜《た》まってしまった。

「はあ……」

持っていた小銭をすべて使い果たして、空っぽなため息をついたとき、それがスイッチになったかのようにグゥゥ～と腹の虫が鳴いた。その情けない音を聞いたら、なんだか自分がひどく惨めに思えてきて、俊介は続けざまに深いため息をついた。

ゲーム機の椅子から立ち上がり、ふらふらと夜のベッドタウンの駅前へと歩き出す。ロータリーの周辺には、両肩から疲労を漂わせたサラリーマンたちが、それぞれ小さな靴音を響かせて帰路を歩いていた。

みんな、家族の待つ「ホーム」に帰るんだよな——。

俊介は、似たり寄ったりの地味な背広を着た男たちを眺めながら、いつも帰りの遅い父を想った。

俺の親父も、自分の住むマンションを「ホーム」だと感じているのかな？　深夜に仕事から戻って自宅のドアを開けたときに、愛想のない息子《むすこ》しかいない寒々しい部屋を見て、そこに家庭のやすらぎを感じられるのかな？

ま、どうでもいいや——。

俊介はポケットに両手を突っ込んで、駅に向かって歩き出した。しかし、駅のすぐ手前で、ふと何かを思い出したように立ち止まると、くるりときびすを返した。そして、うら寂れた細い路地へと入り込んだのだった。

少し歩くと、見覚えのある古いビルが視界に入った。その建物の前には、あの妖艶な感じの黒猫が行儀良く座っていた。

俊介は「おっす」と黒猫に声をかけ、そのまま古びたビルの階段を下りていく。そして、少々威圧感のあるドアの前に立った。少しだけためらいながらドアを押し開けると、静かなジャズと酒と煙草《たばこ》の匂いが一緒くたになって、俊介を軽く押し返そうとした。

「いらっしゃ〜い、って、あらやだ、こんな時間に未成年の不良が来ちゃったわよぉ。おまわりさんに補導してもらわなくちゃ」

少し緊張気味の俊介の顔を見るなり、ゴンママは悪戯っぽく笑ってくれた。その笑顔にホッとして、俊介は小さく嘆息した。

「酒を飲みに来たんじゃないし。べつに、いいじゃん」

から空きのカウンターに腰掛けて、俊介は言い返す。他のお客は、奥のテーブル席にいるワケあり風の中年男女だけだった。

「あら、じゃあ、何しに来たわけ？　お店じゃ、筋トレは教えないわよ」

「何なら教えてくれんの？」

「そりゃ、決まってるわよね、カオリちゃん」

ゴンママが、美少女バーテンダーに話を振った。流麗な手つきでグラスを乾布で拭きながら、カオリちゃんがくすっと笑う。そして、カナリアのような声で答えたのだ。

「愛と、人生、ですか？」

「正解！　さすがカオリちゃん、あたしの次に美人なだけあるわ」

「そんなのいいから、何か食べ物を出して欲しいんすけど……」

俊介がそう言ったそばから、また腹の虫が騒ぎ出して――「やけに切実そうなお腹だわね」とゴンママに笑われた。

「うちの特製まかない飯でいいなら、ゴチしてあげるわよ」

そう言って、ゴンママは手早く焼うどんを作ってくれた。ニンニク醬油《じょうゆ》で味付けしたそれは、驚くほど美味《うま》かった。

「めっちゃ、美味いっす」

がっついて麵《めん》を頰張る俊介に、ゴンママが言った。

「失恋をすると、ご飯が喉を通らなくなるタイプと、やたらとお腹が空《す》くタイプがいるのよねぇ」

「え？」

忙しく動かしていた箸をとめて、俊介が顔を上げた。ゴンママと目が合う。

「誰かを愛して誰かを失った人は、何も失っていない人よりも美しい」

「な……、何すか、それ？」

「イルマーレっていう映画に出てくる有名な台詞です」

ゴンママの代わりに、カオリちゃんが白っぽいカクテルを作りながら答えてくれた。

いったい、何を言いたいんだ、この人たちは――。

なんだか、今日ジムで告白に失敗したことがバレているような……、いや、でも、まさか、そんなはずは……。

内心、狼狽《ろうばい》している俊介をよそに、ゴンママがゆっくりと丸太のような腕を組んで、遠い目をした。

「でもね、愛した人を失わないように努力をした人だけが、きっと美しいのよ。最初からあきらめていた人は、たとえ愛する人を失っても、そんなに美しくないはずだわ」

「だから、さっきから何を言ってんすか？」

「シュン君は一生懸命にがんばったから、美しいって褒めてるんじゃない。でも、ちょっとアレは不器用だったわね」

「え？」

「いいから、ほら、あったかいうちに食べちゃいなさい」

「…………」

俊介が再び絶品の焼うどんを口に放り込んでいる間、ゴンママはカウンターのなかで誰かに電話をかけていた。そして、「じゃ、明日、七時に待ってるわよ。チャオ」と言って通話を切った。そして、俊介の前に立った。

「明日、また『筋曜日の会』をうちでやるから、シュン君も来なさいよ。七時スタートね。

遅れちゃダメよ」

「え……、でも、七時だと、トレーニングは？」

「明日は、みんなお休み。たまには完全休養も筋肉にとっては大事なの」

「…………」

「参加するの、しないの、どっち？」

どうせ明日も暇だ。家に帰っても誰もいないし、トレーニングに行っても、いつものメンバーがいないのでは退屈だ。

「じゃあ、参加します。あ、これ、ご馳走《ちそう》さまでした」

俊介が言うと、ゴンママは「お粗末さま」と言って微笑んだ。

◇　◇　◇

翌日、俊介は七時ちょうどに「スナックひばり」の扉を開けた。

そして「どうも」と適当な感じで言いながら薄暗い店内を見渡した瞬間——思わず固まってしまった。

ひとりぼっちで奥のカウンター席にいる女性に目が留まったのだ。

恵那だった。

他のお客は、誰もいない。

恵那はふと顔をあげて、俊介に小さく手を振ると、すぐにまた下を向いてしまった。どうやら携帯メールを打っているようだった。

「偉いじゃない。時間ぴったりね」

ゴンママが、悪戯っぽく笑いながら言う。

「他の人たちは、まだ来てないんすか？」

「そりゃそうよ。今日、うちは定休日。誰も呼ばないわよ」

ゴンママはしれっとした顔で言った。

「え？」

ということは？

俊介は、そこではじめてゴンママに余計なおせっかいをされたことに気づいたのだった。

そして……。

「はい、これ。シュン君にプレゼント」

店の入口の前で突っ立ったままの俊介に、ゴンママは驚くべきものを手渡したのだった。

「えっ！　な、なんで……」

俊介の手に載せられたのは、見覚えのある紙ヒコーキだった。

「あたしの身長だとね、階段の上の蛍光灯まで楽々届いちゃうのよ」

昨夜、ゴンママが俊介に妙な名言を言ったりしていた理由も、これで合点がいった。ゴンママはすべて知っていたのだ。悪戯っぽくニヤニヤ笑うゴンママに、ひとこと文句を言ってやりたくて、息を大きく吸い込んだ刹那、思いがけず俊介の携帯が鳴った。メールだった。画面を見ると、見知らぬアドレスからだった。

迷惑メールか？　訝《いぶか》しく思いながら、受信メールを開いた。そして、最初の一行が目に入った瞬間、俊介は慌てて顔をあげた。カウンターに座る恵那と、バッチリ視線が合った。

《恵那です。シュン君、紙ヒコーキのブログ書いてるんだってね。引っ越してからチェックするね。わたしのメアド、登録しておいてね》

文面に目を通して、恵那とゴンママを交互に見た。

「シュン君のメアド、ゴンママから聞いちゃった」

恵那がちょっと照れ臭そうに言う。

「ええっ。俺のアドレス、勝手に教えないでくださいよ」

「あ〜ら、ごめんあそばせ〜」

ちっとも悪いと思っていない口調で、ゴンママは白目を剝いた馬鹿面をしてみせた。

「ったくもう……信じらんねえよ」

ゴンママに文句を言いながらも、俊介はレスを入力した。

《登録完了。引っ越しても色々とがんばれよ。俺も筋トレがんばるからさ》

そして、送信ボタンを押した。

携帯の画面に、紙ヒコーキが飛んでいくアニメ画像が流れた。

「さああ、もう夜だから、健全なお子ちゃまたちは帰りなさいね」

言いながらゴンママが、二人を追い払うように手を叩いた。

「え？　だって俺、いま来たばっかりじゃん」

「お黙り。あんたは恵那ちゃんを、ちゃんと送ってあげるの」

まったく、ゴンママのおせっかいめ。

◇　◇　◇

二人で並んで店の外に出ると、街の夜風に夏の匂いが溶けていた。そういえば、もうすぐ夏休みだ。

となりを歩く恵那が、ショルダーバッグのなかから何かをゴソゴソと取り出して、俊介に見せた。

「ほら、これ」

「あ……」

それは赤い紙で折られた、ハート形の紙ヒコーキだった。

「小学六年生のときの、わたしが引っ越す日、教室でシュン君がこのヒコーキをわたしに向けて飛ばしてくれたんだよ」

「え？」

あ、そういえば……。

「あーあ。やっぱり忘れてんの。あのとき、わたし、告られたのかと思ってたのに」

恵那は、冗談めかして俊介を睨《にら》んだ。

「………」

「でもさ、高校生になってから引っ越すときに、また、同じ人から、同じような紙ヒコーキを飛ばしてもらえるとは思わなかったなぁ」俊介を睨んでいた視線を夏の夜空に移すと、恵那は感慨深げに嘆息した。そして、また俊介を見た。「ま、飛ばしてくれただけで、届かなかったけどね」そう言って、くすっと笑った。

「あれは、エアコンの風のせいだよ」

ぶっきらぼうに言いながら、俊介は両手をポケットに突っ込んだ。夏めいた夜風がTシャツの背中をはたはたとなびかせて、やけに心地よかった。だんだんと駅が近づいてくる。その駅の方を見遣りながら、恵那が小さめの声を出した。

「ちなみに――」

「え？」

「今度の紙ヒコーキは、告ってくれたってこと？」

「え……」

横にいる恵那が振り向いて、歩きながら俊介を見詰めた。夜の街の灯が、恵那の瞳のなかで星みたいに光っていた。

ここでイエスと言えなかったら、自分がサイテーになりそうだった。だから、ちょっとだけ大きく息を吸って、そして、震える息を吐き出しながら言った。

「つーか、お前、腹減んねえ？　飯でも食おうぜ」

「え、なにそれ？　デートに誘ってるつもり？」

「嫌なら、いいけど」

「うわぁ、ホント、素直じゃないなあ」

「うっせえな。飯食うのか、食わねえのか、どっちだよ」

言いながら駅の前を通り過ぎて、二人はファミレスに向かって歩き出していた。

「そんなに言うなら、仕方ないから、食べてあげてもいいよ」

恵那の返事に肩をすくめた俊介は、わざと大きなため息をついた。と、そのとき、ほとんど鳴らないはずの携帯が騒いだ。

「あ、メールだ」

どうせ父親か、あるいは、ゴンママが揶揄《やゆ》するつもりでメールしてきたに違いない。そんなことを考えながら画面を見た。

「誰から？」と、恵那。

「え……」

「えって、誰から？　もしかして、彼女？」

俊介は噴き出した。

「バーカ。学校のダチだよ」

「ふーん」

「ったく、こんなときにメールしてくんなっつーの。悪りいけど、ちょっとレス書かせて」

「うん」

《オスッ。いま外で人と一緒だから、あとで電話するよ。メール、サンキュー！》

照れ臭いような心持ちで本文を入力して、辻野にメールを送信した。画面に、紙ヒコーキのアニメ画像が流れる。

「オッケー」

「うん」

恵那の顔が、すぐそばにあった。手のひらのなかの携帯電話が、なんだか呼吸をしているように感じた。

「これがベンチ六十キロの腕ね。この先、何キロまでいくのかな」

ふいに恵那が俊介の上腕を、むんず、と握ったとき——、思わず俊介は「痛《い》てっ」と顔をしかめた。

「え、どうしたの？」

驚いて、腕を放す恵那。

「筋肉痛……」

それを聞いた恵那は、ニッと笑った。

「ふぅん、そんなにがんばってくれたんだ」

「は？」

「わたしに告白するために、シュン君が必死になってるって」

「え……？」

「わたし、シャチョーさんから聞いてたよ」

「えええっ！　ちょっと待てよ、なんだよ、それっ！」

　恵那が、くすくすと笑う。

「チクショー。あのクソオヤジども、ほんとにサイテーな連中だな」

　笑いながら、恵那が腕を絡《から》めてきた。

　サイテーだけど、でも――。

　その先を考えていたら、恵那が下から俊介を覗《のぞ》き込むようにして言った。

「そういうときは、サイテーじゃなくて、サイコーって言うんじゃないの？」

　二人の周囲を、会社帰りのサラリーマンたちが、くたびれた足取りで歩いていた。朝から晩まで働いて、そして自分の「ホーム」へと帰る人たち。家族のために、くたくたになるまでがんばっている人たち。

　そういえば、親父って、仕事の愚痴を言ったことがないな――。

　俊介は、遠い夜空を見上げた。

　薄曇りのせいか、星はひとつも見えなかった。でも、月のある場所だけはぼんやりと淡く光っていた。

「つーか、大人ってさ――」

「うん」

「サイコーにサイテーで、でも……、まあ、たまには悪くねえよな」

まどやかな気分で吐き捨てたら、「なにそれ」と恵那が笑った。

遠くで車のクラクションが鳴った。

その音に、俊介は、何の根拠もなく新しい人生を予感して、今度は夜空に向かって吐き捨ててやった。

「もう、みんな、サイコーにサイテー！」

第四章　四海良一の蜻蛉《とんぼ》

午後七時。

スポーツクラブSABのトレーニングジムのドアをくぐると、歯科医師・四海良一《しかいりよういち》は、自分の頬が緩むのを感じた。

「うぃっす、うぃっす！」

顔馴染《かおなじ》みのスタッフや会員たちに手を挙げて挨拶をしながら、いつものフリーウエイトゾーンへと上がる。

「あ、センセー、さっきはありがとうございました」

ジムでいちばんコケティッシュな美女、美鈴《みれい》が、いつものように四海の大胸筋をぺたぺた触りながら甘ったるい声をかけてきた。普通の男ならうっかり勘違いをして鼻の下を伸ばすところだが、四海のようにいつも触られていると、それはただの挨拶代わりだということを知っている。

「神経まで達してなくてよかったよね。また顔を出してくれればさ、歯石を落としてあげるからね」

　四海は昼間、美鈴の虫歯を治療してやったのだ。

「わーい、嬉《うれ》しぃ」

　小首をかしげて喜ぶキュートな美鈴に、ジムのあちこちから野獣どもの視線が飛んでくる気がする。

　四海がフリーウエイトゾーンを見渡すと、見慣れた面々がにこにこ顔で手を挙げていた。サラリーマンのケラさん、スケベな広告代理店のシャチョー、ちょっと生意気な高校生のシュン君。ひときわ強烈なオーラを発しているのは、身長二メートルを優に超えるウルトラ・マッチョで、ヒゲにスキンヘッドのゴンママだった。

「いやん、四海センセーったら、今日はいちだんとソフトモヒカンがイカすじゃな〜ぃ」

　両手にそれぞれ四十五キロのダンベルを持ったまま身体《からだ》をくねらせて、ゴンママがいつものウインクをぶっ放した。四海は慣れているけれど、これをはじめてくらった人は「風圧」を感じてひっくり返りそうになる。

「ゴンママ、ういっす。今日もいい歯してるねぇ、あはは」

「センセーも僧帽筋がモッコリしてて、ステキよぉ。あらやだ、あたし、こんな明るいところでモッコリだなんて〜」

ゴンママが巨大なダンベルで股間を押さえたのを見て、みんなで噴き出した。思春期のシュン君だけが、目のやり場に困って、ふて腐れたような顔をしているから、それが余計におかしい。

「ゴンママよぉ、あんたのでっかいムスコちゃん、そんなちっぽけなダンベルじゃ、隠し切れないだろう」

御歳《おんとし》七十に迫ってもアッチはビンビンらしいシャチョーが悪ノリをして言うと、ゴンママもニヤリと笑って切り返すのだ。

「あ〜らシャチョーったら、あたしのココにはまだ特大のバットとボールは残ってるけど、野球じゃなくてソフトボール用なのよぉ。だから悪いけど、これからはムスコじゃなくて、ムスメって呼んでちょーだい」

ゴンママの切り返しに、みんなはケラケラ笑いながらも、それぞれがトレーニングに励んでいる。四海が大好きな、いつもの和みの風景だ。

「おう、そういや、娘と言えばよ、ケラさんのところの娘さん、まだフランス留学中だろ？元気にしてんのかい？」

シャチョーが、スミス・マシンでスクワットに励んでいるケラさんに話題を振った。

「まあ、適当に元気みたいですよ。たまーにしか連絡をよこさないですけどね。この間の夏休みにはふらっと帰ってきましたけど、ひたすら生意気さに磨きがかかってましたよ。ったく、父親には冷たいんですよね。母親とは友達みたいにしてるのにね」

　ぼやきながらも、ケラさんの目は細くなっている。娘が可愛《かわい》くて仕方ないのがよく分かる。

「まあ、娘ってのはそんなもんだよ。うちの娘だって、年頃の時期は生意気だったんだ」

「え、シャチョーのところもですか？」

「そりゃそうさ。どこのうちだって同じだよ。十代のある一時期は、父親から離れようとするもんだ」

「そんなもんですかねえ」

「まあ、それが世に言う父親の悲哀ってやつだな」

　そこまで言うと、ふいにシャチョーがこちらを振り向いた。

「あれ。そういえばよ、四海センセーのところって、子供はいないんだっけ？」

「え？　あはは、まあ……」

　いつもはマシンガントークが売りの四海なのだが、この話題にだけは、舌がうまく反応してくれない。

「美人の奥さんがいるんだろ？　子供はさっさと作った方がいいぞ。あんたもう四十なんだからよ。もしアレなら、強壮剤飲んでみるか？　中国製だけど、これがまたよく効くんだよ」

ニヤリと意味深に笑うシャチョーだが、冗談で言っているような口調ではなかった。四海は、とりあえず「いやいや、それは、あははは……」と笑って誤魔化したのだが、なんだか上っ面だけの笑い声になってしまったし、顔もひきつっていた気がする。さりげなくシャチョーから顔をそむけて、ふと小さなため息を漏《も》らしたとき、斜め後ろから野太いオネエ声が差し挟まれた。

「こら、エロシャチョー、他人の家の性生活に口を突っ込むなんて野暮だわよぉ。突っ込むのはコレだけで充分よ」

ピンッ！

と、ゴンママがシャチョーの股間を極太の指で弾《はじ》いた。

「ひゃっ。痛《い》てえ〜っ！」

シャチョーの声が裏返っていたから、みんなで手を叩《たた》いて笑った。

いい感じに助け舟を出してもらった四海は、やれやれといった苦笑を浮かべてゴンママを見上げた。ゴンママは四海にだけ分かるように、ニッと笑うと、いつもより小さいウインクを飛ばした。小さくても充分に雀《すずめ》の羽ばたきくらいの迫力はあった。

◇　◇　◇

トレーニングを終えた四海は、シャワーを浴び、顔見知りたちに——またね。バーイ。寝る前には歯を磨いてね。たまにはフロスで歯間も磨いてね。お疲れちゃん——と、立て続けに手を挙げながら、駐車場に停めてあるベンツに乗り込んだ。

運転席の重厚なドアを閉めると、とたんに静寂に包まれる。エンジンをかけ、最近お気に入りのゴスペラーズのＣＤを流す。アクセルをそっと踏み込んで、四海は愛車を走らせた。

国道に出てしばらくすると、よく使うコンビニのある交差点があり、そこを左折した。家に帰るのなら、そのまま直進なのだが、今夜はなんとなく一人で車を飛ばしていたい気分だったのだ。

湾岸道路に乗り、そのまま西に向けてベンツを走らせた。さらに立体になった交差点を左に曲がると、四海は工業地帯の海へと向かった。

人気《ひとけ》のない夜の工業地帯は、ちょっとした異空間だった。奇怪なカタチをした工場が闇のなかで林立し、一見、無秩序に取り付けられた無数の黄色い灯《あか》りが、闇夜を淡いセピアに染め上げているのだ。

碁盤《ごばん》の目のように区画されたまっすぐな道路に入ると、アクセルを踏み込んだ。ベンツは音もなく加速し、四海の背中をバックシートに押し付けていく。左右の風景がビュンビュンと後方へ飛んでいくと、四海の胸に沈殿している憂鬱《ゆううつ》も、少しずつ振り落とされていく気がした。

やがて、遠く工場の敷地を囲う鉄柵の脇に、煌々《こうこう》と光る自販機を見つけた。ぽつんと道端に捨て置かれたようなその自販機に、わけもなく親近感を感じて、四海は車を止めた。

コーヒーでも買うかな——。

車から降り立ち、セピアがかった奇妙な夜空を見上げた。

カーン、カーン、という金属音が、一定のリズムで頭上に響き渡っている。足元の小さな草むらからは、コオロギの哀歌が漏れ出していた。

四海はホットの缶コーヒーをひとつ買い、ベンツを路駐したまま歩道を五十メートルほど南へ向かって歩いた。

金網で仕切られた工場の敷地の向こうには、夜の黒い海が広がっている。

時折、びゅっと海からの風が吹き付けてきて、トレードマークの金色のソフトモヒカンを震わせた。

左手奥に見える立ち入り禁止の港には、巨大な貨物船が停泊している。目を凝らしてみると、甲板の上には外国人らしき船乗りたちのシルエットがあって、みな忙しそうに動き回っていた。

　さて、どうしようか……。

　四海は小さく嘆息した。

　べつに自宅に帰りたくないというわけではない。でも、心のどこかに億劫《おっくう》な気分を抱いているのも事実だった。

「明日も、朝から診療だし。帰るか」

　あえて声に出してつぶやいて、ベンツを振り返る。愛車の背後には、細長い煙突たちが林立していて、セピアに濁った夜空に突き刺さっていた。煙突の先端からは煙が盛大に立ちのぼり、ほとんど真横に流されている。

　そういえば、あの日も、こんな風の強い日だったな……。

　工場の煙が海風に霧散し、消えゆく様をぼうっと眺めながら、四海は三年前の「あの日」を憶《おも》った。五歳になったばかりの娘、葉月《はづき》が、かさついた骨片と白い灰になった「あの日」だ。

　町外れの火葬場の煙突と、目の前の工場の煙突が、なんだかよく似ている気がしたのだ。

　四海は残り少なくなった缶コーヒーを、がぶりと飲み干した。トレーニング後で喉が渇いているはずなのに、あまり美味《うま》くは感じなかった。

足元で、一匹のコオロギが歌いはじめた。

四海は工場群の煙突をもう一度見上げた。

あれから、季節が三回めぐった。もしも葉月が生きていたら、小学三年生になっているはずだ。

葉月が三年生か……、どんな少女になっただろう……。

想像しようとしたけれど、脳裏に浮かぶのは病床で力なく微笑《ほほえ》む五歳の葉月の顔だった。

四海はジャケットの内ポケットから携帯電話を取り出した。

電源を入れて、写真のアルバムを開く。アルバムには、葉月が二歳だった頃から、死んだ五歳にかけての写真が、ずらりと並べられていた。

カーン、カーン、と工場の金属音がセピア色の夜を震わせる。

細い煙突から吐き出される大量の煙。

かすかに潮の香りのする、湿った夜風。

四海は過去のものから順番に、じっくりと幸福だった頃の写真を眺めていった。次にどの写真が出てくるか——、アルバム内の写真の順番はもうすべて記憶していた。

これから先、二度と新しい写真が加わることのないアルバム。

湿っぽすぎるため息は、いつものように飲み込んだ。

アルバムのなかの葉月は、写真を一枚めくるごとに瑞々《みずみず》しく成長していった。けれど、途中からは衰弱していった。そして、五歳になっていた。

◇　◇　◇

世間一般から見れば「高級」と評されるかも知れないマンションのエントランスを抜けて、エレベーターに乗った。九階で降り、四海の自宅、東の角部屋へと歩く。湿った潮風をしばらく浴びていたせいか、服が少し重たい気がした。

重厚な作りの自宅のドアのロックを解除し、玄関のなかに入る。廊下の突き当たりのガラス扉を見ると、まだリビングの灯りはついていた。

靴を脱ぎながら、その灯りに向かって声をかける。

「ただいま」

四文字の単語は、薄暗い廊下に吸い込まれて消えた。

妻の由佳《ゆか》からの返事はない。

四海はひとつ深呼吸をしてから、表情筋に力を込めて「笑顔」を作ると、廊下を歩き、リビングの扉を開けながら、もう一度「ただいま」と言った。

「お帰りなさい」

あまり抑揚のない由佳の返事。由佳はテーブルについてノートパソコンをいじっていた。

「由佳、聞いてくれよ、今日さ、ジムで笑っちゃったんだよね。ゴンママが、こーんな太い指でシャチョーの股間をピンッて弾いてさ――」

いつものマシンガントークをはじめながら、由佳のいるテーブルの向かいに腰掛けた。由佳はノートパソコンの画面に視線を落としたまま、顔をあげようともしない。ネットサーフィンでもしているようだ。

「ふーん。ゴンママさんって、相変わらずだね」

返事もどこか上の空といった感じだった。

それでも四海は、かまわずぺらぺらとしゃべり続けた。

頬の筋肉をさらにあげて、いつも以上の笑顔をキープしたまま。

返事を期待せずにしゃべり続けているうちに、四海の視線はいつしか由佳の背後にあるサイドボードの上へと向けられていた。そこには、家族が「三人」だった頃の写真が一枚だけ飾られていた。ディズニーランドにはじめて行ったときの写真だ。それは、まだ、葉月の身体に小児癌《しょうにがん》が見つかる前の、幸せな日常のひとこまだった。

写真は、左から、四海、葉月、由佳と並んでいて、頬がくっつくほどに顔を寄せ合った三人は、ほとんど目がなくなるような笑顔を浮かべていた。それは、自分たちの未来には決して不幸などないと信じ切った者だけに許された、ひたすら無垢《むく》な笑みに見えた。

四海は、しゃべり続けた。パソコン画面に視線を落としたままの由佳に。由佳の後ろで笑みを浮かべている写真のなかの葉月に。そして、未練を断ち切れないままの自分に——今日がいかに楽しくて、生きる価値のある一日であったかを。

ひとしきりしゃべり続けたら、無性に喉が渇いた。

四海は「笑顔」をキープしたまま、いったん言葉を区切った。

と、リビングに水を打ったような静謐《せいひつ》が満ちて、沈黙が苦手な四海はごくりと喉を鳴らした。

そのとき、由佳がパソコン画面から視線をあげ、四海を見た。

帰宅してからはじめて、視線が触れ合った。

だが、一秒、二秒、由佳は四海を見るだけで、口を開かずにいた。

居たたまれないような息苦しさを覚えた四海は、少し慌てて、何かしゃべろうと口を開きかけた。

そのとき——。

「ねえ」

由佳が先に小声を出した。

「え……」

「喉、渇いたでしょ。ビールでも飲む？」

由佳は小首をかしげるようにして言った。同じ小首をかしげる仕種をしても、美鈴のようなキュートさはなく、むしろ気怠《けだる》さをにじませる妻を見て、四海はため息をつきたくなった。

「ああ、いいね。まさにいま、喉が渇いたなって思ってたんだ。なんで分かるの？」

ゆっくりと立ち上がった由佳は、四海の質問には答えず、キッチンの冷蔵庫から冷えた缶ビールとグラスを持ってきた。

グラスは、ひとつだった。

「はい」

「ああ、ありがとう。ビールはさ、やっぱりグラスが冷えてないとね」

缶ビールとグラスを四海の前にそっと置くと、由佳は「じゃ、わたしは先に寝るから。おやすみなさい」と言い残し、くるりとこちらに背を向けた。

「あ、ええと」

「なに？」

「いや……。トレーニングの後のビールは最高なんだよな」

「それだけ？」

「うん」

「じゃあ」

「うん、ありがとね。おやすみ」

後ろ手にリビングのドアを閉める由佳の痩せた背中を見詰めたまま、四海はこの日最後のマシンガントークを放った。

バタン。

ドアが閉まると同時に、マシンガンの弾が切れた。

ひとり取り残された四海の口から、短いため息が漏れる。「笑顔」のまま固まっていた頬の筋肉も、じわじわと緩んでいくようだった。

冷えたグラスにビールを注いで、サイドボードの上の写真に目をやった。

小さな額のなかで、家族三人が笑っている。なんの不安も、怖れもなく、心おだやかな、きらきらした空気のなかで。

あの写真のなかの自分と同じ笑顔を、いまも私は由佳に向けられているだろうか……。

考えたら、背中にどっと疲れがにじんできた。

「ふぅ。いただきます……」

冷えたグラスを手に、葉月の笑顔に向かってつぶやいた。

コチ、コチ、コチ……。

壁掛け時計の秒針が存在を主張しはじめたリビングは、普段よりもずいぶんと広く感じる。四海はビールを一気に半分ほど飲み干した。喉は冷たくて心地いいのだが、さっきの由佳の背中を思い出すと、盛大なゲップよりもむしろ、ため息が出そうになる。

四海はふと思い立って、グラスを置き、椅子から立ちあがった。そして、おもむろにテーブルの下に潜り込んだ。窮屈な姿勢で、天板の裏を見上げる。

（パパのきんにく、だいすき）

ひとつひとつの大きさがバラバラな子供らしい文字が、天板の裏には書かれているのだ。それは、自分の死を悟った葉月が、四海と由佳に内緒でこっそりと書き残してくれた、無数の落書きメッセージのひとつだった。

パパ、今日も筋トレしてきたよ――。

いとおしい落書きを眺めつつ、胸裡《きょうり》でつぶやいた。やがて四海は、おもむろにテーブルの下から這《は》い出ると、残っていたビールを一気に飲み干して携帯電話を手にした。アドレス帳から、馴染みの番号を探し出す。

スナックひばり――。

四海は通話ボタンを押し、呼び出し音に耳を傾けた。
《お待たせ致しました。スナックひばりです》
三コール目で、カオリちゃんの礼儀正しい美声が聞こえた。
「もしもし、カオリちゃん？　こんばんは、四海です」
《あ、センセイ、こんばんは。この間はありがとうございました》
少し前に、歯のクリーニングをしてあげたのだ。
「いま、カウンターは空いてる？」
《はい、見事なくらいに空いてます。暇すぎてママも大あくびです》
うふふ、と受話器の向こうでカオリちゃんが笑った。バーテンダーの格好をした銀縁メガネの美少女の笑顔が、四海の脳裏に浮かんだ。
「じゃあ、念のため、いつもの席を予約しておいてくれる？　これからブラブラ歩いて行くからさ」
《はい、分かりました。ママも話し相手が出来て喜びます》
「あはは。じゃあ、後で。美味《おい》しいカクテル作ってね」
《はい。お待ちしております》
通話を切った四海は、もう一度サイドボードの写真に視線を送った。由佳も、葉月も、そして自分も、こちらを向いて無邪気に笑っている。四海は、そっと写真立てから写真を引き抜くと、読みかけの文庫本に挟み、財布と一緒に小さなショルダーバッグに入れた。そして、誰もいないリビングに「ちょっと、いってきます」とつぶやいて、玄関に向かって歩き出した。

◇　◇　◇

三年前、五歳だった葉月は、小児癌のため都内の大学病院でその短すぎる生涯を終えた。

子煩悩だった四海は、娘の死を受け入れられず、ほとんど抜け殻のようになってしまったのだが、由佳はその分、歯を食いしばって前を向き、必死に笑顔を浮かべては、四海の精神的な支えとなっていた。

当時の四海は、クリニックを開業して、まだ日が浅かった。不慣れなことが多いせいか仕事上のトラブルが続出し、治療も非効率的で、無駄に忙しい日々が続いていた。来院する患者の数も想定していた数の半分ほどしかなく、収入面を考えても不安の大きい船出を迎えていたのだった。

まもなく、四海の胃には複数の潰瘍《かいよう》が出来た。その症状は決して軽くはなく、わずかでも空腹を感じると背中にひどい疼痛《とうつう》が突き抜け、仕事に差し障るほどだった。

しかも、不幸はそれだけでは終わらなかった。今度は田舎の実母までもが他界してしまったのだ。

娘の死。仕事の窮境《きゅうきょう》。母の死。

もはや完膚《かんぷ》なきまでに打ちのめされた四海の姿を見て、由佳はいっそう気丈に振る舞い続けた。

心のど真ん中を鬱《うつ》に巣食われていた四海の目には、もはや世界は絶望としか映らなかった。だが、そんな絶望の闇のなかで、唯一、見つけることのできた救いの灯台が、由佳の明るさだったのだ。

四海はその灯りを拠《よ》り所にして、心身ともに依存し続けた。しかし、一方的な依存は、人間関係のバランスを崩壊させる。まもなく四海は仕事のストレスを由佳に叩き付けるようになり、それまでは、ほとんどなかったはずの夫婦喧嘩《げんか》を繰り返すようになったのだった。

やがて、夫婦関係を根底から揺るがせる事件が起きた。

それは、生ぬるい小雨が降り続いた、九月の夕食時に起きた喧嘩だった。

由佳が、何気なく四海に「ねえ、パパ」と呼びかけたときのことだ。「パパ」という単語の持つ意味と、由佳の取って付けたような明るすぎる態度に、四海はザラリとした違和感を覚えた。その違和感はみるみる胸のなかで膨れ上がり、四海の背中と両腕に鳥肌を立たせた。

そして次の刹那《せつな》、四海は手にしていた箸を茶碗の上に置くと、由佳を正面から見据えながら、まだ飯粒の入った口を開いたのだ。

「嫌がらせかよ。もう、葉月はいないんだぞ……」

「え、なに？」

「なに、じゃねえよ。いつまでもさ……、いつまでも、俺《おれ》のことをパパなんて呼ぶなっ！」

「…………」

コチ、コチ、コチ……。

壁掛け時計の秒針の音が響き渡っているのに、リビングのなかはむしろ時間が止まったように冷え込んだ。

由佳は、呆然《ぼうぜん》とした表情で四海を見ていた。

四海もまた、行き場のない感情の逃がしどころが見つからないまま、由佳を睨《にら》んでいた。

「いいか、俺のことを、二度とパパなんて呼ぶな」

自分の心とはまったく別のところで汚らわしい言葉が発生して、それが勝手に自分の口からドロリとあふれ出ているような、そんな感覚を四海は覚えていた。

明るかったはずの由佳の表情から、血の気が失《う》せていくのが分かった。瞳の奥に優しく灯っていた、あの灯台の灯りさえもしぼんで消えてしまった。やがて焦点が曖昧《あいまい》になった由佳の両目から、ぽろりぽろりとしずくがこぼれはじめた。

「なんだよ、泣くなよ」

「………」

それから由佳は、ほとんど過呼吸になりそうなほど速い呼吸を繰り返した。明らかに、その様子は異常だった。椅子に浅く座り、糸の切れた操り人形みたいにだらりと両腕を体側に垂らしたまま、苦し気に速い呼吸をしていた由佳は、やがて、顔を上に向け、堰《せき》を切ったように嗚咽《おえつ》しはじめた。喉のずっと奥から魂を絞り出すようなその泣き方は、由佳の肉体からみるみる精気を放出していき、そのままミイラにしてしまいそうな狂気をはらんでいた。葉月を失ってからずっと、ぎりぎりのところで張りつめていた由佳の精神が、一気に崩壊したような、そんな泣き方だったのだ。

「おい、泣くなって言ってんだ。いくら泣いたって、もう、葉月は戻らないんだぞ！」

由佳の嗚咽にかぶせるように大声を出したが、四海の言葉はもう、ただの一文字すらも由佳には届かなかった。

「う、うるさい。泣くな。黙れ！」

俺は、何を言ってるんだ？

「泣くなって言ってんだっ！」

葉月を失って以来、ずっと健気《けなげ》なまでに明るく振る舞いながら、壊れた自分を必死に支えてくれた妻に、いま俺はなんという言葉をぶつけているんだ？

四海のなかにいる、もう一人の自分は、たしかに罪悪感に苛《さいな》まれていた。しかし同時に、意思とは無関係に、内側からあふれ出す黒い感情を抑え切れない自分もいたのだ。

由佳の嗚咽は、ひどい耳鳴りのように四海の頭の芯で鳴り響いた。頭痛がした。目の前が真っ白になりそうな気もした。

逃げ出したい。この世界から——。

切実に願いながら、テーブルの向こうで壊れたように嗚咽する由佳を眺めていたら、ふいにその姿がゆらりと揺れ出した。そして、どこか遠くの方から「おおおおお」と、やけに耳障りな男の声が聞こえてきた気がした。

驚いたことに、それは四海自身の喉から発せられた声だった。

四海もまた、声をあげて泣いていたのだ。

あふれ出す涙の透明な膜の向こうに、嗚咽する由佳の姿が揺れている。

天をあおぐように泣く由佳は、なんだか鏡に映った自分の泣き姿のような気がした。

その翌日から、由佳の心は死んでいた。

四海と顔を合わせても、余計なことはしゃべらなくなり、そしてほとんど笑わなくなってしまったのだ。意図的に冷たくされるわけでもないのだが、しかし、決して以前のように明るくてあたたかな表情を見せてはくれなくなったのだった。

由佳は二度と、四海のことを「パパ」とは呼ばなかった。「あなた」でもなく、恋人同士だった頃の「良ちゃん」でもなく、たったの二文字、無機質な音で「ねえ」と呼ぶだけになった。

最初は、由佳がわざと素っ気なくしているのだと思ったのだが、どうもそうではなかった。

由佳の心は、本当に死んでしまったのだ。

それに気づいたのは、仏壇に供えてあった桃が、どす黒く腐っているのを目にしたときのことだった。腐った桃の周りには二匹の大きな蠅《はえ》が飛んでいた。それまでの由佳は、葉月が大好きだった果物類を近所のスーパーで買ってきては仏壇に供え、線香も毎日欠かさずあげていたのだ。だが、あの夜以来、その習慣すらもプツリと途絶えていたのだった。

妻の心が、死んだ。

四海は、腐った桃を見詰めながら、軽い吐き気を覚えた。

夫婦間の会話が減ると、たびたび沈黙が家のなかを支配して、空気を重苦しくさせた。

そのたびに四海はひどい罪悪感に苛まれ、幾度も、幾度も、あの夜のことを由佳に詫《わ》びたのだが、しかし、由佳はぼんやりとした顔で「うん、もうべつにいいってば。わたしは大丈夫だから」と小さく答えるばかりで、結局は、死んだ彼女の心を甦《よみがえ》らせることはできないままだった。

日々、家庭のなかに生じる沈黙は、無慈悲な牡丹《ぼたん》雪のように四海のなかに堆積し、少しずつ重みを増し、心を芯まで凍えさせた。

それからというもの、四海は自宅の内外問わず、会話のない空間が生じると、ひたすら一人でしゃべり続けるようになった。そして、その癖が日増しにエスカレートしていき、いつしか沈黙恐怖症と自己診断をし、楽しくないときでさえ「笑顔」を作りながらマシンガントークをするようになってしまったのだった。

皮肉だったのは、四海が沈黙を怖れれば怖れるほどに、クリニックが繁盛していったことだった。「いつもニコニコしていて、たくさん話しかけてくれる院長先生——」という評判が、口コミで広がったのである。

◇　◇　◇

「そんなわけでさ、仕事は軌道に乗ったんだけど、家に居るのがちょっと辛《つら》くてさ……」

スナックひばりのいつものカウンターに腰掛けた四海は、カオリちゃんが作ってくれたギムレットをちびちびと飲んだ。ドライジンとライムジュースをシェークしただけのシンプルなカクテルだ。

「そうだったのね。センセーにそんな事情があったなんて、あたし知らなかったわ」

カウンターのなかのゴンママは、潤んだ目で四海を見下ろした。眉毛がハの字になっている。

「そりゃそうだよ。だって、こんなこと誰にも言えないもん。でもさ、俺、本当にバカだよね。ゴンママ、内緒にしてね。あはは……」四海はつまみに頼んだアンチョビをパクリと口に放り込んで「あ〜あ、人生ってやつは、しょっぱいよねえ」と肩をすくめてみせた。

「そうよね。人生って、ときには舌がひりひりするくらいしょっぱいものよ。でもね、そういうときこそ、あえて辛口のギムレットがいいのよ」

「え、どうして？」

四海の疑問に凛々《りり》しく答えたのは、カオリちゃんだった。

「塩っ辛い味を洗い流すには、辛いお酒がいいんです。甘いお酒だと逆に辛さが引き立って、いつまでも舌の上に残ってしまいますから」

そこから先は、ゴンママが引き継いだ。

「ちなみにね、ギムレットのカクテル言葉は『遠い人を想う』なのよ。センセーはいま、葉月ちゃんと奥様の両方が遠い人になってしまったでしょ。でもね、二人を切り捨てたり忘れたりしないで、ちゃんと想っているじゃない。だから、カオリちゃんはギムレットを作ったのよ。ねっ、カオリちゃん」

「はい」

小さく答えたカオリちゃんは、少し淋《さび》しそうに笑ってみせた。

「そっか。遠い人を想う、か……」四海はライム色のカクテルをつまみ上げて、しげしげと見詰めた。そして、さっきよりも少しだけ穏やかな顔つきになって続けた。「遠い人を想ってくれているのは、俺よりも、むしろ葉月だと思うんだよね」

「それ、どういうこと？」

ゴンママが自分の頬に手をあてて訊《き》いた。

「さっき話した、テーブルの裏の落書きメッセージだけどね、あれ、家中のあちこちに隠されているんだよ」

「え？」

ゴンママとカオリちゃんが、声をそろえた。

「葉月、療養中に、自分はもうすぐ死ぬんだって分かったんだと思うんだ。で、死んだ後にも、俺と由佳を喜ばせようとして、小さな落書きを家中の見つけにくいところにこっそりと書いて、それを死ぬまで俺たちに内緒にしてたの」

「それって……」

ゴンママが、かすれた声を出した。

「遺書ってわけじゃないんだけどね。書いてある言葉は、それこそ子供らしくて、運動会のお弁当おいしかったよ、とか、三歳のお誕生日に帽子を買ってくれてありがとう、とか、ママの作るコロッケが大好きだとか……。そんな感じの落書きが、家中のふとしたところで、ふとしたときにたくさん見つかったの。なんかさ、それが遠い天国から届くメッセージみたいでさ……」

「葉月ちゃんからの、感謝のメッセージだったのね？」

ゴンママの言葉に、四海は黙って頷《うなず》いた。いま声を出したら、それは潤み声になってしまいそうだった。

すでにカオリちゃんは、ライムグリーンのハンカチで、メガネの奥をぬぐっている。

「ねえセンセー、そのメッセージ、いくつくらいあったの？」

「もう百個は超えてるかな」

「そんなに……」

「うん。由佳の心が壊れちゃってから、俺たち、そのメッセージに気づいたんだけどね、それから夫婦二人で必死になって家中を探しまくったの。で、見つけるたびに、由佳はしくしく泣いてさ。でも、新しいメッセージと出会うごとに、だんだんと由佳の心が元通りになっていったんだよね。だから、ほんと、遠いところから想ってくれている葉月のおかげかなって……」

「よかったじゃない」

「うん。でも……」

「でも？」

「葉月のメッセージ、たくさんあったんだけど、いよいよ探し尽くしちゃったみたいでさ。最近はまったく見つからないんだよ。そうなったらもう、やたらと淋しくてさ、また由佳の心が逆戻りって感じで……」

「そう……」

ゴンママは小さく嘆息すると、丸太のような腕を組んだ。そして、カオリちゃんに声をかけた。

「カオリちゃん、センセーにソルティドッグを作ってあげてくれる？」

「え……」うつむいて泣いていたカオリちゃんが、顔をあげた。「本当にソルティドッグで、いいんですか？」

「いいわ。この人には、ソルティドッグを受け入れることが必要だと思うの」

ゴンママとカオリちゃんの会話の意味が分からなくて、四海は口を差し挟んだ。

「ソルティドッグって、どんな意味なの？」

ゴンママは腕を組んだまま、ちょっと悪戯《いたずら》っぽく笑ってみせたけれど、その笑顔はいつもより淋しさ三割増しだった。

「センセーの苦手な『寡黙』っていう意味よ」

◇　◇　◇

葉月の三回目の命日は、ちょうどクリニックが休診となる木曜日だった。

昼の十二時を少し回った頃、四海は由佳をベンツの助手席に乗せて、葉月の眠る墓へと向かった。

途中、スーパーで葉月の好きだった葡萄《ぶどう》と乳酸飲料を買い、そのまま隣県の墓地へと車を飛ばす。四海家の墓地は、実家のそばの高台にあり、のっぺりとして穏やかな内湾の海を見《み》晴《は》るかせる。

「いやあ、今日は本当にいい天気だなあ。まさに墓参り日和《びより》だよ」

四海は助手席に向かって言ったのだが、由佳からの返事がなかったせいで、なんだかひとりごとのようになってしまった。

空は、まぶしいほどの秋晴れだった。

広々とした黄金色の田園風景は涼やかな風にさざめいていて、高い青空には無数の赤トンボが群れ飛んでいる。

もしも葉月が生きていたら、一緒にトンボを獲《と》ったりして遊んだんだろうな……。

そんなことを想いつつ、四海はアクセルを踏み込む。

由佳と二人で車に乗って遠出するのは、かなり久し振りのことだった。正確には思い出せないが、もしかすると、去年の三回忌以来かも知れない。なにしろ四海は意図的に避けてきたのだ。車のなかという狭くて逃げ場もない空間で、由佳と二人きりになってしまうことを。だからそうなってしまえば、ことあるごとに苦手な沈黙が生まれてしまいそうで怖かったのだ。だから今日の四海は、いつも以上によくしゃべった。ぼんやりと前方を見詰めて、なんとなく上の空の返事をするばかりの由佳に向かって、しきりに冗談を投げかけたのだった。

「それでさ、ジムのスタッフの女の子にセクハラしてたチンピラみたいなおっちゃんにさ、ゴンママが言ったんだよ。あなた、そんなにおっぱいが好きなら、あたしの巨乳を触りなさいよぉん。ほらほらぁ〜♪って。そしたら、そのチンピラ、おしっこチビりそうな顔であうあう言っちゃってさ、しまいにはゴンママにがっちり手首をつかまれて、強引に筋肉ムキムキの生チチを押し付けられちゃってんの。そしたら、そいつ、わあ、ごめんなさい、ごめんなさいって半泣きで謝っちゃって。あはは。で、さすがにもう、二度とジムに来なくなったんだよね」

「ふふ。ゴンママって、すごい人なんだね」

由佳がわずかでも笑ってくれたことに少なからず安堵《あんど》を覚えた四海は、さらに続けた。

「そうなんだよ。もうね、存在感からして、普通じゃないんだよね」

「…………」

「でね、その後がさらに傑作でさ、何日か後に、たまたまゴンママの店にそいつが来ちゃったんだって。スナックのドアを開けたら、目の前に二メートルのゴンママが仁王立ち。そいつ、その瞬間、何て言ったと思う？」

「…………」

「あれ、想像つかないか？」

「…………」

「えっと――、じゃあ、正解、言っちゃっていいかな？」

四海は、ちらりと助手席を振り向いて、由佳の表情を窺《うかが》った。すると由佳は前を向いたまま、じっと目を閉じていたのだった。

「あれ、由佳？」

「ごめん。ちょっと静かにしてもらっていい？　わたし、眠くて」

「え……。あ、そうだったんだ。悪いね、勝手にしゃべっちゃって」

「ううん。いいよ。おもしろかったから」

「あ、うん……」

そこでプツリと会話が途切れた。

とたんに、狭い車内に沈黙が満ちていく。それは自分の呼吸の音が聞こえてきそうな、ぽかんと空いた無音の暗い穴だった。車内が静かなベンツを恨めしく思いながら、四海はゴクリと唾を飲み込んだ。

何か話しかけたくて仕方ないのだが、静かにしてくれと言われた手前、そうもいかず、つい、何度も深呼吸をしてしまう。

寝るなら、早く寝てくれ――。

四海はそう願った。相手が眠ってくれれば、「沈黙」は「静寂」に変わってくれる。

しかし、由佳の寝息はいくら待っても聞こえてはこなかった。ただ、目を閉じて静かにしているだけのようだ。

いたたまれなくなって、四海は小声で話しかけた。

「由佳、寝てるの？」

するとと、由佳は「はぁ」と小さく嘆息して、少し面倒くさそうな声を出したのだった。

「わたしに気を遣わなくていいから」

「え……。べつに、そんな――」

「無理にしゃべらなくていいから」

四海の言葉にかぶせるように、由佳は目を閉じたままピシャリと言い放った。

◇　◇　◇

秋晴れのもと、紺碧《こんぺき》の海を見下ろす高台には清々《すがすが》しい風が吹いていた。頭上には背の高い松の枝が張り出していて、さらさらと心地よい葉擦れの音を奏でている。

墓地に着いた二人は、少しぎくしゃくした空気のなか、葉月の眠る墓とその周囲の掃除をした。雑草を抜き、落ち葉を掃き、墓石を磨いていく。

「あ、由佳、えっとさ、花は最後にあげた方がいいかな？」

「どっちでもいいんじゃない？」

「そう、だよね。っていうか、けっこうまだ蚊がいるよな。近くにボウフラがわく水たまりでもあるのかな」

「…………」

四海は、どこまでなら由佳に話しかけてよくて、どこからが無駄なおしゃべりなのか――そのことばかりが気になって、いちいち会話がぎこちなくなってしまう。しかも、ぎこちない会話を投げかけると、由佳はいつも以上に口を閉ざしてしまうから、それはひどい悪循環だった。

しかし、掃除を終えて、線香をたむけ、その匂いに包まれながら墓石に手を合わせると、バラバラで落ち着かなかった気持ちがすうっと一本にまとまりはじめ、しっかりと葉月を憶うことができた。

四海は、胸裡で葉月に語りかけた。

天国では楽しくやっているかい？

こっちではあまり作れなかったお友達、出来たのかな？

パパとママがいなくても、淋しくない？

最近、葉月が残してくれたメッセージが見つからないよ。

パパ、葉月と会いたいな……。

見ることも、触れることもできない葉月に語りかけていると、なんだか、ふつふつと四海の内側にぬくもりが込み上げてきた。このあったかさ、どこかで感じたことがあるな――と思っていたら、ふいに思い出した。それは、かつて葉月にたいして抱いていた無償の愛の温度だったのだ。自分の命以上に大切なものを眺めているときにだけ感じる、あの満ち足りたぬくもり。

閉じていた目からうっかりしずくをこぼしてしまった四海は、手の甲でそっとぬぐった。

すると——。

「はい……」

右側から声がした。

「え？」

振り返ると、となりで手を合わせていた由佳が、こちらにハンカチを差し出していた。

「あ、ありがと」

「…………」

「なんだかさ、葉月を抱っこしていたときの感触とか、声とか、小さな手とか、リアルに思い出しちゃってさ……」

「…………」

「最後の頃はもう、身体がすごく痩せちゃって、抱っこしても悲しいくらいに軽かったんだよな。でも、ちゃんとこの世に生きている人間のぬくもりは感じられたんだよね。あのとき感じた温度で、まだ生きてる、葉月は、まだまだ生きててくれるってさ――」

四海はハンカチを受け取って涙をぬぐいながら、いつものようにしゃべりはじめていた。

すると、由佳がため息まじりに、四海の言葉を制したのだ。

「いいから」

「え？」

「いいから。もう、そんなにしゃべらなくて」

「…………」

「葉月だって……。いい加減、迷惑だよ」

葉月に、迷惑？

四海は由佳の言葉の意味を推し量った。

「ぺらぺらしゃべりまくったって、葉月はもう戻ってこないし、わたしだって、もう、本当に疲れる」

「え……。ごめん」

「…………」

由佳は眉間に皺《しわ》を寄せたまま、横にいる四海を黙って見ていた。

「えっと、俺がしゃべると、なんで葉月に迷惑なんだ？」

四海は、ややもすると容器からあふれ出しそうになる熱っぽい感情を抑え込みながら、できるだけ冷静な口調で訊《たず》ねた。

「いつまで経《た》っても、葉月がもういないってこと、受け入れられてないでしょ？　父親がそんなんじゃゃ、葉月だっておちおち天国に行けないよ」

「…………」

しゃべりながら由佳の感情がたかぶっていくのが分かった。

「もう、いい加減、受け入れてよ。いったい、いつまで一人で悲劇の主人公を演じてるつもりなの？　悲しいのはさ、辛いのはさ、わたしだって一緒なんだからねっ！」

葉月の墓石の前で張り上げた妻の声に、四海は息を飲んだ。

久し振りに、本当に久し振りに、由佳が感情的な声をあげたのだ。

「由佳……」

とっくに死んだと思っていた由佳の心は、深い深い穴の奥で、ひっそりと呼吸をし続けていたのだ。ただ、自分がかつて投げつけた酷虐《こくぎゃく》な言葉のせいで、一時的に凍り付いていただけだったのだ。そしていま、由佳はその氷を溶かして——。

「自分一人だけ被害者みたいな顔をしないでよ。そういうの、もう、うんざりなんだよ」

強い口調で言いながら、由佳も両目から透明なしずくをぼろぼろとこぼしはじめた。

「ほら」

四海は、由佳から借りていたハンカチを返した。

そして、すうっと息を吸った。涙をぬぐう妻に、言葉をぶつけ返したかった。感情のキャッチボールをしたかったのだ。

「じゃあさ、お前はそんなに簡単に葉月の死を受け入れられるのかよ」

「簡単じゃないけど、受け入れるしかないじゃない。受け入れないで、どうやってこの先、生きていくのよ！」

「葉月が俺たちと一緒にいてくれたこと、俺はそんなに簡単に忘れられないし、忘れたくもないんだよ」

「誰も忘れろなんて言ってないでしょ！　良ちゃんみたいに、いつまでも葉月が残してくれたメッセージを探してばかりの毎日を過ごしてたら、ちっとも前に進めないって言ってるの！」

由佳が——。

自分のことを「良ちゃん」と呼んだ。

そのことに気づいた四海は、安堵と喜びと悲しみと怒りがごちゃまぜになったような気分になって、さっきと同じ台詞《せりふ》を、さっきよりも感情的に言い返した。

「お前に何を言われても、俺はそんなに簡単に忘れられないんだよ！」

「そういうのを、女々《めめ》しいって言うのよ！　父親のくせにうじうじして、死んだ後まで葉月に心配をかけ続けるわけ？　もう、バッカじゃないの？」

人間らしい熱を帯びた由佳の暴言を、むしろ心地よく受け止めながら、四海はふと墓石を見た。葉月の眠る墓石の上には一匹の赤トンボがとまっていて、犬も喰《く》わない夫婦喧嘩をやれやれと眺めているように見えた。

ひょっとすると、このトンボの目を通して、葉月は自分たちを見ているのかも知れない。何の根拠もなく、そんなことを思いはじめている自分が、なんだかおかしかった。

なあ葉月、もしかして、お前が溶かしてくれたのか？

ママの、凍っていた心をさ。

由佳の背後に広がる秋空には、きれいな鰯雲《いわしぐも》が浮かんでいた。

由佳はひたすら昔みたいな早口で不平をぶつけてきた。

そんな妻を見ていたら、四海は無意識に深いため息をついてしまった。

「なに笑ってんのよ！」

「え……」

由佳に突っ込まれて分かった。どうやら自分は、ため息をつきながら笑っていたらしい。

「わ、笑ってなんかいないよ。とにかく俺は、葉月がいないことが悲しいんだ。親として、そんなの当たり前だろう。それのどこが悪いんだよ」

「だから、何度も言ってるでしょ！」由佳は呆《あき》れたような口ぶりで両手を腰に当てると、「悲しいのなんて、親なんだから当たり前だって。でも、良ちゃんは自分が悲しいってことに酔ってるようにしか見えないのよ！　それが女々しいって言ってんの！　最低よ！」と、かなり手厳しく四海を非難した。

とても人間らしく、はらはらときれいな涙を流しながら。

墓石の上の赤トンボが、ふわりと飛び立って、光る海の方へと飛んでいった。

ありがとう、葉月——。

「ちょっと、どこ見てんのよ！」

「海だよ。悪いかよ！」

言いながら、今度は自分でもしっかり笑っているのが分かった。

◇　◇　◇

翌日、ジムでぼんやりとコンセントレーション・カールをやっていたら、ケラさんに肩を叩かれた。

「センセー、どうしたんです？　なんか今日は、やけにおとなしいじゃないですか」

「え……」

「さっき、ロッカールームで会ったシャチョーさんも心配してましたよ。今日は四海センセーのマシンガントークが聞けなかったなぁ、どうしたのかなって」

「あは、あはははは」四海は反射的に笑顔を作った。「そうですかねえ。べつにいつも通りですけど。ていうかケラさん、またひと回り上腕が太くなったみたいじゃないですか。とくに三頭筋がキレてきましたね」

「え、そうですかね？　センセーとゴンママにいつも指導してもらってるから、おかげ様で、ちょっとは成果が出たかな？」

鏡に向かって上腕に力を込めるケラさんの満更でもない顔を見て、四海はさらに褒めちぎった。

「いやいやいやいや、ケラさんの努力の賜物《たまもの》でしょう。ほとんど皆勤賞でジムに来てるし。ホント、まじめにやってますもんね。まあ、筋肉はどんな人間よりも正直者で、自分に嘘《うそ》をつきませんからね」

そう言ってケラさんに笑いかけたとき、背後から重低音のオカマ声が響いてきた。

「そうよぉ～、筋肉は自分に嘘をつかないから、苦痛を乗り越えて成長しちゃうのよね。それって素敵よね、センセー」

いつの間にか現れたゴンママが、極太の指で、四海の盛り上がった僧帽筋のあたりをチョンと突ついた。

「あ、ゴンママ、来てたの？」

四海が振り向いて言うと、ゴンママは風圧を感じさせるウインクをぶっ放してから、冗談めかしてこう言った。

「いま来たのよん。自分に、う、そ、つ、き、さんっ」

四海には、ゴンママの言いたいことが充分に分かっていた。けれど、それはケラさんには分からない。

「え？ なんで四海センセーが嘘つきなんですか？」

「ケラさんには、内緒よ。うふふふ」

「えー、僕だけ仲間はずれにしないでくださいよぉ」

「だーめ。でも、ベンチプレス百二十キロ上げられたら教えてあげるわよん」

「百二十キロって、あと何年かかると思ってるんですか！」

「そんなにかからないわよ。来年か、再来年には上げてるわ、きっと。でも、その頃はもう、センセーは嘘つきさんじゃなくなってると思うけどね」ゴンママは悪戯っぽい顔で笑ってみせると、くるりと二人に背中を向けた。そして、「さあさあ、嘘つきさんと、知りたがりちゃんは放っておいて、あたしは下半身をしっかり苛《いじ》めないとね～。って、アレよ。下半身って言っても股間じゃないわよ。四頭筋とハムストリングスだからね」と、いつもの下ネタを飛ばしながら、スクワット用のバーにドカドカとプレートを付けはじめた。

嘘つきさん、か——。

ヒグマのようなゴンママの巨大な背中を眺めながら、四海は短いため息をついた。

——悲しいときはしゃべらなくていいのよ。泣けばいいの。寡黙っていう意味のソルティドッグを飲んで、おいおいでも、しくしくでも、泣けばいいのよ。沈黙が辛いなら、辛いって言えばいいじゃない。センセーが自分に嘘をついてたら、きっと奥さんだってどうしていいか分かんないわよ。

スナックひばりで、ゴンママからもらった言葉を思い出す。

ついでに不機嫌な由佳の顔も思い出す。

そうしたら、また「ふう～」とやってしまった。今度は、やけに深くて、湿っぽいため息だった。なにしろ昨日、葉月の墓前で、手厳しくも嬉しい口喧嘩をしてから、まだ由佳とはほとんど口をきいていないのだ。というか、しばらくは、まともに口をきいてくれそうにないのだった。

◇　◇　◇

翌日。

四海は午前の診療を終えて、昼休みを迎えていた。

若くて美人が多いと評判の歯科衛生士たちは、ぞろぞろと連れ立って近所のパスタ屋やら喫茶店やらにランチを摂《と》りに出かけていった。

四海はひとりクリニックの二階に上がっていき、六畳ほどの院長室に入った。机と椅子、それに、本棚と小型の冷蔵庫とテレビを置いただけの、こぢんまりとした隠れ家だ。

おもむろにテレビのスイッチを入れた四海は、どさっと椅子に身体をあずけると、デスクの上に置きっ放しにしていたコンビニ弁当を食べはじめた。葉月が幼稚園に行きはじめた頃はまだ、由佳が「ついでにパパのもね」と言って、四海の分まで弁当を作ってくれたものだった。しかし、葉月が入院をしてからは、もはやそんな余裕はなくなっていた。

「最近のコンビニめしは、美味いんだよなぁ……」

テレビに向かってひとりごとをつぶやきながら、義務のように箸を口に運ぶ。そして、五〇〇ミリリットルのペットボトルのお茶をガブリと喉に流し込んで、味気ないランチは終了した。

昼休みは一時間たっぷりあるのだが、食事は十分もあれば終わってしまう。時間をもてあました四海は、午後の予約表でも見て、誰が来るのかをチェックしておくことにした。

院長室を出て階段を下りる。下りたところが待合室だ。待合室には患者のための小さな本棚があり、女性誌や子供用の絵本などが並べられている。いつもなら、その本棚は女性スタッフの誰かがきれいに整頓してくれているのだが、今日は珍しく乱雑なままで、本棚の上にまで絵本や雑誌が無造作に置かれていた。

待合室とトイレがきれいなクリニックは繁盛するんだぞ——と、歯科大学の先輩に教えられていた四海は、散らばった本棚の本たちを丁寧に整頓《せいとん》していった。

そして、ある絵本を手にしたときに、四海はふと動きを止めた。

これ、葉月が大好きだった絵本だ……。

四海は『うさみみっち』というタイトルのその絵本だけを本棚の上にそっと置いて、残りの本たちを手際良くきれいに本棚に挿《さ》していった。

本棚の整頓が終わると、四海は『うさみみっち』を手に、院長室へと戻った。もはや午後の予約表をチェックすることなど、すっかり忘れていた。

「懐《なつ》かしいなぁ……」

つぶやきながら絵本を机の上に置いた。カバーのあちこちが破れていて、なんだか本が可《か》哀想《わいそう》に思えてくる。あとでセロテープで補修してやろう。

絵本をそっと開いてみると、見覚えのある扉絵が目に飛び込んできて、四海の胸をぎゅっと締め付けた。まだ葉月が元気だった頃、四海はよくこの絵本を読み聞かせながら寝かしつけていたのだ。

この絵本の主人公「みみっち」は、葉月のお気に入りのパジャマにプリントされていたピンク色のうさぎだった。物語のなかで胸のときめくような出来事があると、「みみっち」は母うさぎに「ほら、ハッピーのどきどき」と言いながら、自分の胸を指差す。すると母うさぎは、その長い耳を「みみっち」の胸に押しあてて「ホントだ。みみっちのどきどきがママにも伝わって、一緒にハッピーになれたよ」と応えるのだ。

そして葉月はよく、この絵本を真似て、何か嬉しいことがあると四海に、「ほら、パパ、ハッピーのどきどき、聞いて！」と言って自分の胸を指差したのだった。

四海は、葉月の小さな胸に耳を押しあてていたときのことを思い出した。

とくとくとく……。

一定のリズムを刻む、小さな生命の証《あか》し。

ハッピーのどきどき。

葉月が幸せに生きていることを証明していた、恵み深いリズム――そのぬくもりが、沈んでいた記憶の底からゆらゆらと浮上してきて、思わずその絵本を抱きしめたい衝動にかられた。

しかし、四海はその衝動を抑え込んで、さらにページをひとつひとつめくっていった。無邪気で好奇心旺盛な「みみっち」と、そんな「みみっち」に優しく寄り添っている母親の微笑ましいやりとりを目にするたびに、四海は自分の心臓があまやかな力で押し潰されそうになるのを感じた。

そして、いちばん最後のページをめくり終えたとき——。

「あっ……」

四海は、思わず短い声をあげていた。

「こんな、ところに……」

四海は奥付ページにある著者プロフィールのとなりに、サインペンで書かれた文字を見つけたのだ。

はっぴぃのどきどき
いっぱいだったよ
ぱぱ　まま　ありがとね

それは、本当に久し振りに見つけた葉月からのメッセージだった。

バラバラな大きさで、一生懸命に書かれた平仮名を、何度も、何度も、四海は読み返した。

「葉月……」

声に出したとたん、その文字がゆらゆらと揺れはじめた。

まばたきをしたら、机の上でぽたぽたと小さな音がした。

「ハッピーのどきどき、いっぱいもらったのは……、パパの方なんだよ」

そうつぶやいたら、もうしずくは止まらなくなってしまった。

頬を伝ったしずくのひとつが唇について、それを舐《な》めたらちょっとしょっぱくて、四海は「スナックひばり」で飲んだソルティドッグの味を思い出した。

悲しいときは、泣いていいんだよね――。

今度こそ絵本を抱きしめて、ひとり四海はむせび泣いた。

◇　◇　◇

その日の診療を終えた四海は、ベンツに乗り込んで自宅へと向かった。助手席には「うさみみっち」が置かれている。久し振りに見つけたメッセージを、少しでも早く由佳にも届けたかった。

マンションに到着すると、四海は駐車場にベンツを停めて、そのままつかつかと急ぎ足でエントランスを抜けた。エレベーターで九階まで上り、角部屋のドアの鍵を開け、なかへと入っていく。

リビングの灯りは点いていた。

四海は、すうっと深呼吸をしてから「ただいま」と大きめの声を出し、靴を脱いだ。

墓石の前で喧嘩をして以来、まだ由佳とはちゃんと仲直りができていなかった。しかも、いったんは甦ったように見えた由佳の心は、墓参りから帰宅したとたんに、くたくたと花がしおれていくように閉じてしまったのだった。

リビングのドアを開けると、いつものテーブルに由佳の姿があった。

「ただいま」

四海はもう一度、明るい声を出してみた。

「お帰りなさい。ジムは？」

とりあえず無視をされなかったことに安堵する。

「トレーニングは、今日は休んだんだ。由佳に、すぐにでも見せたいものがあったから」

「なに？」

小首をかしげる由佳。

「これだよ」

四海は、由佳に向かい合う椅子ではなく、あえてとなりの椅子に腰掛けて、そして「うさみみっち」をそっと由佳の前に置いた。

「あっ……」

「懐かしいだろ？」

由佳は「うん」と小さく頷いて、ページをめくりはじめた。

一ページずつ、とても丁寧にめくっていくのは、自分と一緒だな——と嬉しく思いながら、四海は妻の横から懐かしい絵本を覗《のぞ》き込んでいた。

やがて、最後のページを由佳がめくろうとした刹那、四海は由佳の手の上に自分の手を重ね置いた。

「はい、そこで、ストップ」

「え？」

「ちょっと、そのままでいて」

四海はそう言って立ち上がると、背後のサイドボードの上から、家族三人で写っている、あのディズニーランドで撮った写真を持ってきた。

「なに？」

怪訝《けげん》そうな顔をした由佳に、四海は笑いかけた。

「いちばん最後のページは、家族みんなで見たいんだ」

「え……。あっ」

由佳は、目を見開いた。

四海の考えを、どうやら見抜いたらしい。

「はい。いいよ、めくって」

「うん……」

ページの角をつまんだ由佳の細い指が、緊張感をもってゆっくりと最後のページを開いていく。

そして——。

由佳の視線が、あの落書き文字の上で静止した。

それとほとんど同時に、由佳の目に、光るしずくがぷっくりと膨れ上がってきて、ひたひたこぼれ落ちた。

その様子を見詰めながら、四海はいつもとは違う、ゆっくりとした口調で話しかけた。

「いま思うと、あれは多分、葉月が自分の死を悟ったときのことだと思うんだけどね……」

「うん……」由佳は涙声で返事をする。

「葉月、病院のベッドの上に横たわったまま、俺にこんなことを訊いたんだよ。ねえパパ、人間はどうして生まれてくるの？　って」

由佳は、葉月のメッセージをじっと見詰めたまま、もう一度「うん」と小さく頷いた。四海は妻の横顔に向かって、そのまま穏やかなリズムでしゃべり続けた。

「それって、すごく難しい質問だなって思ったんだけど、そのとき俺、たしか、こう答えたんだ。人はね、人に喜ばれるために生まれてくるんだよって。そしたら葉月、こう言ったんだ。そっかぁ、だからパパとママはわたしを喜ばせてくれるんだって……」

そこまで言って、四海はテーブルの上の写真を見た。

お互いを喜ばせ合っていた頃の家族の笑顔は、こんなにもきらきらした空気に包まれていたのだ。

「葉月はさ、きっと俺のその言葉を覚えていてくれて……だから、こんな風にさ……」そこで四海は思わずぐっと息を詰まらせた。言葉が出てこない代わりに、しずくが自然とこぼれ出す。ほんの数秒、涙の温度を頬で味わってから、少年みたいにぐいっと手首で涙をぬぐうと、再び、あふれる思いを言葉にし続けた。「葉月は、こんな風に、俺たちを喜ばせようとしてさ……。きっとさ、身体中が、痛かっただろうに——、それなのに、たくさんのさ……、たくさんの、こんなメッセージをさ」

マシンガントークが売りなのに、うまくしゃべれない。

由佳が嗚咽しはじめた。

その背中をさすりながら、四海も声を殺して泣いた。

「クリニックでこのメッセージを見つけたときに、思ったんだよ。俺、葉月には偉そうなことを言ったくせに、ちっとも人に喜ばれるようなことをしてないなって。ただ、沈黙が怖くて、だらだらしゃべってるだけでさ……。いちばん身近な由佳すら喜ばせてないじゃんって思ってさ……。本当に、ごめんな」

由佳は両手で顔を覆って泣いた。

四海はさらに言葉を続けた。しかし、それは、沈黙を避けるためではなくて、由佳に伝えたい想いが内側からどんどんあふれ出して、言葉を止められないからだった。

「俺さ、由佳の言う通り、葉月の死を受け入れることにしたよ。もう落書きも探さないし、見つからないからって落胆したりもしない。この絵本の落書きみたいに、たまたま見つかったときは、それは天国の葉月からのプレゼントなんだって、そう思うことにしたんだ。だって、わざわざ探さなくたって、俺たちはずっと葉月のメッセージに囲まれながら暮らせているんだもんな。この家のあちこちに、葉月の心が散らばってるんだもんな。だから、これからの俺はさ、葉月のいない悲しい生活に慣れるんじゃなくて、葉月の優しい心に包まれて暮らせるっていう、幸せな生活に慣れようって決めたんだ。それと――」

そこで四海は大きく息を吸い込んだ。

由佳は顔をあげて、四海を見た。

「沈黙を不安がるのも、もうやめた。だからもう、ぺらぺらとどうでもいいことをしゃべるのも、やめる――ように、努力する」

「どうして?」

由佳が、震える声を出した。

「ゴンママに言われたんだ。人間は悲しいときは泣けばいいって。不安なときは無理にしゃべらないで、そのまま不安がればいいんだって。だから、もう決めたんだ」

決意をにじませた口調でそう言って、四海は少し照れ臭そうに、へへへ、と笑った。泣き笑いだ。

すると、泣いていた由佳の目がすっと細まった。由佳も泣き笑いをしたのだ。そして、ちょっと悪戯っぽい微笑みを浮かべたその唇が、涙でかすれた声を出した。

「ニコニコしてしゃべる愛想の良さは、悪くないと思うよ。無理に変わらなくていいからね、パパ」

パパ――。

四海は、家族三人の写真を見た。

幸せなパパだった頃の自分が、ママと娘と一緒に笑っている。

そうだった。葉月の心と一緒に暮らしている以上、自分はこれからもずっとパパなのだ。

他の誰でもない、唯一無二の葉月のパパであり続けたい。

パパ――。

四海は、その二文字にたとえようもないいとおしさを感じて、これまでとは違った種類の涙をこぼしはじめた。しょっぱくて、やたらとあったかいしずくだった。

「なあ由佳、たまには一緒に飲みにでも行かないか？」

由佳の背中をさすりながら誘ってみた。

「え、これから？」

「うん。スナックひばりに行こうよ。紹介するからさ」

「いい、けど……」

「ゴンママとね、カオリちゃんっていう、カクテル作りの名手もいるよ」

「カクテル？」

「うん。おすすめはね……」

そこで四海は、ニッと明るい泣き笑いの表情を浮かべた。

「ソルティドッグかな」

第五章　末次庄三郎の謝罪

地下鉄のターミナル駅の階段を上り、地上に出ると、末次庄三郎《すえつぐしょうざぶろう》は濁ったねずみ色の空を見上げた。

やっぱり、降ってきたか――。

朝のニュースで観た天気予報どおり、お昼を過ぎると生温かい春雨がぱらつきはじめたのだ。

革鞄《かわかばん》のなかには折りたたみ傘が入っていた。しかし末次は、その鞄を頭の上にひょいと載せると、小雨のなかを走り出した。目指すは、駅と会社の中間地点にある馴染《なじ》みの純喫茶だ。

来年いよいよ七十歳という「大台」を控えた年齢ではあるが、普段からジムでトレーニングをしているせいか、歳《とし》のわりに軽快な足取りだった。

スーツの両肩がしっとりと濡《ぬ》れた頃、純喫茶に辿《たど》りついた。時代めいた木製のドアを押し開けると、コロン、という甘いカウベルの音が店内に響く。コーヒーの馥郁《ふくいく》とした香りに包まれながら、末次は「やれやれ」とこぼした。

「お、シャチョーさん、いらっしゃい」

ちょうど同い年のマスターが微笑《ほほえ》みかけてくれる。

「いやあ、降り出しちゃったよ。腹減ったな。マスター、ナポリタンとアイスコーヒーくれるかい」

言いながら末次は奥から数えて三番目のカウンター席に腰掛けた。もう何十年と座り続けた定位置だ。

「かしこまりました」

にっこり微笑んだマスターの背筋は、二十代のようにしゃんとしていて、しかも銀髪をオールバックに撫《な》で付けているから、まるで往年の映画俳優のような渋さを漂わせている。

末次は、こういう若々しい同年代の人間とは話が合うのだが、逆に心も身体《からだ》も老け込んでいて、「持病自慢」にいそしむような「心の老人」とは、同年代でも極力付き合わないようにしている。一緒にいると、こちらまで枯れてしまいそうになるからだ。

「いまさ、老人ホームに行ってきたんだよ」

末次はパスタを茹《ゆ》ではじめたマスターの背中に話しかけた。

「え、何でまた？」

マスターは振り返らずに、弓のようにピンと伸びた背中で応える。

「言っとくけどマスター、俺《おれ》が入るワケじゃないよ」

「あはは。そんなこと分かってますよ」

「だよね。じつは、うちの会社でさ、その老人ホームの宣伝用パンフレットを作ることになったんだよ」

「ほう」

「でね、その老人ホームのなかを視察して回ったら、なんだか疲れちまってさ……」

末次は、午前中に視察した埼玉の町外れにある老人ホームの様子を思い出しながら、切々としゃべり続けた。

自分と同年代の人たちが車椅子に乗っていたり、一人で風呂に入れず、ヘルパーのおばちゃんたちに介助されながら身体を洗っていたり、生気のない顔をした老人たちが寄り集まって、焦点の合わない目でぼうっとテレビを観ていたり——。

「それでさ、ある部屋のドアノブが、ロープでぐるぐる巻きにされてたんだけど、マスター、何でだと思う？」

「さあ……、部屋のなかに大事な医療機器があって、老人たちがなかに入れないようにしてる、とか？」

「残念。その逆なんだよ。なかに入れないんじゃなくて、出さないためなんだ」

「え？」

「ようするにさ、ボケて徘徊《はいかい》しちゃう老人を部屋に閉じ込めてるんだって。なんだか、そういうのを見てたら、仕事とはいえ、ぐったりしちゃってさ」

珍しく末次が湿っぽいため息をつくと、マスターがアイスコーヒーを出してくれた。

「まあ、こんな時代に仕事があるってだけでも、いいことじゃないですか。それに、シャチョーさん自身は、年齢のわりに元気だってこと、再確認できたでしょう」

「ま、そうなんだけどね。こっちもビンビンに元気だしね」

末次はお得意の下ネタを言いながらミルクとガムシロップをたっぷり入れて、アイスコーヒーに口をつけた。三十年以上も愛飲している苦みが喉を滑り落ちると、すうっと人心地がついてくる。たった一杯のコーヒーで気分がリセットされるのだから、「馴染み」というのはなかなかすごい力をもっていると思う。

さてと……、気分が落ち着いたところで末次は考えた。

あの老人ホームのパンフレット制作、誰にやらせようか——。

末次が社長を務める会社は「末次プランニング」という社員数四名の零細企業だ。一応、広告業界の隅っこにぶら下がってはいるが、ようするに大手の下請け、あるいは孫請けで成り立つ制作会社である。

会社を起こしたのは、末次が三十五歳のときのことだった。当時はまだ日本経済もすこぶる元気で、右を見ても左を見ても、ギラギラとした活気があった。起業のパートナーは大学時代の同級生の笹部《ささべ》という男で、理系の頭脳を持つ彼に金のやりくりを任せた。

時代の追い風を受けた会社は、起業と同時に雪崩《なだれ》のごとく仕事が入ってきた。末次は目眩《めまい》がするほど忙しい日々を送り続け、馬車馬のように働き、十五年もすると、「末次プランニング」は社員数三十名を抱えるまでに成長していた。

やがてバブルの絶頂期を迎えると、末次は夜な夜なお姉《ねえ》ちゃんのいる店で飲み歩いては、ハイヤーで帰宅するような遊蕩《ゆうとう》を尽くした。しかし、そんな夢のような日々は、まさに泡のごとく儚《はかな》くて、長くは続かなかった。

バブルがはじけて景気が一気に冷え込むと、末次の会社に入る仕事も激減したうえに、受注した仕事の平均単価も半値以下となり、あっという間に社員のボーナスが出せなくなってしまった。せっかく雇った社員たちは、有能な者から順に退社していき、いよいよ会社をたたもうかと思ったところで、今度は妻が癌《がん》で他界し、パートナーの笹部までもが脳卒中で植物状態になり、半年で逝ってしまったのだった。末次は、せめて残された笹部の妻くらいは面倒を見てやらねば、との思いから、会社の業態をぎりぎりまでスリムにして、経営を合理化したうえで、形式上、笹部の妻を社員にした。そして、それ以来ずっと、ささやかながら、毎月の給料を振り込んでいるのだった。

そしていま、実質的に残っている社員はわずかに四名。

そのなかの誰に、老人ホームのパンフを作らせるべきか——、末次は四人の顔を順番に思い浮かべていたのだった。

まず脳裏に浮かんだ顔は、まもなく五十歳になろうというお局《つぼね》さまの、相原定子《あいはらさだこ》だった。相原は創業当時からの古株で、やたらと気が強いうえに、怒るとヒステリックに嚙《か》み付いてくる女だから、正直、扱いづらい。つまり、この仕事も頼みづらい。しかも彼女は毎月、大手企業のグループ情報誌の制作を担当しているため、余計な仕事をさせない方がいい。なにしろ我が社は、その情報誌の定期収入で成り立っているといっても過言ではないのだ。

二人目は、やたらと無口でおとなしい小見山道子《こみやまみちこ》。彼女もすでに四十歳を超えた独身女だった。人と接するのが極端に苦手なタイプだから、もしかしたら処女なんじゃないかとすら思う。とはいえ、一般常識はしっかり備えていて、仕事もまじめにこなしてくれるし、唯一、末次にお茶を淹《い》れてくれる気の利く社員でもある。ただ、太りすぎなくせに低血圧で、やたらと病弱なのが玉にきずなのだ。疲労にも弱く、病欠があまりにも多いから、定期的な仕事は任せられない。そんなわけで、普段は相原定子の補佐をさせながら、細々とした単発の制作物を担当してもらっている。もしも、この老人ホームの仕事を持たせて、新たな負担をかけたなら、きっとまた病気になってしまうだろう。つまり、小見山道子も駄目。

残りの二人は、二十代前半の男女だった。

久し振りに会社に新しい風を吹かせてみようと、試しに採用してみた、いわゆる「ゆとり世代」である。そして、彼らの顔を思い浮かべたとたん、末次は魂まで吐き出してしまいそうなほどの深いため息をついたのだ。

「あれ、どうしたんです？　死んじゃいそうなため息をついて」

笑いながらマスターは出来たばかりのナポリタンの皿を置いてくれた。湯気の立つ麺《めん》から、ケチャップのいい匂いが漂っている。

「いやね、最近の若い奴らって、どう扱っていいか分からなくてさ」

「ゆとり世代ってやつですか？」

「そう、まさに、それ。あいつら、宇宙人なんだよね」

フォークでアルデンテな麺をくるりと巻いて、Yシャツにケチャップが飛ばないよう注意をしながらパクリと頬張った。

美味《うま》い。

古参の作る味は、やっぱりいい。

長い年月をかけて仕事に真摯《しんし》に向き合ううちに鍛え上げられた熟練の腕——そんな「仕事

マッチョ」な腕が作るからこそ、たかがナポリタンをこれほどの美味に仕上げられるのだ。やはり仕事は経験がすべてだ。筋トレと一緒で、一朝一夕ではままならないのだ。

それに比べて、あいつらときたら……。

「ゆとり世代ってのはさ、なんの経験も積んでいないうちから、それはできません、それは嫌です、なんて言ってさ、せっかくの成長のチャンスを逃してるんだよな。こっちが、仕事をビシッと教えてやろうとしても、聞いてるのかどうかも分かりゃしない。かといって叱ると流暢《りゅうちょう》な言い訳をするんだよ。ったく、どうしたもんかね？」

ほとほと困った顔で末次が愚痴ると、マスターはくすっと笑ってこめかみを人さし指でポリポリと掻《か》いた。

「まあ、ゆとり世代っていうだけあって、彼らにはゆとりを持たせてやると、案外いいんじゃないですかね。じつは従兄弟《いとこ》の孫がちょうどゆとり世代なんですけど、のびのびさせてやると、一人で勝手にこつこつ何でもやるみたいですから」

「でもさ、社会って、そんなに甘くないじゃない。ゆとりを持って仕事をしてたら、あっという間に周りに出し抜かれちゃうよ」

「まあ、シャチョーさんのいる広告業界ってのは、そういうものかも知れませんけどね。ただ、ゆとり世代にも、きっとどこかしらいいところってあるんじゃないですかねぇ」

「そうかなぁ」

「そうですよ」

「う〜ん……」

末次はいまいち納得いかぬといった風情で、カウンター越しにマスターを見上げた。

「例えばさ、マスターがナポリタンを作るのだって、ちゃっちゃと手早くやらないと駄目でしょ。のんびり作ってたら麺が伸びちゃう。仕事ってのはタイム・イズ・マネーで、ゆとりなんて、ただの無駄だと思うんだけどなぁ」

するとマスターは末次の胸元を指差して、「でも、急いでばかりいると、ほら、熟練にも失敗はあるんじゃないですか？」と言うと、ニヤリと悪戯《いたずら》っぽく笑ってみせた。

「え？」

思わず末次が自分の胸元を見下ろすと、あれほど注意していたにもかかわらず、白いYシャツにケチャップの染みが付いていた。しかも、大小合わせて三つも。

◇　◇　◇

末次プランニングは、大通りから一本入った裏通りの、日当たりの悪い築四十年の雑居ビルの二階にある。

外見からして、いかにも景気が悪そうな建物であるうえに、もともと白かったはずの壁は時代とともに黒ずみ、最近ではひび割れがやたらと目立つようになった。エレベーターもいまどき珍しいほどの旧式で、ことあるごとに故障する。末次もこれまで三度、エレベーターのなかに閉じ込められている。さらに一階のカラオケ・スナックときたら、夜になるとオヤジたちのがなり声がうるさくて仕方がない。取り柄があるとすれば、それは家賃が破格に安いことだ。

「おーい、新しい仕事を獲《と》ってきたから、みんな集まってくれ」

ケチャップの染みを付けて帰社した末次は、さっそく四名の社員を集めた。集めたと言っても、ワンフロアしかないから、部屋の隅っこにある作業用のテーブルに各自が移動しただけだ。

「埼玉の郊外に福幸苑っていう老人ホームがあってな、そこのパンフレットをうちで作ることになった。中とじで、二十八ページ、オール四色、判型はA４というところまでは決まっているんだ。部数はとりあえず三〇〇〇部で見積もっているけど、多少の増減はあるだろう。納期は三ヶ月後。誰か担当してくれないか？」

「…………」

末次はくるりと一同を見渡したが、予想どおり誰からも返事がなかった。

「ええと、相原くんは――」

末次が切り出すが、

「わたしは手一杯です。よくご存じのとおり」

お局さまは不機嫌さ丸出しだった。イカン、イカン、触らぬ神にナントヤラだ。

「だよな。じゃあ、小見山くんは？」

ずっと下を向いて爪を噛んでいた小見山道子は、おかっぱ頭を左右に振って、それだけでノーという意思を示した。

ため息をつきたいのをぐっとこらえて、末次はゆとり世代の二人を見た。二人は可もなく不可もないような顔でこちらを見ていた。

よし、まずは入社三年目の森田光輝《もりたこうき》からいってみるか。

末次は胸裡《きょうり》で気合いを入れ直した。森田は最近よく耳にする草食系というカテゴリーに属する、もやしみたいな優男だ。何を言っても「暖簾《のれん》に腕押し」と言いたくなるような、つかみどころのない男だから、扱い方がまったく分からない。

「じゃあ、森田はどうだ？　仕事ってもんは、一にも二にも経験だからな。何でもやった分だけ成長するぞ」

どうせ「俺、嫌っす」という返事がくるだろうと、心の準備を整えてから声をかけてみたのだが――。

「なら、やってみようかなぁ。いっすよ、俺でよければ」

「え？」

あまりにも予想外の返事を耳にした末次は、思わずポカンと口を開けてしまった。相原も小見山も意外そうな顔をして森田を見ている。

「でも社長――」

ああ、やっぱりきたか。ゆとり世代の口癖「でも」だ。

「何だ？」

「老人ホームって、男性も女性も――っていうか、じいさんもばあさんも入ってるんすよね？」

「そりゃ、もちろんだ」

「じゃあ、三田村《みたむら》さんも一緒にやってもらっていいっすかね？」

「どうして？」

「女性用のトイレとか風呂とかの撮影をするときなんかに、女性がいた方がよくないすか？」

よくないすか――っていう、お前の日本語がよくないよ、と言いたいのをこらえて、末次は頷《うなず》いた。

「なるほどな。じゃあ、三田村くんも手伝ってくれるか？」

「はーい。わたしはべつにいいですよぉ。二人ならラクですし」

入社二年目の三田村友美《ともみ》は、脳天気なグラビアアイドルみたいな笑顔で、ゆとり感たっぷりな返事をした。しかし、まあ、とにかく……こいつらが「やる」と言っただけでも、ひとつの成果だろう。

「よし。じゃあ、担当は君たち二人で決まりだ。相原くんと小見山くんは仕事に戻ってくれ。森田と三田村くんは、このまま俺と打合わせに入ろう」

「はーい」

「はーい」

どうして「はい」と普通に言えないんだよ――と心で軽く毒づきながらも、末次は老人ホームの資料をデスクの上に並べはじめた。

その間に、森田が三田村に話しかけた。

「ねえ三田村ちゃん知ってる？　渋谷の道玄坂に新しいハンバーガー屋が出来たの」

「あ、知ってる、知ってるぅ。あそこのオーガニック・ベジタブル・バーガー、チョー美味いよね」

「あのサッパリ感、やばいっしょ。三個くらいペロッと喰《く》っちゃいそう」

「超低カロリーなんだってぇ。女の子に人気だよねぇ」

「店の内装とかもセンスよくね？」

「そう、すごくいいの！ あんな雰囲気の家に住めたらカッコイイよね」

三田村の目が妄想できらきらしはじめたところで、末次はデスクをポンポンと叩《たた》いた。

「無駄話はもういいか。仕事の話をするぞ」

「…………」

森田と三田村は、急につまらなそうな顔になって、末次の広げた資料に視線を落とした。

やれやれ、本当にこいつらだけでクライアントの指示どおりのパンフレットを作れるのだろうか——。

思わず末次は嘆息しそうになったが、無理矢理に口を閉じてフタをした。ため息をこらえるのは、あくびを我慢することよりも三倍の気合いとエネルギーが必要だ。

「じゃあ、とりあえず企画の概要から説明するぞ」

末次は老人ホームのオーナー会社の広報担当から受けたオーダーを、くどいほど丁寧に二人に伝えた。その後、写真と資料を見せながら、ホームの施設の説明をはじめると、二人はいきなり噴き出した。

「あはは、この窓のデザイン、ないよなー」

「ねー。しかも、なんで壁の色を黄色にするかな」

おいおい、ナニ余計なことを言いはじめるんだ？

こんな台詞《せりふ》をクライアントの前で吐かれた日には、せっかく末次が平身低頭、何度も何度も頭を下げまくって獲ってきた仕事が御破算になってしまう。

「あのな、俺たちの仕事は、クライアントに言われたことをしっかりやるだけなんだぞ。そんな余計なことを言って、クライアントから嫌われちまったらどうするんだ？　頼むから、クライアントの前では余計なことを言わないでくれよ」

「…………」

「…………」

キョトンとしてないで、そこで「はい」だろ――。

末次はいよいよ我慢の限界を超えて「はあ……」と深いため息をついてしまった。

◇　◇　◇

その日の夜、末次はたまりにたまったストレスを発散すべく、スポーツクラブＳＡＢに足を運んだ。

「お、シャチョー、こんばんは。今日もめちゃくちゃエロい顔してますね。また中国のヤバい薬をガバガバ飲んじゃってるんじゃないですか？」

さっそく歯医者の四海《しかい》センセーがちゃかしてくる。

「そりゃ、飲んでるよ。だって、ジムにはいとしのミレイちゃんがいるんだもん。いつだって発射の準備を万端にしとかないとな」

末次も冗談で返すと、このジムでナンバーワンのスーパー美女が笑いながら突っ込んでくる。

「わたしは、遊ぶ前のドーピング検査だけは厳しいんですよ。だからシャチョーさんはアウトです」

「じゃあさ、ホントに飲んでるかどうか、俺のおしっこを採って検査してくれる？」

「それは、わたしじゃなくて、第三者機関のゴンママに任せるわ」

美鈴《みれい》に話を振られると、身長二メートルを超えるウルトラ・マッチョでスキンヘッドのオカマが、くねくねとしなを作った。

「あらぁ、あたしでよければ、おしっこでもなんでも、いくらでも抜いてあげるわよん」

それを聞いた四海センセーが、「うわ、シャチョーさん、ピンチ！　あるもの全部しぼりとられて、ミイラになっちゃう！」と大笑いをする。

「勘弁してくれよ。ゴンママに握られたら、俺の息子《むすこ》ちゃん、根っ子から引っこ抜かれちゃうよ」

眉毛をハの字にして末次が言うと、一同、手を叩いて笑った。

慣れ親しんだフリーウエイトゾーンは、筋トレ仲間たちの笑顔の連鎖で、じつに愉快な空気で満ちていた。ここ数年、会社では一度も感じたことのない、リラックスした感覚だ。

「あ、そういえば、シャチョーさんに頼まれてたアレのサンプル、持ってきましたよ」

厚紙加工のメーカーに勤めているサラリーマン、通称ケラさんが、小さな紙袋を手渡してきた。

「はい、シャチョーさん、大好きなアレをプレゼント」

「おお、アレね、アレ。サンキュー、ケラさん」

さっそく末次は紙袋の中身を取り出して、みんなに見せた。

「なんすか、その迷彩柄の箱。カッチョイイっすね」

高校生のシュン君がしげしげと覗《のぞ》き込んできた。

「お、知りたいか。じつは、これはだな——」末次は、もったいぶった口調で言いながら、箱を包んでいるセロファンを剝《む》いた。そして、おもむろに箱のフタを開け、その中身を取り出して見せた。「俺の息子ちゃんに着せる、伸び～るお洋服だ。シュン君、使ったことはあるか？」

それが迷彩柄のコンドームだと分かると、童貞らしいシュン君はちょっとばかりたじろいだが、しかし、正しい思春期の若者らしく、しっかり抵抗してきた。

「あ、あるっつーの、そんくらい……。つーか、シャチョーさんこそ、まだ使えるんすか？」

「あーら、シュン君、このシャチョーをナメちゃいけないわよ。いまや日本中の港、港に、シャチョーとまったく同じ顔の子供がたくさんいるんだから。しかも毎年、同じ顔は増殖中なのよ」

わざとまじめな顔で言ったゴンママは、カラスの羽みたいなまつ毛で、バサッとウインクをした。

それを受けた末次は、さらに話を盛っていく。

「いいかい、シュン君よ、この息子の洋服は『探検隊』っていう名前で、特製のイボイボ付きなんだ。これを奥までしっかり息子にかぶせてだな、地下水で湿った神秘の洞窟を何度も出たり入ったりしながら、奥の奥までしっかり探検するんだぞ。オトコってのはな、誰もが生まれながらの冒険家なんだ」

「なんなの、その怪しい説教は？　っていうか、同じ顔が増殖しちゃったら、その『探検隊』っていう洋服を着る意味がないわよね」

美鈴の突っ込みに、みんなは「たしかに！」と声をそろえて、手を叩いて笑い出した。

彼らの愉快そうな笑顔を見ていたら、末次はなんだか心底ホッとしている自分に気がついた。

ここにいる連中は、みんなひと癖もふた癖もある変わり者だけれど、精神の芯の部分はちゃんと自立した大人なのだ。高校生のシュン君ですら、性格が少々ねじ曲がっていても、言いたいことはちゃんと口にしてくれるから、まともな会話が成り立つ。それに比べて、我が社のゆとり世代ときたら……。

ふいにやっかいな二人の宇宙人を思い出してしまった末次は、口直しのつもりで美鈴をからかった。

「そういうわけだから、ミレイちゃん、そろそろ俺と一緒に未知の世界を探検してみない？」

「ゴンママのドーピング検査をパスしたらね」

「おいおい、ミレイちゃん、そんなつれない態度をとってたら、彼氏だってできないよ」

「そう？　じゃあ、この際、シャチョーさんの愛人になっちゃおうかな」

「よし、それでいこう！」

「高級マンション付きで、毎月一千万円でいかが？」

「もうちょっと安くしてよぉ。うちは零細企業なんだからさ」

「わたし、安売りはしないの」

「あ〜ら、ミレイちゃんがダメなら、シャチョー、あたしでどう？　普通のマンションと百万円でいいわよん」

ゴンママが横から特大サイズの唇で投げキッスをぶつけてきた。ついつい、あるはずのない風圧を感じて、ひっくり返りそうになったら、みんなに笑われた。

「はあ……、やっぱりここは楽しいよなぁ」

末次がため息まじりに言うと、それを見たケラさんが口元に笑みを残したまま首をかしげた。

「ん、シャチョー、なんかあったんですか？」

「まあね、うちの会社の若い連中――いわゆる、ゆとり世代って奴らが、どうにも宇宙人みたいで扱いづらくてさ。根性はないし、すぐに『でも』って言うし、人の話は聞かないし、敬語もロクに使えないし。ったく、どうしたらまともな地球人になってくれるのかねえ」

言いながら末次はダンベルを手にした。今日はコンセントレーション・カールをする日なのだ。ベンチの端っこに腰掛け、右手にダンベルを持ち、その肘を右膝の内側に当てた。そして、上腕二頭筋をしっかり意識しながら腕をぐいっと曲げて、トレーニングを開始した。

　すると、末次の背中に、野太いオカマの声がかけられた。

「シャチョーさん、言っとくけど、他人は変えられないわよ。変えられるのはシャチョー自身よ」

「え？」

　末次は顔を上げて、鏡に映ったゴンママを見た。

　ゴンママは、鏡越しに、舌を上唇の内側に差し込んで、ゴリラの顔真似をしていた。その顔があまりにおかしかったから、末次は「ぷっ」と噴き出した。

「ほらね、あたしが顔を変えたら、シャチョーも仏頂面から笑顔に変わったでしょ。先に自分が変わらなきゃネ」

　真顔に戻ったゴンママの台詞に、末次も笑うのをやめた。

「シャチョーの会社の若い子の姿ってのはね、もしかすると、シャチョー自身の姿なんじゃないかしら？」

「え？　何だよ、それ」

「目の前の他人って、じつは鏡のなかの自分の姿だってこと」

　なるほど……。

たしかに、ゴンママがおもしろいことをしたら、自分の気持ちもおもしろくなった。ゴンママが真顔になったら、自分も真顔になっていた。

「でもさ……」

末次は、後ろを振り向いて、直接ゴンママを見た。すると、ゴンママはすかさず笑いながら突っ込んだのだ。

「ほら、シャチョーも『でも』って言ったわよ～。若い子が『でも』って言っても叱れないわね」

「うう……」

「なーんてね。とにかく、シャチョーはゆとり世代にたいして苦手意識を持ちすぎなのよ。そういう意識が『見えない壁』になってるんじゃない？」

ゴンママはそう言って、バサッと羽音がするようなウインクを投げてよこすと、スミス・マシンでスクワットをはじめた。

苦手意識に、見えない壁、か……。

それを、俺が勝手に作ってると？

う～ん、ホントか？

末次は、鏡に映る自分の顔をまじまじと見詰めた。

そこには、自分でイメージしているよりも、かなりくたびれた老人の姿が映っていた。

いかん、いかん。老け込んでたまるか。

俺はまだまだやれるんだ。

自分で自分を叱咤《しった》して、末次は上腕二頭筋に力を込めた。

◇　◇　◇

翌日の午前中は仕事のアポイントもなく、末次は十一時半に重役出勤をした。会社のフロアに入っても、挨拶ひとつかけられないので、「おはよう」と、こちらから先に挨拶をしてみると、お局さまの相原定子を皮切りに、年齢順に挨拶が返ってきた。と言っても、口のなかでもごもごしただけの、かったるそうな声色《こわいろ》だったが。

やれやれ……、みんなが見渡せる社長の席に着き、コンビニで買ってきた缶コーヒーを飲みながら、あまり得意ではないパソコンを立ち上げ、メールをチェックした――ら、さっそくため息を漏《も》らしてしまった。

ため息の原因となったメールの差出人は、すぐ目の前の席にいる小見山だった。

《社長殿　先ほど電博堂の原田部長から電話があり、「末次さんの作る企画書はもう時代遅れなので、若い子の作った企画書を読んでみたい」とのことでした。あと、これは蛇足ですが、社長が川上デザインの女社長を愛人にしていると、森田くんと三田村さんがネタにしておりました。もちろん、相原さんも私も昔から知っています。少々慎まれてはいかがでしょうか？》

パソコン画面から顔を上げて小見山を見た。小見山は冴えない感じのメガネをかけて、自分のパソコンとにらめっこをしている。こちらには、知らんぷりだ。

声をかけるべきか、メールで返信すべきか、考えどころである。

だが、いずれにせよ、甘いぞ、小見山くん——と、末次は思う。企画書が古いと言われようと、仕事はちゃんと獲ってこられるのだ。しかも、悪いが私の彼女は一人じゃない。メインはたしかに川上デザインの女社長だが、それ以外にも遊んでいる女は何人もいるのだ。というか、自分は男やもめの独り者だ。不倫をしているワケではないのだから「愛人」ではないし、そもそも放っておいてくれ。それに、まだ自分は老け込んでなどいられない。この会社のために、ひいては社員のために、ガツガツしていなければならないのだ。そのためにも中国から格安の回春剤を大量に取り寄せているし、ジムで身体を鍛えてもいるのだ。社長たる自分が元気に働いて仕事を獲ってこなければ、お前たちの給料だってな——。

そこまで考えて少しイラッとした刹那《せつな》、ふと昨夜のゴンママの台詞を思い出した。

相手は変えられない。変えられるのは自分、か——。

よし。末次は、ひとつ深呼吸をしてから、落ち着いた声を出してみた。

「ええと、小見山くん、ちょっといいかな？」

「あ、いま、佳境なので」

パソコン画面に顔をくっつけたまま、小見山は素っ気ない口調で答える。

「おいおい、そんなつれない態度をとってたら、彼氏だって出来ないよぉ」

末次は昨夜の美鈴との会話を思い出して、わざと同じ台詞を明るく言ってみたのだが、しかし、小見山の顔はパソコンから一ミリも離れなかった。そして、機械よりも冷たい台詞がポツリと放たれたのだ。

「それ、セクハラですか？」

「…………」


その日は、終業時刻の七時ぴったりに、三田村が立ち上がった。

一分も残業をせず、そそくさと帰り支度をはじめるゆとり世代の女の子に、やれやれ、と眉尻を下げつつ、末次も立ち上がった。そして、明るく張りのある声を出してみた。

自分が変わってみるのだ。

「よし、今日はみんなで飲みに行こう。俺がおごるぞ」

するると、さっそくお局の相原が申し訳なさそうな声を出した。

「ごめんなさい。わたし飼い犬に餌《えさ》をあげないといけないので、もうちょっと残業したら帰ります」

「え？　ああ、そうか——。まあ、生き物を飼うってのは、そういうことだからな。他の三人はどうだ？　たまには、仕事抜きで色々と語るのもいいだろう。なあ、小見山くん」

「わたしは、お酒が飲めないので」

「飲まなくたっていいさ」

「勘弁してください」

「なんだよ、社長が誘ってるんだぞ、たまには付き合えよ」

冗談めかして言ったのに、小見山は本気で困った顔をした。

「今度はパワハラですか？」

「………」

おいおい、嘘《うそ》だろ——。

末次は思わず言葉を失いかけた。だが、ここでへこたれていては、未来は何も変わらない。

「わかった。じゃあ、相原くんと小見山くんは、またチャンスがあったら飲もう。森田と三田村くんは？」

すがるような気持ちで、ゆとり世代の二人を見た。

森田と三田村は、互いに顔を見合わせてため息をついた。

「まあ、あんまり遅くならなければ、俺はいいっすよ」

「じゃあ、わたしも……」

「えっ？」聞き間違いじゃないかと思って、末次は訊《き》き返してしまった。「君たち、一緒に飲んでくれるのか？」

言った瞬間に、自分の台詞に嫌気がさして、目眩を覚えた。

くれるのか――って、どうして社長である自分が、新人たちを相手にこんな情けない台詞を吐いているのだ。ゆとり世代の二人も、「は？」という顔で、こちらを見ているではないか。

末次はその視線に少なからず狼狽《ろうばい》しながら、しかし、少しでも社長としての威厳を取り戻すべく、張りのある低い声を出して応戦した。

「よし、君たちは何を喰いたい？　和洋中、何でもいいぞ」

「わたし、ダイエット中なんで、和食がいいです」

「俺は、がっつり喰いたいんで、中華かな」

「………」

なんで、そうなるかな。お互いに、空気を読むくらいのこと、してくれよ……。

さっそく末次がげんなりしていると、横から小見山が口を挟んだ。

「あんたたち、社長を困らせないで、じゃんけんで決めたら？」

おお、小見山くん、ナイスな提案だ。ふと見ると、小見山のとなりの席に座っている相原も、ゆとり世代の二人を見て、やれやれ、という顔をしてくれていた。

やはり、亀の甲より年の功だ。年増の二人も扱いづらいところはあるが、社会人として少しはまともに成長してくれているようだ。

しかし、ゆとり世代は、先輩の言うことなど聞きやしないのだった。

「俺、じゃんけんで優劣をつけるの嫌なんで、間をとって洋食でいいっす」

「じゃ、わたしもそれで」

運動会の徒競走で、「みんなで一緒にゴール」をしてきた世代は、しかし、少なくとも戦争だけは起こさないでいてくれるような気がした。

◇　◇　◇

結局、会社から歩いて五分のところにある、小さなイタリアンのレストランに二人を連れていった。予約が直前だったせいか、案内されたテーブルはフロア右奥のトイレの目の前だった。しかし、トイレの扉とテーブルの間には、艶のある葉をびっしりと茂らせた観葉植物があって、それが壁になっていたから、さほど気にはならなかった。

席について、メニューを森田と三田村に手渡しながら、末次は鷹揚《おうよう》に言った。

「何でも好きなもんを注文していいからな」

すると、ろくにメニューも見ぬうちに森田が手を挙げてウエイターを呼んだ。

「お決まりでしょうか？」

やってきたウエイターは、常連の末次の顔を見て言ったのだが、答えたのは森田だった。

「決まってないんだけどね、この店で人気のものベスト5をとりあえず持ってきてくれます？」

え……、何がベスト5なのか訊かないでオーダーするのか？

末次があっけにとられていると、三田村は「それ、おもしろいねぇ」と目を細めて喜んでいる。

おもしろい……のか。なら、ま、いいか。

ウエイターが、末次の顔を見た。それでいいの？　と目が問いかけている。末次はウエイターを安心させるように頷いた。

「じゃあ、おすすめのものを、適当に持ってきてもらえるかな。あと、その前に、生ビールをもらえる？　君たちもビールでいい？」

　ゆとり世代の二人は、「はーい」と、いつもの間延びした返事をする。

「じゃあ、そういう感じで」

「かしこまりました」

　末次の声を聞いたウエイターは、少しホッとした表情をして厨房《ちゅうぼう》の方へと下がった。

　やれやれ。オーダーするだけで、こんなに疲れちまうなんて。

　末次はウエイターが消えた厨房から視線を外し、目の前の二人を見た——と同時に、言葉を失った。二人ともピコピコと携帯をいじっていたのだ。

「おいおい、携帯なんて後にできないのかよ」

「すみません。わたし、お母さんに外食するってメールしないと、後で怒られちゃうんで」

「俺も友達からのメールのレスを出しとかないと。待たせちゃ悪いんで」

「そ、そうか……」

　二人とも、携帯の画面に視線を落としたまま、悪びれた風もない。

　当然だが、三人が囲んだテーブルの上には沈黙が降りていた。いまこの瞬間、居心地の悪さを感じているのは、手持ち無沙汰な自分だけなのだろう。末次はそう思って、やり切れないようなため息をついた。

食事がはじまり、ビールからハウスワインへと飲み物が移った頃には、なんとか会話が成立するようになった。社会人として非常識なところが多々ある二人ではあるが、こうしてじっくりとしゃべってみると、じつはどちらも根はいい奴なのだということが分かってきた。家族や友達をとても大事にしているようだし、仕事についてアドバイスをしてやると、思いのほか素直に聞き入れるのだ。ただ、そのときの返事がいちいち「はーい」なのが玉にきずだが。

やがて赤ワインをグラスで二杯空けた末次は、トイレに立った。洒落《しゃれ》たデザインの小便器の前に立ち、あいつらもしっかりと鍛えてやれば、案外まともな広告マンに育ってくれるかも知れないな――などと胸裡でつぶやきつつ用を足して、トイレから出る。

出てすぐに、末次は足を止めた。

密生した観葉植物の葉の隙間から二人の様子が見てとれたのだ。覗き見趣味などは毛頭ないが、でも、なんとなく自分のいない間の二人の様子が気になって、そっと覗いてみた。

ああ、やっぱり……。

予想どおり、二人とも携帯を手にしてピコピコやっていたのである。末次がため息をつこうとしたとき、三田村が携帯を見下ろしたまま口を開いた。

「ねえ、森田さんは、なんで老人ホームの仕事やろうと思ったの？」

「ああ、アレね。なんつーんだろ。俺んちってさ、子供の頃から両親が共働きで、いつも家にいなくてさ、だから俺、おばあちゃん子だったんだよね」

返事をする森田も、聞いている三田村も、携帯の画面を見下ろしたままだ。

「おばあちゃん、俺にさ、すげえ優しくしてくれたんだよね。それを思い出して、なんとな～く、かな」

「ふうん、そうなんだ。わたしんちは核家族だったから、おじいちゃん、おばあちゃんとは一緒に住んだことないけど、でも、田舎《いなか》に帰ったときは可愛《かわい》がってくれたなぁ」

「やっぱ、じいちゃんばあちゃんって、いいよね」

「うん。森田さんのおばあちゃんって、いまはどうしてるの？」

「去年、死んじゃった。膵臓癌《すいぞうがん》で」

「………」

絶句したのは、葉陰から覗き見している末次だった。三田村は携帯メールの送信ボタンを押したのか、「よし」とつぶやいてから、ようやく顔をあげた。

「うちもね、去年、おじいちゃん一人、おばあちゃん一人が立て続けに死んじゃったんだよ」

「そっかぁ。三田村ちゃん、泣いた？」

「うん。号泣」

「俺も号泣だったよ。死ぬ間際にさ、病院のベッドで、おばあちゃんの痩せた手が俺の手を力無く握ってくれてさ、涙をぼろぼろ流しながら、ありがとねって言ってくれたんだよね。そんなのって、やっぱ号泣するじゃん」

「するする。わたし、その話、聞いただけで泣きそうだもん」

「あ、やべえ。俺もいま、思い出し泣きしそう」

葉陰の末次は、すでに目頭を指で押さえていた。歳を取ると、やたらと涙腺が緩くなって困る。

「年寄りって、なんか優しくていいよね」

「だろ。だから、なんとなくだけどさ、老人ホームのパンフを作る仕事で、老人に恩返しするっつーの？」

「うん、いいね、そういうの。いいパンフ作ってあげたいよね」

葉陰の末次は、ポケットから出したハンカチで、にじみ出るしずくを押さえた。いまトイレの洗面所で濡れた手を拭いたばかりだから、ハンカチはいやに冷たかったけれど、そんなことはどうでもいい。末次は感動していたのだ。そして、しみじみ反省もしていた。自分の会社で働いてくれる社員にたいして、こともあろうに「ゆとり世代」などという大雑把なくくり方をしてしまったことを恥じたのだった。そうなのだ。人を判断するときは、あくまでも個人の資質を問うべきであって、団塊世代だの、ゆとり世代だの、新人類だのと、目に見えない枠に勝手にあてはめてはいけないのだ。これからは、ゴンママの言うように、こちらから心をしっかりと開いて、ちゃんと「人と人」として付き合わなければ、彼らの本質など何ひとつ見えてこないだろう。

お前ら、すまなかったな……。

よし、俺はこの愛すべき社員たちと、しっかり心を通わせるぞ。

意気込んだ末次が、颯爽《さっそう》と葉陰から出ていこうとした刹那——あの、できれば聞きたくない「でも」という接続詞が末次の耳を打ったのだった。

「でもさ、同じ老人でも、うちの社長がよく言ってる、クライアントの思い通りに作りさえすればいいっていう考え方ってどうよ？　そういうのって、ちっともクリエイティブじゃなくね？　老害ってやつじゃね？」

「それ、分かるぅ。クライアントの言いなりだとさ、うちらって、ただの雑用係兼オペレータになっちゃうじゃん」

「ホント、そうだよな」

「社長って、もう七十歳だっけ？」

「もう、過ぎてるんじゃない？」

ふざけるな。まだ大台までは一年あるぞ。末次は怒鳴り込みたいのを必死にこらえて、聞き耳を立て続けた。

「そっか。さすがに七十過ぎてたら、考え方は古くて当然だよね。でも、まあ、社長はわたしたちの給料のこととか考えないといけないから、色々としょうがないんだろうけどね」

「まあね。でもさ、せっかく若い俺らが担当なんだから、今回は個性を発揮していこうぜ」

「だよね！　イケてる老人ホームを演出してあげないとね」

おいおい、イケてる老人ホームって、どんな施設なんだ？　そんなパンフを作って大丈夫か？　クライアントに叱られるんじゃないのか？　いや、そもそもこの俺を「老人」なんていう枠に入れやがって。ちくしょうめが！

今のいままで二人を「ゆとり世代」の枠に入れていたことを棚に上げた末次は、老人の枠に入れられたことに憤慨しつつ腕を組んだ。俺はまだ歳なんかじゃない。ジムでもバリバリやっているし、自分の体重と同じ重さのベンチプレスだって上げられるようになった。中国の回春剤を飲めばシモの方だってビンビンだし、何より俺の人脈と信用で仕事を獲ってくるからこそ会社は成り立っているのだ。そういう自負もプライドもある。

それを、使えない老人みたいに言いやがって――ったく。

末次は、ついさっき感じたキラキラした想いを、まるごと泥で上塗りされたような気分になって、無愛想な顔のまま観葉植物の葉陰から出ていった。その気配を感じた二人は、さっと携帯を鞄に隠す。

「社長、ずいぶん遅かったっすね。大きい方っすか？」

森田が言って、三田村がくすっと笑った。

「ああ、俺は便通がいいからな。内臓年齢は四十代だって医者に言われたことがある。いや、三十代だったかな」

末次は屁の突っ張りにもならない虚勢を張って、ニヤリと笑ってやった。しかし、そんな自分自身にそこはかとない憐憫《れんびん》を感じたりもして、ついついグラスのワインをがぶりと呷《あお》った。

それから末次は、広告マンにとってクライアントを大事にすることがいかに大切であるかを切々と説き続けた。しかし、二人はあくびをこらえるような顔をしたまま、合間、合間に、「はーい」とだらしない返事をするだけだった。極めつけは、末次の言葉にかぶせるように森田が言い放ったこの台詞だった。

「あ、やべっ！　俺、今日、絶対に観なくちゃなんねえテレビがあったんだ。えっと、社長、すんません、あと十五分で俺だけ失礼してもいいっすか？」

「へ？　テレビ？」

「ほんと、申し訳ないっす」

森田の言葉に呆然《ぼうぜん》としていたら、三田村と目が合った。すると三田村も急に居心地の悪そうな顔をして口を開いた。

「じゃあ、そのとき、わたしも一緒に失礼します」

お開きは、森田の言う十五分後ではなく、皿に載っていた食事をざっと食べ終えた五分後になった。


店を出て、そそくさと帰宅する二人の背中を見送った末次は、薄暗い外灯の下で腕時計を見た。まだ九時にもなっていやしない。小さく嘆息して、路地をとぼとぼと歩き、大通りに出た。ガードレールのそばで右手を挙げると、すぐに流しのタクシーがつかまった。末次は後部座席に乗り込み、自宅の最寄《もよ》り駅の名を運転手に告げた。車が走り出し、ぐったりとバックシートに背中をあずけた。

そのまま、ぼんやりと車窓を眺めた。街の灯《あか》りがどんどん後ろへと流れていく。なんだか自分が歩んできた人生が、あっけなく過去へと流れ去っていくような、虚《むな》しい気分になってしまった。

未来は減る一方で、過去は増える一方だ。

最近、そんな当たり前のことに気づいて、少し気が重くなっていた。残された人生のいくばくかの時間で、自分は何ができるのだろう。これまで積み重ねてきた過去とは、いったい何だったのだろう。つまらぬことを考えては、ため息をついてしまう。

このまま自宅に帰る気分にはなれなかった。妻が他界した後の木造二階建ては、末次ひとりが暮らすにはどうにも広すぎたし、そして静寂が重すぎるのだ。

タクシーの揺れに任せて、目を閉じた。

そして、ぽつりとつぶやいた。

「スナックひばり、寄ってくか……」

◇　◇　◇

「やっぱり、ひばりはいいよなぁ」

通い慣れたスナックの、座り慣れたスツールは、末次の尻に根を生やさせた。午前零時をまわっても、末次の口は、ゆとり世代の信じられないような行動について、切々と訴え続けていた。カウンターのなかに立つゴンママとカオリちゃんは、そんな末次の愚痴を流すでもなく、モロに受け止めるでもなく、絶妙なさじ加減の受け答えで相手をしてくれる。

「こんな俺の気持ち、ゴンママに分かる？　俺の考え方を古いなんて言いやがるんだぜ。挨拶ひとつまともにできねえくせに」

「そもそも、古いってことは悪いことばかりじゃないのよ。ね、カオリちゃん」

　ゴンママが野菜スティックを刻みながら言う。

「はい。わたしもそう思います」

「カオリちゃんはいつも優しいよなあ。ほんと、癒されるよ。笑顔も心も美人だし」なんとなく、自分でも呂律《ろれつ》が怪しくなっているのが分かる。でも、まだ飲み足りない。「なあカオリちゃん、こんな俺にぴったりのカクテルを作ってくれるかい？」

　末次は、それまでちびちび飲んでいたシングルモルトの水割りをぐいっと飲み干して、空のグラスをカオリちゃんに差し出した。

「かしこまりました」

　バーテンダーらしい流麗な所作でお辞儀をすると、カオリちゃんは冷蔵庫からレモンとオレンジを取り出した。

「久し振りに作るカクテルなんですけど」

　ひとりごとみたいに言いながら、カオリちゃんは慣れた手つきでレモンを輪切りにし、オレンジを半月型にカットした。続いて、角砂糖にビターズを染み込ませたものと、五つのアイスキューブを底の広いグラスに入れた。そのグラスに、ライウイスキーをこぽこぽと音を立てながら注いでいく。カクテルピックにオレンジとレモンとレッドチェリーを刺してグラスのなかに立て、最後に透明なマドラーを添えたところで、末次の前に琥珀《こはく》色のカクテルが置かれた。

「はい、お待たせ致しました」

「これは？」

「オールドファッションドよ」

答えたのはゴンママだった。

「オールドファッションド？　おいおい、それ、時代遅れって意味じゃないか。カオリちゃんも人が悪いなぁ」

思わず眉をハの字にした末次に、しかしカオリちゃんはにっこりと清楚《せいそ》な笑みを返した。

「いいえ、そういう意味で作ったんじゃなくて、カクテル言葉が素敵なんです。いままでのシャチョーさんと、これからのシャチョーさんのために、ぴったりの言葉です」

「どんな？」

「我が道を行く——。そういう意味なのよ」

横から口を挟んだゴンママは、フランクフルトみたいな人さし指で末次の額をチョンと突ついた。チョンと突ついただけなのに、末次は危うくスツールからひっくり返りそうになった。それを見て、カオリちゃんがくすりと笑う。末次も「あんた、馬鹿力なんだから、少しは加減してくれよ」と苦笑した。

「あーら、ごめんあそばせ」

ゴンママは、どこ吹く風といった顔で、切り立ての野菜スティックを出してくれた。

末次はあらためてグラスを手にし、揺れる琥珀色の液体を眺めた。

「我が道を行く、か……。うん、悪くないかもな」

カオリちゃんはメガネの奥の目を細めて、小さく頷いた。

「社員の若い子には若い子なりの感性がありますけど、シャチョーさんには経験に裏打ちされた仕事のやり方がありますよね。それって、どっちが良くて、どっちが悪いってことじゃないと思うんです。ですから、シャチョーさんには、これまで通り経験則を生かしながら、我が道を行って欲しいなって思ったんです。老人かどうかは、自分で決めることだと思いますし」

「なあ、カオリちゃん」

「はい？」

「俺のこと、やっぱり老人だと思う？」

「わたしは、ステキなおじさまだと思ってます」

自分の孫ほどの娘に慰めの言葉をかけられ、ほっこりしそうになったとき、ゴンママの太い声が響いた。

「老人というには、この人はまだエロすぎるのよネ」

「もちろん。俺は生涯現役で行くつもりだからな」

「わおっ、シャチョーの『お盛ん宣言』が出たわぁ」

三人で噴き出した。

ゴンママが続ける。

「そうそう、そのカクテルはね、マドラーで角砂糖を溶かしたり、レモンを潰したりして、自分の好みの味に調整しながら飲むのよ」

「へえ、そうかい」

「でも、シャチョーは飲むのがはじめてだから、どれくらい角砂糖を溶かしたらいいのかも、レモンの潰し具合も、分からないわよね？」

「まあ、そりゃ、そうだな」

「それって、仕事と同じじゃない？　最初は面倒かも知れないけど、若い子にはたくさん経験させてあげなさいよ。で、間違ってたら、しっかりと叱ってやるの。それがお盛んな老人の役目よ、きっと」

　ゴンママはわざと「老人」という言葉を大きな声で言って、バサッとカラスの羽ばたきみたいなウインクを投げてよこした。

「でもさぁ、任せきりだと心配なんだよ。あいつら信じられないくらいのんびり屋だから」

　さっそくマドラーでレモンの果肉を潰しながら、末次は言った。

「シャチョー、プラトーって言葉、知ってる？」

「ん、なんだ、それ？」

「トレーニング用語よ。停滞期っていう意味なの。長いこと筋トレをしてるとね、たいていの人は徐々にトレーニングがマンネリ化してきて、プラトーに陥っちゃうのよ。で、そういうときにどうするかっていうと――」

「いうと？」

　グラスに口を付けて、末次が訊いた。

「スロートレーニングを入れてみたりするの」

　つまり、ゆっくりした動作で筋トレをするってことか。

「一人で全力で突っ走ってばかりいないで、たまにはスローな人材をまぜてみたら、新しい発見があるかも知れないわよ」

そういうものだろうか――。

角砂糖をマドラーで突つきながら、末次は思案した。

再びカクテルをちびりと舐《な》めてみる。甘味と苦みが増して、さっきよりも美味《おい》しくなっていた。でも、まだレモンの酸味が足りない。もう少しだけ、レモンを潰してみた。すると、風味のバランスが格段に良くなった。

のんびり、まったりな、ゆとり組か。

レストランで彼らが話していた祖父母への想い――あれは、悪くなかった。しかし、あいつらは社会人としての経験が足りない。圧倒的に、足りない。だが、思えば、自分だって若い頃は経験不足のせいでたくさんの失敗をして、先輩や得意先にこっぴどく叱られて、結果、いつの間にか一人前になっていたのではなかったか。

よし、一丁、経験させてやるか。

末次は「ふうっ」と決意を込めた短い息を吐いた。

「カオリちゃん、美味しいよ、このカクテル」

そう言った末次は、自分の声色に少しばかり張りが戻ったような気がした。

◇　◇　◇

翌日、末次は出社するなり森田と三田村に告げた。

「福幸苑の仕事だけどな、あれは君たちにすべて任せた。しっかりと最後までやり遂げてくれ」

唐突にそんなことを言われたゆとり組は、ポカーンとした顔をしていたけれど、すぐに二人そろって、

「はーい」

「はーい」

と、相変わらずの間延びした返事をした。返事は「はい」だろ、と思わず口から出そうになったが、なんとか喉元で飲み込んだ。

さて、今日は何をするんだっけな……。

考えながら席についてパソコンを開くと、ちょうど小見山からメールが入った。いま、目の前にいて、パソコンをいじっている小見山道子からだ。この娘《こ》はどうして口で言わず、いつもメールなのだ。いちいち面倒くさい。内心で軽く毒づきながら、そのメールをチェックしてみた。

《あの二人に完全に任せちゃって、大丈夫ですか？》

メールの内容は、その一行だけだった。

《俺は二人を信じる》

末次は、左右の人さし指だけで不器用に八文字を入力し、そのまま小見山に返信した。返信したあとに、ちょっと格好つけすぎたかな、と照れ臭くなったけれど、小見山はパソコン画面を見詰めたまま表情ひとつ変えなかったから、救われたような、拍子抜けしたような、複雑な気分になってしまった。

ところが——。

それから日を追うごとに、末次の胸のなかには不安が堆積していったのである。というのも、ゆとり世代の辞書には「ホウレンソウ」という言葉がなかったのだ。つまり、上司への「報告、連絡、相談」という、サラリーマンが仕事をする上での基本の三ヶ条が、まったくもって抜け落ちていたのである。

こいつら、クライアントに粗相なく、ちゃんとやれているのだろうか……。

末次は、平和ボケしたような二人の顔を見るたびに不安になってしまう。本当なら、「例の件は、いまどうなってる？」と、世間話でもするように訊けばいいのだろうが、しかし、二人には「すべて任せた」と宣言してしまったし、小見山には《俺は二人を信じる》などと調子のいいメールを返してしまった。その手前、いちいち進捗《しんちょく》状況を詮索するのもどうかと思ってしまうのだ。

　とはいえ、一週間もすると、胸裡の不安がむくむくと膨れ上がってきて、もはや苛立《いらだ》ちさえ覚えはじめた末次は、こっそり最年長の相原定子に頼んで、二人の進捗状況を聞き出してもらうことにしたのだった。

　そして、その結果は――。

　思いがけず良好、とのことだった。

　二人は足繁く福幸苑に通っては、写真素材を集め、ネーム用の取材も進めていて、老人たちとも楽しそうにやっているらしい。

　相原の報告に安堵《あんど》した末次は、やはり仕事は任せてみるものだな、と内省しながら、小見山の淹れてくれた冷めたお茶を飲んだ。

　しかし、そんな末次の心の平穏も、長くは続かなかったのである。

◇　◇　◇

「あ、もしもし、末次さん？　悪いんですけど、すぐにでもあの連中を担当から外してくれませんか？」

　福幸苑の広報担当者から強い口調でクレームの電話が入ったのは、ゆとり組に仕事を任せてからちょうど半月後のことだった。末次は得意先の営業から帰る途中の、地下鉄のホームでその電話を受けた。

「あいつら、何か、やらかしましたか？」

「やらかしたも何もないですよ」

怒気をはらんだ声が耳に痛くて、思わず携帯を耳から離した。

「すみません。あの、いったい、何を……」

「何も聞いてないんですか？」

「はあ……。すみません」

ようするに、こういうことだった。森田と三田村は、福幸苑の運営方法と従業員のサービスの悪さを担当者にあげつらった挙げ句、制作中のパンフレットに嘘は書けません、と言い張っているというのだ。

「なんで、おたくの若造たちに、うちの経営を非難されなくちゃいけないんですかね？　しかも、パンフにいいことは書けないなんて、生意気なことを言って」

「いや、もう、まことにもって、申し訳ありません……」

「こっちは、末次さんが、どうしても仕事が欲しいって言うから、おたくに振ったのに」

「はい、本当にもう、何と申していいのやら……」

末次は、自分よりも三十歳は若い広報担当者に、電話越しにへこへこと頭を下げ続けた。

「とにかく、さっさと別の人材をよこしてください。納期に間に合わなかったら、ギャラを下げさせてもらいますよ」

広報担当者は吐き捨てるように言って、最後にチッと小さく舌打ちをしたと思ったら、一方的に通話を切ってしまった。

「はあぁ……」

末次は、ここ数年ないような深いため息を漏らすと、右手でこめかみを揉《も》んだ。

腕時計を見ると、午後七時半を回ったところだった。たしか、今日、あいつらは直帰するはずだったよな。そう思って携帯を手にした。最初にかけたのは森田だった。数コール待ったが、留守電になってしまった。三田村にかけても、結果は同じだった。

そうだった。ゆとり世代は勤務時間を過ぎたら最後、もう仕事関係者からのコールには出ないのだった。

あの、阿呆《あほ》どもがっ！

思わず手にしていた携帯を線路に叩き付けたい衝動に駆られたが、さすがにそれはこらえた。しかし、無意識に舌打ちをしていたようで、となりに立っていたオバチャンに睨《にら》まれてしまった。

翌日の午前中、末次は車で営業まわりをして、午後に出社した。何喰わぬ顔で席に座っている森田と三田村を見るや否や「お前ら、俺と一緒にすぐに出かけるぞ。いいか、いますぐだぞ」と声をかけて、会社から引っ張り出し、車の後部座席に押し込んだ。

運転席に座った末次は、そのまま無言でアクセルを踏む。

行き先はもちろん、福幸苑だ。

駐車場を出て、コンビニのある路地を左折し、大通りに出る。

「昨日、福幸苑の広報担当者からクレームの電話があったぞ」

ステアリングを握りながら、末次は後部座席に向かって低い声で言った。返事は、ない。

ルームミラーで二人の様子を見ると、やれやれ面倒だな、といった顔をしている。

「どういうことだ、森田」

交差点の手前でステアリングを切り、車を首都高速に乗せた。

「どうっていうか……。あの会社のサービスがめっちゃ雑なんで、こっちは見てて嫌な気持ちになったんです。で、パンフに素晴らしい老人ホームだなんて嘘は書けないって正直に言っただけです」

「正直に？　クライアントは正直に作ってくれと言ったのか？」

また返事がなくなった。返事ができないということは、多少なりとも罪悪感はあるのだろう。あるいは、反抗心か。

「いま、この車がどこに向かっているか、分かるよな？」

応答なし。だが、分からないワケがない。ルームミラーを見た。携帯をいじっていたら怒鳴りつけてやろうと思ったのだが、さすがにそれはなかった。二人とも、かなり神妙な顔をしてうつむき加減だった。

若い頃、自分もこんな風に叱られて、凹《へこ》んでいたことがあったような気がする。あれはいつのことだっただろう。思い出せない。でも、きっと同じようなことはあったはずだ。いや、それにしても、こんなにひどい失敗はしなかったのではないか。俺は、もう少しまともな感覚を持ち合わせていたはずだぞ。

ふと、ゴンママの顔を思い出した。カオリちゃんが作ってくれたオールドファッションドの味わいも、舌の上に甦《よみがえ》る。

経験させてやれ、か——。

理不尽な理由でクライアントにこっぴどく叱られるのも、そういう相手に謝罪をするのも、こいつらにはいい経験になるだろう。

「ちゃんと、心から謝るんだぞ」

末次が低い声で言う。

「でも……」と、三田村が細い声を出す。

「でもって言うな。いいか、たとえ理不尽な状況に置かれても、きちんと謝罪しなくちゃならないときはあるんだ。社会ってのは、そういうものなんだ」

末次の言葉を最後に、車内は重苦しい沈黙に満たされた。


雑木林に囲まれた福幸苑の駐車場には、森の匂いのする清爽な風が吹き抜けていた。空は高く澄んでいて、これから必死の謝罪をするとは思えないような清々《すがすが》しさだ。

末次を先頭に、三人は苑の玄関に向かって歩いた。

ツツジの植え込みの前を通るとき、杖《つえ》をついた禿頭《とくとう》の老人が少し慌てた様子でこちらに寄って来たと思ったら、ふいに森田と三田村に嗄《しわが》れた声をかけた。

「やあ、お二人さん、この間はありがとねぇ」

明るい陽射しを斜めに受けた老人は、なんともいえず、しわしわのいい笑顔を浮かべていた。

「ううん。どういたしまして」

いつもより控えめな声で言って、三田村が笑みを返す。森田も目を細めて「おじいちゃん、

「またね」と小さく手を振った。

末次は歩きながら訊《たず》ねた。

「いまの爺《じい》さんに、何かしてやったのか？」

「ただ、爪を切ってあげただけです……」

三田村が神妙な声で言う。

爪？　なんでうちの社員が、そんなことをする？

それこそ苑の仕事だろ、と言いかけて、やめた。もう玄関に到着してしまったのだ。

玄関左手の受付に往訪を告げると、愛想のない年増の女が食堂に通してくれた。三人は隅っこの席に座り、広報担当者が来るのを待った。お茶を出すでもなく、年増の女はさっさと消えた。予想はしていたが、やはり歓迎されてはいないようだ。

少し離れた右手のテーブルには、背中の曲がった小さな老婆がぼんやりと窓の外を眺めながら座っていた。ぴくりとも動かないから、なんだか人形のようにも見える。すでにボケているのかも知れない。

三分ほど待っていると、四十路《よそじ》の男が大股でやってきた。歩き方がすでに怒りを表している。末次とゆとり組は、立ち上がって相手を迎えた。

久し振りに顔を合わせた広報担当者の大原勉《おおはらつとむ》は、向かいの椅子をやや乱暴に引いて座ると、末次だけに視線を向けた。

「昨日、担当をすぐに替えてくれとお願いしたはずですが」

ゆとり組のことは、完全に無視だ。

「ええ、もちろんそのつもりなのですが、まずは謝罪が先だと思いまして」

「ふん。まあ、座ってくださいよ……」

「はい。失礼致します」

三人そろって、神妙に椅子に腰掛けた。

大原は袖をめくり上げたYシャツの腕を組み、こちらを睥睨《へいげい》していた。生っ白《ちろ》く、細い前腕だった。こんな奴なら、俺でも腕相撲《うでずもう》で勝てそうだ。ゴンママとやったら一瞬でへし折られるな——、末次はどうでもいいことを思いながら、両手をテーブルについて「このたびは」と五文字を口にした。しかし、その続きを言おうとした刹那、右から強張《こわば》った声が差し挟まれたのだ。森田だった。

「社長、謝らないでください」

末次も絶句したが、その瞬間の大原の顔はひどかった。目を皿のようにして、わなわなと口を震わせたのだ。

「おい、こら、森田」

たしなめようとしたが、森田は引かなかった。

「俺たちは、悪くないっす。広告に嘘を書いちゃ、やっぱ駄目っす」

「嘘とは何だ、嘘とはっ」

テーブルに身を乗り出した大原は、もはや激昂《げっこう》すれすれだった。その勢いに気圧《けお》された末次は、思わず身を引いたのだが、驚いたことに、左どなりにいた三田村が、逆に身を乗り出したのだ。

「嘘は嘘です。ここのスタッフは、おじいちゃんおばあちゃんに冷たいし、爪は折れちゃうくらい伸ばし放題にするし、お風呂《ふろ》に入れるときも頭からざんざんお湯をかけちゃうし、ベッドで体勢を変えてあげるときも乱暴だし、ご飯を食べさせるときなんて、おかゆとおかずをぐちゃぐちゃに混ぜて口に押し込んでるし――。そんなのサービスって言いません」

普段はおとなしい三田村が、こんなにはきはきしゃべれるとは知らなかった。さらに、森田が攻勢をかけた。

「俺、死んだじいちゃんに教えてもらったんす。仕事って、他人に《仕える事》だって。誰かに喜ばれることが、仕事なんだって。この施設は、ちっとも喜ばれてないっすよ」

凍り付いたように押し黙った大原は、一人で大きく深呼吸をしていた。怒りを通り越して、徐々に冷静になってきたようだ。

「こら、森田、三田村、失礼なことを言うのはやめなさい」

末次はあえて静かな声で言った。こういうときは大声を出すよりもむしろ小さな声で言った方が、相手の胸の奥にまで効果的に届くことを経験上知っている。

テーブルの上に、重い沈黙が張りつめた。

背後にある食堂の壁から、コチ、コチ、コチ……と秒針が時を刻む音が聞こえてきた。目の前の大原は、まだ深呼吸を続けている。反撃の台詞を考えているのかも知れない。

そのとき、末次はふと気づいたのだ。さっきまで右手にいた小さな老婆の姿がないことに。我々の興奮したやりとりがうるさくて、どこかに消えたのだろうか。

「末次さん」低く抑えた嗄れ声がした。大原だった。「あなた、いったい今日は、何をしに来たんです？」

「謝罪をしに来ました」

「これが、おたくの謝罪ですか？」

「いいえ、とんでもないです。では、社長として、私からあらためて申し上げます。このたびは、まことにすみ——」

「社長」今度は三田村だった。「謝らないでください……」

グラビアアイドルみたいな顔が、切なげに歪《ゆが》んでいた。泣くのを我慢しているのだ。だが、真剣に仕事をしていれば、泣きたいことなんて、この先きっと何度でもある。相手が理不尽だからといって、毎回、突っかかっていては仕事になどならない。胸の前で組まれた大原の白く細い腕。ぼんやりと眺めながら、末次は今度こそ謝罪の言葉を言おうと決めた。

しかし、その刹那、大原の目が見開かれた。驚いたようなその視線は、末次たちの背後に向けられていた。釣られて後ろを振り返ると、すぐ後ろにさっきの小さな老婆が立っていた。しかも、その老婆の周りには、十人近い老人たちが集まっているではないか。

「この子たちは、なーんも悪いことしてないよぉ。優しい子たちなんだよぉ」

いきなり、その老婆がにっこりと笑って言った。

周りの老人たちも、うんうんと頷く。

「わしら、みーんな、この子らの味方じゃけなぁ」

白髪が爆発したみたいな老人がそう言って、カッカッカと笑う。

何だ、これは――。

末次は大原に向き直った。大原はポカンとした顔のまま、次の言葉を探しているようだった。

三田村を見ると、まさに両目からしずくをこぼしたところだった。森田の目も、たっぷりと潤んでいる。

その森田が、子供みたいに洟《はな》をすすったと思ったら、泣くのを必死でこらえつつ、しゃべり出した。

「社長、俺、この施設にだけは……、自分のじいちゃんも、ばあちゃんも、あずけられないっす」

「わたしもです」

三田村は、完全に涙声だった。

「もしも……、俺を育ててくれた、死んだばあちゃんを、ここにあずけたらって……そんなこと考えたら、俺……やっぱ、絶対に、嘘つけなくて……」

半分泣きながら訴える森田を見ていたとき、ふと末次は他界した妻を憶《おも》ったのだった。森田が言うように、もしも、生前の妻がこの苑で、雑に扱われていたとしたら——。考えると、胸が痛むではないか。

背後の老人たちは、もう何も言わなかった。でも、その静かな息づかいが、なんだか妙にあたたかい気がした。

末次は、「ふぅ」と嘆息するように息を吐いて、すぐに新しい空気を吸い込んだ。

「大原さん」末次は、静かに、しかし、誠意を込めて言った。「あらためまして、このたびは——」

「社長！」

「社長！」

森田と三田村の涙声が重なる。

「お前たちは、黙っていなさい」

末次は小さな声で二人を制した。

「このたびは、うちの若い者たちが、たいへんご迷惑をおかけ致しました。まことに申し訳ございません。しかし、私は——」そこまで言って、森田と三田村の顔を見た。そして、再び息を吸って、今度は、社長としての威厳をのせた低音で、きっぱりと言った。

「私は、私の育てた部下を信じます」

「…………」

「…………」

背後で拍手が起こった。集まっていた老人たちだった。

◇　◇　◇

福幸苑からの帰りの車のなか、ステアリングを握った末次はオールドファッションドの味を思い返して、小さくため息をついた。

やれやれ、ちっとも「我が道」なんか行けなかったな。せっかくのおいしい仕事をひとつなくしちまったじゃねえか。俺もまだまだ青いよな。いや、若いよな——、なんて思ってみた。

正直、景気の悪い昨今を思うと、失ったものは大きい。

それでも、気分は、まあ、悪くはない。

末次は、後部座席に向かって問いかけた。

「おい、お前たち、仕事をひとつ失った気分はどうだ？」

「……気分よくは、ないっす」

「わたしも、です……」

かつてないほど、二人の声は沈んでいた。

そうだろう、そうだろう。それで正解なんだ。だがな、俺の気分は、さほど悪くないぞ。

末次は、ついニヤけそうになりながらカーラジオをつけた。スピーカーからは陰鬱《いんうつ》な古い時代のブルースが流れ出したけれど、その古くさい旋律には、そこはかとなく深い味わいがあって、これもまた悪くなかった。

◇　◇　◇

翌朝、出勤すると、また小見山からメールが入っていた。

《社長殿　先ほど森田くんと三田村さんが、なぜか社長のことをリベラルだと褒めていました。今夜あたり飲みに誘ってあげてはいかがでしょうか？》

だから、メールじゃなくて口で言おうよ。目の前にいるんだからさ。しかも、わざわざ「なぜか」って書かなくてもいいじゃない。末次は左右の人さし指で《誘います》の四文字を入力して、小見山に返信した。

今朝も、ゆとり組の二人は、のんびりとした平和な顔でパソコンを眺めながらコーヒーを飲んでいた。二人のカップが空になったのを見計らって、末次は切り出した。

「おい、君たちに新しい仕事を任せようと思う。今度こそやり遂げられるよう、じっくり話しておきたいからな、今夜、一杯付き合わないか？」

わざと冗談めかした口調で言ったのだが、しかし、森田は相変わらずの真顔で返してきた。

「えっ、マジっすか。今夜は観たいテレビがあるんで……」

おいおい、話が違うぜ。

末次が思わず小見山の顔を見たとき、とても、とても、予想外の台詞が森田の口から出たのだ。

「でも社長、明日だったら、俺も三田村ちゃんも大丈夫っす。ただ、何時に会社に戻れるか分かんないすけど」

「ん？」末次は、ゆとり組を見た。「お前ら、二人そろって、どこに行くんだ？」

「埼玉です」と三田村が言う。

「埼玉？」

「福幸苑の社長に直接会って、謝罪してきます。もちろん、サービスの改善もガッツリ頼みますけど。まあ、直談判つーやつです」

よりによって、直談判だと？　まったく、小生意気な。

「ちょっと待ってくれ」

末次は、手帳をめくった。

明日の予定は……。

仕事仲間と終日ゴルフとなっていた。末次はすぐさま携帯を手にして仲間にかけると、ゴルフを断った。腰痛だと嘘をついて。

「森田に三田村くん、明日の謝罪には俺も行く。サービスの改善を社長にしっかりと直談判して、で、思い切り謝りまくって、うまくいっても、いかなくても、がっつり飲みに行こうか」

「はい」

「はい」

「え？」

はじめて「はーい」ではなくて「はい」と言ってくれた。

ほんの一ミリ程度かも知れないが、成長してくれたじゃないか。と、つまらないことに感動している自分に苦笑しながら、末次はさらに続けた。

「よし、わたし、じゃあ、和食、洋食、中華、どれにする？」

「わたし、まだダイエット中なんで、和食で」

「俺はがっつり肉を喰いたいんで、洋食がいいっす」

おいおい、せっかくだから、そういうところも成長しようよ……。

思わず嘆息してしまった末次だが、しかし、その脳裏にはキラリといいアイデアが降ってきたのだ。

「そうか、よし、分かった。じゃあ、洋食も和食もチャッチャと作ってくれるヒミツの店に連れてってやろう」

「へえ、どんな店なんすか？」

森田が珍しく興味深そうな顔をした。

「巨大なオカマと美少女バーテンダーが人生を教えてくれる店だ」

「うわっ、なんすか、それ」

「おもしろそう」

なぜか盛り上がるゆとり組。すると、傍らからも意外な台詞が聞こえてきたのだった。

「あのう……、わたしもそのお店、行ってみたいかも」

小見山だった。

「え、なら、わたしも行きます」と相原。

なんだよ、お前ら——。

「うっし。じゃあ、明日は全社をあげてパーッと飲むか」

末次は、さっそくゴンママの携帯をコールした。五コール目で、野太くてしなしなした馴染みの声が聞こえてきた。

「やあ、俺だけどさ、明日の夜、うちの社員四人を連れていくから、予約よろしくな。和食と洋食と中華、色々と用意しといてくれよ」

《あ～らシャチョー、なんだか声に張りがあるじゃない。もしかして、また怪しい回春剤でもガブ飲みしたんじゃないの？》

ゴンママはすべてお見通しのくせに、わざと冗談を言う。

「バカ言うなよ、違うよ。ついに打破したんだ」

《ん、打破って、何を？》

末次は、自分をじっと見ている四人の社員たちを見渡した。

かなり未熟だけれど、それぞれにいいところもある、歳の離れた仲間たち——。

そして、ニヤリと笑いながら言った。

「もちろん、プラトーだよ」

第六章　権田鉄雄の阿吽《あうん》

深夜の二時を回ったところで、本日最後の常連客がカウンター席を立った。

「そろそろ帰るよ。ゴンママ、お愛想ね」

「あら～ん、もうお帰りぃ？」

スナックひばりのオーナー兼ママでもあるオカマの権田鉄雄《ごんだてつお》は、標高二メートルから盛大なウインクをその客に放った。そして、一般人の親指よりも巨大な小指を立てて、悪戯《いたずら》っぽい顔をしてみせる。

「タカちゃんたら、もしかして今夜も例のコレのところに帰るわけ？」

ちゃかしながらも、しっかりお勘定はしている。

「あはは、まあね～」

釣りを受け取り、タカちゃんと呼ばれた四十路《よそじ》風情のサラリーマンはニヤリと笑った。

「あら、いいわねえ、モテる男は。とっかえひっかえ、ヤ・れ・て」

「なに言ってんの。ゴンママだってモテるんじゃないの？」

「うふふ。あたしの恋人はコレだけよ」

権田は息を吸っただけではち切れそうなTシャツに隠された、というか、隠し切れていない巨大な大胸筋をゴリゴリと動かしてみせた。

「うわ。す、すっげぇ……。でもさ、ママだって一生ひとりっつーのも悲しいじゃん。筋肉以外にも恋人見つけたら？」

「じゃあ、タカちゃん、あたしのコレになってくれるぅ？」

しなを作って極太の小指を立てた権田に、サラリーマンは噴き出した。

「よし、分かった。俺《おれ》がフラれまくって、いよいよ結婚できないと思ったら、そんときはゴンママに人生を捧《ささ》げるよ」

「あら、あなた、言っちゃったわね。オトコに二言はナシよ」

権田が野球のグローブほどもある両手でサラリーマンの頬をきゅっと挟むと、男はタコみたいな唇になった。そして「分かったぉ、分かったぉ。約束するぉ」と泣き笑いみたいな声を出した。

「よし。いい子ちゃんね。それじゃあ今日のところは帰ってヨシ。また来てね～」

「うん、また来るよ。ご馳走《ちそう》さま」

サラリーマンは権田とカオリちゃんに手を振りながら、ドアの外へと消えた。

「ふう」

最後の客の背中を見送ったところで、権田は短く息を吐いた。ため息ではない。今夜もやり切った、という満足の吐息だ。

それを見て、スタッフのカオリちゃんがフロアに流れていた音楽を消す。薄暗い地下のスナックに、しんとした静寂が広がった。権田はこの瞬間に味わうささやかな解放感が好きだった。

「カオリちゃん、お疲れさま。今日もありがとね」

「はい、ママ、お疲れさまでした」

凜々《りり》しいバーテンダーの格好をした銀縁メガネの美少女は、ペコリとおさげの頭を下げると、ふたつのジョッキに生ビールを注いでくれた。そのひとつを権田は受け取った。

「ありがとちゃん。では、今日も無事で、まずまず繁盛したわね。明日も素敵な日になりますように。乾杯」

「乾杯」

カツンとジョッキをぶつけ合って、二人はまろやかな泡に唇をつけた。毎日スナックひばりで恒例となっている、二人だけの「プチお疲れさま乾杯」だ。

「ぷはぁ。美味《おい》しいわぁ〜」

権田のジョッキの中身はカポッと一気になくなった。まるでお猪口《ちょこ》でも呷《あお》っているような飲みっぷりだ。

「ふう、今夜も美味しいです」

カオリちゃんは上品に少しだけ飲んで微笑《ほほえ》むと、手近にあったサラミハムをパクリと食べた。

ビールを飲み終えた二人は、店じまいの作業をちゃきちゃきとこなし、十五分後には店を出た。ドアの鍵を閉め、階段を上る。

古ぼけたビルの外に出ると、秋の艶《なま》めかしい風がふわりと流れてきて、権田の丸太のような襟元《えりもと》を撫《な》でた。すると、その夜風の一部であるかのような身のこなしで、路地の奥から黒い塊《かたまり》がするりと近寄ってきた。美しい毛並みをつやつやと光らせた黒猫だった。

「チロちゃん、お待たせ」

権田が言うと、黒猫は「みゃあ」と鳴いた。鳴きながら、権田とカオリちゃんの脛《すね》に黒い身体《からだ》をなすりつけて甘え出す。

二人はしゃがんでチロの顎《あご》や背中を撫でた。権田はいつものように店から持ってきた余り物の食材（今夜はベーコン）をちぎってチロに食べさせてやった。

「チロ、美味しい？」

「みゃあ」

優しく背中を撫でるカオリちゃんの台詞《せりふ》に、黒猫はしっかりと顔を上げて応えた。

チロの食事が終わると、二人は立ち上がり、「チロちゃん、バイバイ」と言って、人気《ひとけ》のない路地を並んで歩いた。そして駅前ロータリーに出たところで立ち止まる。

「んじゃ、また明日ね、カオリちゃん」

「はい。お疲れさまでした」

権田とカオリちゃんはいつものように小さく頬の横で手を振り合うと、反対方向へと歩き出した。二人のその様子を、暗い路地から行儀よくチロが見送っていた。

今日の夜風には、かすかにキンモクセイの香りが溶けていた。権田は雲間に瞬く星を見上げて、いい香りのする夜気を深呼吸した。

◇　◇　◇

店から歩いて十五分。２ＤＫのマンションに帰宅した権田は、いつものように熱いシャワーを浴びて、歯を磨き、特注サイズの赤いスエットに着替えた。殺風景な部屋に置かれたキングサイズのベッドに腰掛け、首から肩にかけて盛り上がった僧帽筋を、自分の手でぐいぐいと揉《も》んだ。この数日、なんとなく疲れが溜《た》まっているのだ。睡眠がうまくとれていないせいかも知れない。
チ、チ、チ、チ、チ……と、壁掛け時計の秒針が鳴っていた。権田は近々、この時計を買い替えようと思っている。無慈悲な秒針の音が権田に「独り」であることを力ずくで確認させようとするからだ。だから、次に買う時計は、無音タイプと決めている。
「さてと、そろそろ寝て、筋肉を肥大させる成長ホルモンを脳下垂体前葉からドピュッと出さないとね。せっかくの筋トレが無駄になっちゃうわ」

わざと明るい声でひとりごとを言って、ベッドに横たわった権田は、傍らのリモコンで蛍光灯を消した。しかし、黄色い小玉電球はつけたままだった。このところ、部屋を真っ暗にすると、闇に押し潰されそうになって眠れないのだ。

ふうぅ……。

布団に入り、気持ちを整えようとして息を吐いたら、さっきお客のタカちゃんに言われた台詞が耳の奥の方で再生された。

『ママだって一生ひとりっつーのも悲しいじゃん』

その声は、まるでエコーでもかかったかのように、繰り返しわんわんと響きながら権田に押し迫ってきた。

権田は少し慌てて目を閉じた。眠ってしまえば、その声からも逃れられるし、また明るい朝がやってくる。そのことは分かっている。でも、不自然に力の入ったまぶたはピクピクと震えてしまい、それがまた気になって、眠りの世界へなかなか入れなかった。

気持ちを落ち着かせようと、何度か深呼吸を繰り返してみたが、それも徒労に終わった。

ああ、一生、あたしは独りぼっちかも——。

根深く染み付いた不安が、黒いエネルギーの核となって、権田の思考をネガティブな方向へと引きずり込んでいく。

呼吸が徐々に浅くなり、軽い頭痛を覚える。

掛け布団のなかに潜り込んで、胎児のように背中を丸めた。

大丈夫、落ち着くのよ、と、自分に言い聞かせる。

権田は知っていた。ようするに確率論なのだ。

ノンケの人たちとゲイとでは、恋人を作れる確率がまるで違う。マイノリティ同士は、出会いの確率が極端に低く、相手の選択肢も極端に少ない。しかも、ゲイは、仮に誰かと愛し合えたとしても、その結果として愛する人の子供をもうけることもできない。

つまり、ノンケの人よりも、ずっと、ずっと、ずっと、独りぼっちで一生を終える確率が高いのだ。

これから先もずっと冷たい孤独を胸に抱いたまま、この世から消えて無くなっていく自分

――そのことを思うと、権田は息苦しさすら覚えてしまう。
チ、チ、チ、チ……。
権田の残りの人生を容赦なく消費していく時計の秒針。

一度きりの人生が、この音とともに痩せ細っていくのだ。

それなのに、自分の残された時間には、誰かを愛し、その人に愛されるという希望がチリほども見えてこないなんて……。

いつの間にか権田の胸は激しく上下していた。

過呼吸気味になっていたのだ。

はあ、はあ、はあ……。

権田は荒い呼吸を繰り返しながら、布団を撥《は》ね除《の》けるようにしてベッドから降り立った。

口を開け、顎を出し、両手で胸のあたりをぐっと押さえつけながら、呼吸を鎮めようとした。

額から鼻先を通って汗がしたたり落ちた。

ふと、ベッドサイドに転がるふたつの金属の塊が目に入った。

権田は弾《はじ》かれたような動作で四十キロのダンベルを両手に握ると、それを肩の上に担ぎ上げて、そのまま万歳をするようにダンベルを持ち上げ、そして下げた。ショルダープレスと呼ばれるフリーウエイトのトレーニングだ。これは三角筋という肩の小さな筋肉に猛烈な負荷をかける。権田は歯を食いしばって、できる限り素早く、何度も、何度も、ダンベルを上下させた。すると疲労物質である「乳酸」がみるみる三角筋のなかに溜まり出し、痛みにも似た熱っぽい苦痛を生じさせた。いわゆる「バーニング」と称される苦痛だ。それが権田を苦しめていく。だが、権田はひたすらダンベルを動かし続けた。

気づいたときには、さっきまでの過呼吸がおさまり、リズミカルな呼吸へと変わっていた。トレーニングは、権田にとって「安全地帯」のようなものだった。堪《た》えがたい「不安」から逃れるための唯一の場所なのだ。もちろん、それが一時的なトランキライザー（精神安定剤）でしかないことは理解していた。それでもなお、夜更けのこの自虐的なトレーニングから逃れられない日々を、権田は送るほかなかったのだ。

もっと。もっと。もっと。自分を追い込まないと。

歯を食いしばって、権田はダンベルを上下させ続けた。

頬を伝った生温かいしずくが、顎の先からしたたった。

しかし、それが裸足の甲に落ちたときには、もう、冷たい涙に変わっていた。

◇　◇　◇

翌日は、朝からやわらかな秋雨が降っていた。

スナックひばりのある裏路地は、銀色の雨の糸に淡く霞《かす》んでいて、なんだか夢のなかのように穏やかに見えた。

開店準備のため店にやってきた権田は、古びたビルの前でチロの名を呼んでみた。しかし、黒猫は姿を現さなかった。雨の日はあまり顔を見せないのだ。猫だけに、濡《ぬ》れるのが好きではないのかも知れない。

店の「番猫」の顔を見られず、少し物足りないような気持ちで地下へと続く薄暗い階段を下りようとしたとき、ふいに背中に声をかけられた。

「ゴンママさん、配達でっす」

振り返ると、馴染《なじ》みの酒屋のお兄《にい》ちゃんが、軽トラの窓から笑顔で手を振っていた。

「あら、矢島《やじま》ちゃん、いつもご苦労さま。今日もイケメンねぇ」

「いやぁ、ゴンママさんの方がイケてますよ。とくに僧帽筋が」

メジャーリーグのキャップを後ろ前にかぶった矢島ちゃんが、ニコニコ笑いながら小雨のなかへ降り立ち、軽トラの荷台からビールのケースを降ろしはじめた。

権田は下りかけていた階段を逆に上ると、「手伝うわよ」と言って矢島のとなりに立ち、ビールケースをひょいとひとつ抱えた。

「あ、大丈夫っすよ。俺の仕事っすから」

「いいのよ。あたし、せっかくこんな身体してるんだから、少しは世間様のお役に立たないとネ」

「え、マジっすか？　じゃあ、それだけ、お願いしちゃおうかな」

「あら、ワンケースじゃ軽すぎるわよ。上にもうひとつ載せてちょうだい」

「え、でも、けっこう重いっすよ」

「あんた、誰にモノを言ってんの？　早くしないと矢島ちゃんをお姫様抱っこして、そのカワイイ唇を奪っちゃうわよ」

権田は小雨に濡れながら冗談を言って、いつもの盛大なウインクを投げつけた。

「わお、それだけはっ！　んじゃ、俺の代わりに、もうワンケースお願いしちゃいます」

笑いながら矢島は権田が抱えたケースの上に、さらにもうワンケースを載せた。

「んじゃ、先に運んどくわね」

「すみません。残りは俺が運びますんで」

権田はビールケースふたつを抱えたまま、古ぼけたビルのなかへと歩き出した。そして、薄暗い階段をひょいひょいと下りはじめた刹那《せつな》、再び背中に声をかけられた。

「みゃあ」

今度はチロだった。

「あらっ、チロちゃん、どこにい――」

荷物を抱えたまま階段の途中で振り返った刹那、雨に濡れた権田の右足がつるりと滑って、階段を踏み外した。

あっ！

っと思ったときにはもう、巨体が斜めにかしぎ、権田は無重力を感じていた。

矢島ちゃんのビール、割っちゃ駄目！

反射的にそう考えた権田は、無重力のなか、強引に身体をひねって、ビールケースを守ろうとした。

しかし、そこから先はもう、世界がぐるぐると回り、ひたすらガシャン、ガシャンと、大袈裟《おおげさ》な音が耳元で弾けるばかりだった。

「うわっ！　だ、大丈夫ですかっ！」

男の声が、やけに遠くから聞こえた気がした。

その声が矢島のものだと理解するまでに、少し時間がかかった。

うん、大丈夫よ――。

そう言おうと思ったけれど、権田の口から出たのは、かすれた呻《うめ》き声だった。起き上がろうとしても、どうにもうまく身体に力が入らない。まるで自分の身体じゃないみたいだった。

ああ、そっか。身体のあちこちが痛いんだわ――。

ようやくそのことに気づいたとき、目の前のスナックひばりのドアがゆっくりと開いた。なかからカオリちゃんが、恐る恐る、といった様子で美しい顔を覗《のぞ》かせた。

カオリちゃんと視線があった。

コンクリートの床に倒れたまま、権田はふざけてニヤリと笑おうとしたけれど、ちっともうまくいかなかった。

「きゃっ！」

短い悲鳴をあげたカオリちゃんは、両手で口を押さえて固まった。

「大丈夫ですか！」

矢島の靴音が階段を駆け下りてくる。

「だ、だい、じょう……」

ぶ、と言って上体を起こそうとしたとき、反射的に歯を食いしばって動きを止めた。腰に激痛が奔《はし》ったのだ。あまりの痛みに、目の前が真っ白になりそうだった。

身体が冷たい。割れた瓶ビールがコンクリートの床に黒っぽい水たまりを作って、権田の肩から腰にかけてをびしょびしょに濡らしているようだった。

ああ、もう、冷たいし、ビール臭いわね——。

顔の前に広がったビールの池には、たっぷりと血液が混じっているようにも見える。

「きゅ、救急車！」

カオリちゃんが叫んだのと、権田の意識が飛んだのは、ほとんど同時だった。

◇　◇　◇

全身数ヶ所の打撲と、頭部裂傷、そして、腰椎捻挫。

それが医師に告げられた権田の診断結果だった。側頭部の傷からかなりの出血をしていたが、そこは八針縫合して事なきを得た。

「とにかく脳に異常がなかったから心配ないわね。あとは時間が解決してくれるわよ」

ストレートの白髪をキノコみたいにカットした年配の女性医師がニヒルに笑ってそう言った。

「ホント、助かったわ先生、ありがとうござ、うっ……」

腰をコルセットで固定され、病床に伏したままの格好で権田は礼を言おうとしたけれど、言葉を吐くだけで腰が痛む。

「わたしも長いこと整形外科医をやってるけど、あなたみたいなすごいマッチョを診たのははじめてよ。いったいどんなお仕事をされてるの？」

「こう見えて、スナックのママなんです」

横から答えたのは、ずっと付き添ってくれていたカオリちゃんだった。

「ママ？　ってことは、こっちの方？」

先生は右手の甲を左頬にあてて言った。

「あら、アイドル歌手にでも見えたかしら？　うっ……」

こういった質問に慣れている権田は、いつも通りジョークで受け答えをしたのだが、最後にウインクを飛ばす前に、激痛に顔をしかめた。

「ねえ、先生、こ、腰が、しゃべるだけで、痛いんですけど……」

「さっき痛み止めのロキソニンを飲んだでしょ。少し我慢しなさい」

「あたし、力は強いけど、筋肉痛以外の痛みには弱いのよぉ。あうっ……」

「はいはい。とにかく痛くないよう安静にしてなさい。数日はここで入院して様子を見て、歩けるようになったら退院ね」

「えっ、入院するの？　この、あたしが？」

「当たり前じゃない。動けないんだから。それに、あなたの身体に合うベッドがこれしかないから個室に入れたのよ。ラッキーよ、あなた」

「お店、どうしようかしら、うっ……」

権田は激痛に顔をしかめながらカオリちゃんを見た。

「今日はもう臨時休業にするしかないですけど……、でも、明日からは、わたし一人で営業しますから、ママは安心して休んでてください」

気づけば、カオリちゃんはバーテンダーの格好のままだった。病院にはやけに不似合いだ。よく見ると白いシャツの右腕のあたりに、黒々とした染みがついていた。おそらく自分を介抱したときに付いた血液だろうと権田は思った。

「ねえ、カオリちゃん、こうなったら、しばらくお店はお休みにしちゃおうかしら。カオリちゃんも長期休暇をとって、少し、うっ……す、少し羽を伸ばしてきてもいいわよ。あうう……」

店を一週間くらい休んだところで、権田は生活に困るほどではない。それに、こういうときくらい精勤《せいきん》なカオリちゃんにのんびりとした時間を味わってもらいたいという思いもある。しかし、カオリちゃんはメガネの奥のタレ目を細めて、小さく首を振ったのだった。

「ママ、それは駄目ですよ。お客さんたちの心のオアシスなんですから、あの店は。ママがいないとみなさん淋《さび》しがると思いますけど、とりあえず、わたしがつないでおきます」

「カオリちゃん……」

「それに、お店を閉めたままだと、ママのファンのみなさんが心配すると思うんです。だから、ちゃんとわたしがカウンターに立って、ママは大丈夫ですよって伝えてあげないと」

優しすぎる台詞に、権田はうっかり涙ぐみそうになったのだが、そこで白いキノコ頭のオバチャン先生が口を挟んだのだった。

「カウンターに立つって……。あなた中学生？　え、高校生？　とにかく未成年がスナックなんかで働いちゃ駄目よ」

言って、先生は権田を睨《にら》んだ。

「え？」

「え？」

権田はカオリちゃんを見た。カオリちゃんも病床の権田を見下ろした。そして、二人で噴き出した。

権田は腰の痛みで、笑っているのか、悲鳴をあげているのか、自分でも分からなくなってしまった。

◇　◇　◇

カオリちゃんが未成年でないことを知って唖然《あぜん》としていた先生が病室を出ていったあと、

しばらくしてカオリちゃんも帰っていった。お店のドアに「本日臨時休業」の紙を貼《は》りに行ったのだ。

個室にひとり取り残された権田は、白い天井に向かって「まったく、とんだことになったわね」とつぶやいた。そして、ようやく落ち着いて、怪我《けが》をした一連の記憶を振り返った。

矢島ちゃんのビールケースを抱えて階段を下りようとして、チロの声に振り返って、足が滑って……。天地が分からなくなった。そして、お店のドアの前に倒れていたのだ。

本当にドジよね、あたし……。

腰にきつく巻かれたコルセットに触れてみた。分厚いメッシュの布と金属の板で作られているようだ。頭には包帯がぐるぐる巻きになっている。スキンヘッドに傷跡が残ったら嫌だな、と思う。

ふと壁の時計に目がいった。時刻は午後六時を少し回ったところだった。

チ、チ、チ、チ……。

この病室の時計も、秒針の音が大きい。

権田が入院した総合病院の消灯時刻は九時だった。

消灯後も薄明かりがついているから、完全な暗闇にはならないものの、それでも闇は闇らしく重さをまとい、動けない権田に圧力をかけはじめた。
チ、チ、チ、チ……。
中途半端な薄闇のなか、時計の秒針は、さっきよりもずいぶんと大きな音で鳴りはじめた。闇の濃さと、秒針の音の大きさは、不思議と比例するのだ。

薬が効いたせいか、腰の痛みは多少軽減してはいたが、それでも身動きがとれるほどではない。権田は必死の思いで長い腕を伸ばし、ベッドサイドの棚からテレビのリモコンを手にした。個室でよかった、と思いつつ、そのスイッチを入れる。音量を小さくし、気分を軽くするためにバラエティ番組を観た。

深夜になっても、権田はテレビを観続けていた。いや、観るというより、ただぼんやりと視線を送っているだけで、それはほとんど照明の代わりの四角い箱のようなものだった。

やがて、部屋のドアが控えめにノックされた。

権田が返事をする前に、引き戸が静かに開けられた。

「権田さん、もう夜中の二時ですよ。寝てくださいね」

夜勤の看護師だった。薄ピンク色の制服に、可愛《かわい》らしい顔がちょこんとのっている。まだ二十歳《はたち》そこそこだろう。

「音は消しておくから、付けっ放しにしてちゃ駄目かしら？」

権田の言葉に看護師は首をかしげた。

「あたしね、こう見えて、夜、真っ暗だと怖いのよ」

冗談めかした口調で言うと、看護師はくすっと笑った。まさか権田のようなマッチョな巨漢が、そんなはずはないと思ったのだろう。

「怖くても、テレビは消してくださいね。でも、枕元の読書灯はつけておいても平気ですよ」

「あら、嬉《うれ》しいわぁ。あなた、ずいぶんとべっぴんさんね。ちょっと、あたしに似てるかしら？」

「うふふ。ありがとうございます」

できればもう少し話をしていたかったけれど、深夜の巡回があるのだろう、看護師は「じゃ、おやすみなさい」と小声で言って、きびすを返した。そのか細い背中に、「あの時計を外して」と言いそうになったが、権田はその台詞を喉元で飲み込んだ。

看護師が出ていったあと、言われた通りテレビを消し、読書灯をつけた。白い部屋が、ぼんやりと淡い黄色の空間になった。黄色くなった壁には、いくつかの黒い影が落ちていた。棚の影、カーテンの影、抽《ひ》き出《だ》しの影、読書灯の傘の影、そして壁掛け時計の影。

そこにいるのは、自分と影だけに思えてくる。

権田は、いつもの夜と同じく「独り」を憶《おも》った。

どんなベッドで寝てても淋しいのよね、と胸でつぶやいたら、部屋がやけに広く感じはじめた。

権田は、できるだけゆっくりと深呼吸をした。過去の楽しかった出来事だけを思い起こすようにしながら、過呼吸にならないよう、注意深く空気を吸い、そして、吐いた。

ベッドサイドにダンベルがないことが、やけに心細く思えてくる。仮にあったとしても、怪我をしたいまの自分には、それに触れることすらできない——そう思うと、嫌な熱を帯びた不安が胃の奥から喉元へとせり上がってくるようだった。

チ、チ、チ、チ……。

秒針の音がさっきよりもいっそう大きくなり、それが部屋に積み重なって、権田の心を圧迫しはじめた。

淋しさで部屋が広く感じているのに、同時に圧迫感を感じているなんて矛盾しているわ。

でも、大丈夫よ、大丈夫。

権田は自分に言い聞かせながら目を閉じ、深呼吸を続けた。

誰か、心を落ち着かせてくれる人のことを考えようと思った。

すぐに思い浮かんだのは、カオリちゃんの顔だった。

カオリちゃん――。

あなたは、あたしみたいな不安を抱くことはないの？

胸裡《きょうり》で問いかけてみる。

あたしと違って、飛び抜けて美しいルックスを備えているから、そういう心配はないのかも知れないわね。

でも――、と権田は思うのだ。

カオリちゃんだったら、あたしのいまのこの不安な気持ちを、根底から理解してくれるんじゃないかしら。いや、他の誰でもなく、カオリちゃんだからこそ、きっと……。

その夜は、ひたすらに長かった。

権田がようやくまどろみはじめた頃には、もう、窓の外はレモン色の朝日で満たされていた。

◇　◇　◇

退院は、その二日後だった。

よく晴れた午後に、カオリちゃんが迎えに来てくれた。

「ゴンママみたいに超人的な回復力を見せた人は、はじめてよ」

　この二日間ですっかり仲良くなった白髪キノコ先生が、にこにこ笑いながら言って、そして、少し淋しげに眉尻を下げた。

「あら、それって、レディを褒めてるのかしら？　それともけなしてる？」

「もちろん、褒めてるわよ」白髪キノコ先生は、くすっと笑って続けた。「そのうち、スナックひばりに飲みに行くわ」

「あら、ぜひいらしてちょーだいな。先生そっくりのえのき茸《たけ》を料理して待ってるわょぉ」

「ったく、失礼なオカマね」

　白髪キノコ先生は権田のお尻をペンと叩《たた》いた。

「ぎゃ、痛《い》ったたたた……。ちょっと、まだ治ったワケじゃないんだからね。あんた、医者のくせに何てことすんのよっ！」

　権田が腰を押さえて泣きそうな顔をすると、白髪キノコ先生とカオリちゃんが声をそろえて笑った。

「それじゃ、先生、おいとまするわ。本当にお世話になりました」

「いいえ。お大事にね。しばらくは無理しちゃ駄目よ」

「分かってるわよ。んじゃ、バイバイ」

　頬の横で小さく手を振ってみせた権田は、よちよち歩きで病院の正面玄関を出た。

外には、やわらかな秋風が吹いていた。

「あ、ママ、いい匂いがします」

「ほんと。キンモクセイね、いい匂い」

病院の敷地内に庭木として植えられているのだろう。

カオリちゃんは立ち止まって目を閉じ、優しい風の匂いをかいだ。

「やっぱり、娑婆《しゃば》はいいもんね」

権田も並んで立ち止まると、秋晴れの空を見上げながら、同じ匂いをかいだ。

◇　◇　◇

退院してからは、ひたすら自宅のマンションのキングサイズのベッドに巨体を横たえていた。ベッドサイドのダンベルは、もちろん眺めるだけで、持ちあげることすらできない。

権田は、あの焼けるような筋肉痛が恋しくなり、苦肉の策として毎号購読しているマニアックな雑誌『トレーニングマガジン』のページをめくった。最新号を読み終えると、過去の号へと手を伸ばす。

ときどき携帯メールの着信があった。ジムの友人たちや、お店の常連たちが、励ましとも、揶揄《やゆ》ともとれる愉快な文章を送ってくるのだ。暇な権田は、それらすべてにジョークを交えたレスを返した。

お店の営業を終えて、カオリちゃんがやってきたのは、午前三時半を過ぎた頃だった。

「カオリちゃん、お疲れさまぁ。くたびれたでしょ？」

「いいえ、大丈夫ですよ。それより、ほら、ちゃんと連れてきましたよ」

カオリちゃんは、胸に抱いていた黒いモノを権田に見せると、それをそっとリビングの床に放った。

「あっ、チロちゃーん」

ベッドの端に腰掛けた権田は、戸惑った様子で部屋のなかを見回している黒猫の名を呼んだ。しかし、黒猫は権田の方に近づいていくでもなく、ただ部屋の匂いをくんくんとかいで回るだけだった。

「ママ、お腹空《す》いてますよね？」

「ううん、さっきカップラーメン食べちゃったから」

「え、自分で作れたんですか？」

「白髪キノコが言ってたでしょ。あたしの回復力は超人的だって」

権田の言葉にカオリちゃんはくすっと笑う。

「それより、お店の方はどう？」

「問題ないです。みんなママのこと心配してますけど。メールとか来ませんか？」

「来るわよ。もう、うるさいくらい。だから全部にエロいジョークで返してやったわ」

「うふふ。よかった」

「え？」

「ママのそういう冗談が戻ってきて」

チロがリビングのソファの上で丸くなり、カオリちゃんがそのとなりに腰掛けて、チロの顎を撫ではじめた。
チ、チ、チ、チ……。
カオリちゃんの背後の壁で、時計の秒針が音を立てている。

「ねえ、カオリちゃん」

「はい？」

顔をあげたカオリちゃんが、なんだか妙に頼りなげな少女に見えた。ふうと息を吹きかけたら、さらさらと砂にでもなって消えてしまいそうな気がする。

「ちょっと、変なこと訊《き》いてもいいかしら？」

「え、なんですか？」

チロが「みゃあ」と鳴いて、カオリちゃんと一緒に不安げな顔でこちらを見た。

権田は少し大きく息を吸って、そして、話しはじめた。

「時計の秒針の音がね、怖くなることってない？」

質問の意味をはかりかねたのか、カオリちゃんは小首をかしげた。

「あ、だからね。夜中に、急に淋しくなっちゃうとか。そういうときに、時計の秒針って、すごく大きな音に聞こえてきて……」

「ああ、そういうの」

カオリちゃんは、とくに表情を変えず、再びチロの顎を撫ではじめた。

「やっぱり、ある？」

権田は、どこか祈るような気持ちで言った。

あたしの気持ち、分かるでしょ？

だって、あなただって、同性しか愛せない質《たち》なんだから――。

カオリちゃんはチロの顎を撫でたまま、かすかに微笑んだ気がした。

「ないです。いまは」

予想外の返事だった。

「ない、の……？」

「はい」

カオリちゃんはチロから視線を離して、こちらを見た。肩の力が抜けた、とても自然ない表情をしていた。そして、ゆっくりと立ち上がりながら続けた。

「わたし、ママにたくさん言葉をプレゼントしてもらって、心を鍛えられましたから」

「言葉を？　あたしから？」

カオリちゃんは、少し目を細めるようにして小さく頷《うなず》いた。

あたし、どんな言葉をカオリちゃんにプレゼントしたかしら？

権田は過去を辿《たど》ってみたが、記憶は茫洋《ぼうよう》としていて、とりたてて思い出すようなことはなかった。

「ねえママ、チロちゃんに餌《えさ》をやるお皿が欲しいんですけど、何かあります？」

「え？　あ、ああ……、そしたら、そこの食器棚のいちばん上の段を開けてみて」

小柄なカオリちゃんは、背伸びをして食器棚の扉を開けた。

「そう、そのいちばん右にある白いお皿、それ、使っていいわ」

「はーい」

食パンをたくさん買って、景品としてもらった皿だ。

カオリちゃんはそれをキッチンの床に置いて、冷蔵庫から取り出したミルクを注いでやった。

「チロちゃん、おいで」

「みゃあ」

黒猫はのんびりした動作でカオリちゃんの足元に擦り寄ると、皿のなかのミルクを舐《な》めはじめた。

「ママも、何か飲みますか？」

「そうね、うん、喉は渇いてるわ」

カオリちゃんは冷蔵庫のなかを覗き込むと、「あ、いいもの発見」と言って、こちらを振り返った。右手に缶ビール。左手にジンジャーエールを握っている。

「ママにぴったりのカクテル、作っちゃいます」

「シャンディ・ガフ？」

「そうです。アルコール度数も低いし、これなら飲めますよね？」

権田は頷いて、「あら、嬉しいわ。よろしくね」と、いつもの盛大なウインクをしてみせた。

シャンディ・ガフは、ビールとジンジャーエールを半々に混ぜただけの手軽なカクテルだ。ジンジャーエールがビールの苦みをやわらげつつ、生姜《しょうが》のピリリとした心地よい刺激が口中に残る。

手際よく二杯のカクテルを作ったカオリちゃんは、権田の座るベッドにやってきた。

権田は、差し出されたグラスを受け取った。

「カオリちゃん、ありがと」

「じゃあ、乾杯ですね」

「そうね、何に乾杯する？」

「阿吽《あうん》に」

カオリちゃんは意味ありげにそう言って、銀縁メガネの奥のタレ目でウインクをしてみせた。長いことカオリちゃんと一緒にいるけれど、カオリちゃんのウインクを見たのは、もしかすると、これがはじめてかも知れない。

「さすがカオリちゃん、パーフェクトなウインクだわ。あたしがオトコだったらイチコロよ」

「ふふふ」

「で、阿吽に乾杯って、どういうこと？」

「説明は後です。とにかく、泡がなくなる前に」

二人で「乾杯」と言って、グラスを合わせた。

よく冷えたシャンディ・ガフは、喉に沁《し》みるような美味しさで、権田はいつものようにひと息で飲み干してしまった。

「ふぅ、美味しい……」

カオリちゃんも半分近く飲んで、幸せそうなため息をついた。

と、瞬間、二人の間に沈黙が降りた。
チ、チ、チ、チ……。
空間からしゃしゃり出てくる秒針の音をさえぎろうと、権田はすぐに口を開いた。

「そろそろ、説明してちょうだいな。どうして阿吽に乾杯なの？」

「はい」

カオリちゃんは頷くと、グラスを手にしたまま唇に小さな笑みをためて、言葉をひとつひとつ噛《か》み締めるようにしゃべり出した。

「一瞬のいまを、大切に生きる——。阿吽って、そういう意味なんだって、ママに教えてもらったんです」

「え……」

「わたしが、ママとはじめて会った日に」

「あら、あたし、そんなこと言ったかしら？」

「言いましたよ。阿吽の阿は、五十音のはじまりの『あ』で、吽は終わりの『ん』のことで、つまり阿吽はこの世のすべてを表す禅の言葉なんだって。転じて、この世のすべては、阿と吽のあいだの一瞬のいまにしか存在しなくて、あなたが生きられるのも、いまこの瞬間だけなのよって――」

カオリちゃんの言葉に、権田の記憶がじわじわと甦《よみがえ》ってきた。

いい、カオリちゃん――。

あなたが生きられるのは、いまこの瞬間だけなのよ。過去と未来を思い煩《わずら》っても、それは無駄なだけ。

やり直すことのできない過去を悲しんでいたら、せっかく生きている「いま」が不幸になっちゃうだけでしょ？　それにね、まだ来てもいない未来を不安がっても仕方ないじゃない。大切な「いま」をつまらなくするだけだわ。

辛《つら》い過去になんてとらわれないで、未来の不安もぜーんぶ忘れて、いまこの瞬間だけをしっかりと味わって生きなさい。

それが、禅の「幸せに生きる極意」なのよ――。

権田はそう言ったのだった。はじめて会ったカオリちゃんに。

「ママ、覚えてます？」

「うん、思い出した。たしかに、そんな話をしたわ」

カオリちゃんは少しホッとしたような顔をすると、シャンディ・ガフに軽く口をつけた。

「わたし、あれからずっと、ママに教えてもらった『阿吽』を座右の銘にしてるんですよ」

「…………」

「だから、将来を不安に思ったりしないし、夜中の秒針の音も怖くないんです」

カオリちゃんがにっこり微笑むと、銀縁メガネの奥の目が細い三日月のようになった。つくづく、きれいな目だった。

もしも、レズビアンじゃなかったら、素直でキュートなこの娘は、どれほど恵まれた人生を歩んだことだろう——。

そう考えて、こぼれそうなため息を飲み込んだ権田は、カオリちゃんとはじめて出会ったあの日に想いを馳《は》せた。

粉雪が舞いはじめた真冬の夕暮れどきの公園を、カオリちゃんは、泣きながら歩いていたのだ。

ひとりぼっちで。

しかも、薄く氷の張った池のなかを。

◇　◇　◇

あの日――。

ジムでの筋トレを終えた権田は、スーパーの買い物袋をぶら下げて近所の公園を横切っていた。店を開けるために「スナックひばり」に向かっていたのだ。

真冬の空は、薄い灰色の雲に覆われていて、ちらちらと粉雪が舞いはじめていた。風はないけれど、底冷えするような夕刻だった。

公園の出口近くまで歩いたとき、権田はふと足を止めた。

え、なんなの、あの娘《こ》……。

薄氷の張った池のなかを、女子高生が制服のままザブザブと音を立てて歩いていたのだ。

池の水位はさほどでもないが、それでも少女の太腿《ふともも》から下は水のなかだった。

なんで、女子高生が池のなかに？

権田があっけにとられてその様子を眺めていると、少女は池のなかほどで腰をかがめ、右腕を水のなかに突っ込んだ。

「ちょ……、ちょっと、あんた、何やってんのっ？」

そこでようやく権田は駆け寄った。

声に振り向いた少女は、肩までの黒髪に青白い顔をした美少女で、銀縁メガネの奥の目からしずくをこぼしていた。

水中から右腕を引き抜くと、その手にはびしょ濡れの学生鞄《がくせいかばん》が握られていた。

それを手に池からあがった少女は、寒さのあまり奥歯を鳴らしていた。

「ちょっと、あんた、何やってんのよ……」

権田は慌てて手持ちのハンカチやティッシュをすべて少女に手渡して、濡れた脚や腕を少しでも拭かせた。さらに自分が着ていた毛皮のコートを肩からはおらせ、そのままベンチに座らせた。

「大丈夫？　あなた、お家はどこなの？」

権田はできるだけ穏やかな口調で話しかけてみたのだが、しかし、何を訊いても、少女は震えながらうつむくばかりで、ほとんど返事をしないうえに、自宅にも帰りたがらない様子だった。

「あなたね、ホントは初対面のオトコの家になんて付いていっちゃいけないのよ。でも、まあ、あたしはオカマだから特別だけどね」

少女を放っておけない権田は、ずぶ濡れの女子高生の背中を押して、自宅のマンションへと連れていき、途中で買ったスエットに着替えさせてやった。池の泥がついた制服と下着は、洗濯乾燥機を使わせて、自分で洗わせた。そして、乾燥するまでの間、熱いココアを飲ませつつ、ようやく池に入っていた理由を聞き出したのだった。

少女の名は、カオリちゃん。

昨年、女子校の同級生に恋をして、フラれ、同性愛者であることがバレて、それ以来、いじめのターゲットにされているらしかった。公園の池に入っていたのは、同級生に投げ込まれた学生鞄を回収するためだったという。

自宅に帰りたがらない理由も聞いた。ようするに母親と顔を合わせたくなかったのだ。カオリちゃんの両親は、彼女が幼い頃に離婚し、以来、母親と二人暮らしなのだが、その母親がいわゆるネグレクトをしていた。つまり、養育放棄をした母親なのである。

権田が淹《い》れたココアを静かにすするカオリちゃんは、なんだか心も身体もくてくての、捨てられた人形のようだった。せっかくの可愛らしい顔もやつれているし、怖々《こわごわ》と発する言葉には覇気がない。優しそうな形をした目も、焦点を結ばず、瞳には光がなかった。

カオリちゃんは、人生に絶望していたのだ。辛い過去を背負いつつ、暗闇のなかにある未来を怖れていた。だから、権田は切々と語ったのだ。カオリちゃんの華奢《きゃしゃ》な背中をさすりながら、阿吽という、幸せに生きるための禅の極意を。

「だからね、カオリちゃん。いま、この瞬間のことだけを考えて、自分なりに素敵に生きればいいの。いまを素敵に生きれば、未来はその延長上に作られるから、きっと素敵なものになるのよ」

そして、その夜、権田はカオリちゃんを「スナックひばり」に連れていき、制服のままアルバイトをさせた。

「ねえカオリちゃん、今夜だけでもいいから、にこにこ笑いながら生きてごらんなさい」

カウンターのなかに立ち、しばらくは上手に笑えなかったカオリちゃんだったけれど、あの愉快なジムの常連たちから可愛がられているうちに、少しずつだけれど、はにかむような微笑を浮かべられるようになってきた。

そして深夜、お客が誰もいなくなったとき、カウンターのなかで丁寧に皿を洗いながら、少女は涙をこぼしはじめたのだ。

権田は「どうしたの？」とは言わず、あえて、こう訊いた。

「笑うと、幸せになるでしょ？」

するとカオリちゃんは、こくりと頷いて、皿を洗いながら小さな声を出した。

「わたし、忘れてました」

「何を？」

「笑い方、です」

権田は少しホッとした笑みを浮かべて、まじめに洗い物をする少女の横顔に向かって言った。

「あ〜ら、思い出せてよかったじゃない。あなた、いじめられっ子のレズのくせに、笑うと案外キュートだったわよ」

「え？」

カオリちゃんが、顔をあげて権田を見た。

「まあ、とはいえ、あたしほどはキュートじゃないけどね」

そして、バチンッ！　と、カラスの羽ばたきのような盛大なウインクを投げてやったのだ。

すると——。

「ふ、ふふふ……」

はじめてカオリちゃんが、声を出して笑ってくれたのだった。

「この世にも、わりと居心地のいい場所はあるでしょ？」

「はい……」

カオリちゃんは、かすれた声で返事をして、泣き笑いの表情を浮かべた。しっかりと感情が宿ったその顔を見て、権田は「あら、その顔、あたしよりキュートで、ずるい」と、カオリちゃんのおでこをチョンと突ついてやったのだった。

そして、それから数日後のこと――。

開店前の「スナックひばり」に、カオリちゃんがふらりと現れた。そして、入口のドアの前に立つと、切実な顔でこう言ったのだ。

「わたし、学校、辞めてきました」

「え……」

「権田さん、ここで働かせてください。わたし、何でもしますから。お給料もいりませんから」

すがるような目で言われて、権田は思わずため息をついたけれど、すぐにニヤリと悪戯っぽい笑みを返してやった。

「あ〜ら、嫌だわぁ。あんた、けっこう失礼な仔猫《こねこ》ちゃんね」

「え……」

「あたしは、こんな巨漢なマッチョだけどね、ギャラを払わないで未成年の女の子を働かせるような鬼畜じゃないわよ」

「え……」

「といっても、そんなに高給は払えないけどね」

「え……」

「カオリちゃん、お母さんは、了解してくれてるのかしら？」

「は、はい。さっき、好きにすればって、言われました……」

「あら、そう。自由放任主義だこと。じゃあ、好きにしなさいよ。とりあえず、あたしのこと、権田さん、じゃなくて、可愛らしくママって呼んでちょーだい」

「は……、はい、ママ」

「うふふ。可愛いじゃない。うん、採用試験、合格」

「あ、ありがとう……ご、ござ……」

　入口のドアの前に立ったまま、カオリちゃんは両手で口を押さえるようにして泣いた。

　そして、それ以来、カオリちゃんは夜ごと「スナックひばり」のカウンターのなかで働く看板娘になったのだ。

　現在の彼女の夢は、一流のバーテンダーになって自分の店を持つことだが、「何かひとつ夢を持ちなさい」と言ったのも、「夢は必ず叶《かな》えなさい」と言ったのも権田だった。

「夢はね、必ず叶えなくちゃ駄目なの。叶えるとね、アラ不思議、あなたの過去が変わるのよ」

「え？　過去が、変わるんですか？」

「そうよ。夢を叶えた瞬間にね、きっとカオリちゃんは思うはず。ああ、わたしのこれまでの人生は、今日、この日のためにあったんだって。その瞬間、まるでオセロの黒い列が、端っこから一気にパタパタと白に変わるみたいに、辛かった過去がキラキラした大切な思い出に変わるのよ」

◇　◇　◇

「ママ、シャンディ・ガフ、もう一杯作りましょうか？」

当時を追懐してぼんやりしていた権田に、カオリちゃんが言った。

「え？　あ、うん、ありがとう。いただくわ」

カオリちゃんは腰掛けていたベッドから立ち上がると、リビングの奥にある冷蔵庫に向かった。その華奢な背中を見ながら、権田はつい嘆息してしまった。

あの頃、カオリちゃんに偉そうなことを言っていた自分がいま、阿吽の極意を忘れているし、夢を抱くことすら忘れているなんて――。

あたしも焼きが回ったものね。

権田は胸裡でつぶやいて、もう一度ため息をついた。

二杯目のシャンディ・ガフを飲み終えると、カオリちゃんは二人分のグラスを洗って、自宅へと帰っていった。

去り際の台詞が、権田の胸に余韻を残した。

「わたし、弱いところのあるママも、人間らしくて素敵だと思います」

しゃべる相手がいなくなると、急に部屋が広く感じられた。

時計の秒針の音が部屋中に積もりはじめ、重さを増してくる。

ふいに冷蔵庫がブーンと音を立てた。

その音に、権田は思った。うちの冷蔵庫のなかには、カクテルになるような材料はいくつも入っているはずなのに、カオリちゃんはあえてシャンディ・ガフを作った。

ということは、つまり……。

シャンディ・ガフのカクテル言葉を思い出す。

無駄なこと――。

もしかするとカオリちゃんは、未来に恐怖を抱いている権田に、「未来を恐れても無駄ですよ」と伝えるために、あえて……。

そうかも知れない。いや、きっとそうだろう。

過去も未来も人間は生きられない。生きられるのは、いまこの瞬間の、阿吽のなかだけ。

だから、カオリちゃんはシャンディ・ガフを作って、阿吽の話をして帰ったのだ。

「ったく、あの娘、最高に粋なバーテンダーになるわ」

あえて声に出してつぶやいて、権田はソファの上で丸くなっているチロを見た。

「ねえ、チロちゃんもそう思うでしょ？」

だが、黒猫はこちらを見もせずに、ただ長い尻尾の先をひょこひょこ動かすだけの、面倒くさそうな返事をするだけだった。

「あんた、せっかく自由だったのに、あたしの淋しさに勝手に付き合わせちゃって、ごめんね……」

今度は、完全にシカトだ。尻尾さえも動かしてくれない。

でも、権田はなんだか、その素っ気ない態度がむしろ好ましいようにも思えた。チロは野《の》良猫《らねこ》として、どんなときでも自分らしく「猫生」をまっとうしているのだ。例えば、この部屋に連れ込まれてしまったならば、とりあえずその環境を受け入れ、そして部屋をウロウロしては、自分にとっていちばん快適そうな場所を探す。快適な場所を見つけたなら、そこに堂々と陣取って、とても満足そうな顔をして寝そべっていればいいのだ。

「チロちゃん、あんた潔くて、かっこいいわ」

くすっと笑いながら、権田はつぶやいた。
チ、チ、チ、チ……。

秒針の音が、さっきよりも室内に降り積もっていた。

権田はベッドサイドに転がっている四十キロのダンベルに視線を落とした。銀色の金属の塊は、蛍光灯の光を鈍く反射させていた。いまは両手を使っても持ち上げられない、頼りないトランキライザーだ。

権田は腰の痛みに顔をしかめながらベッドの端から立ち上がると、そろり、そろり、とリビングへ歩いていき、長身を生かして壁の時計を外した。そして、裏側から電池を抜き取った。

時計を殺し、秒針を止めた。

ふう、とため息が漏《も》れてしまう。

死んだ時計は、そっとリビングのサイドボードの上に置いた。

秒針の音が消えると、部屋は深い静謐《せいひつ》で満たされた。

すると、今度は、しんとした「無音」が、部屋のなかに積み重なっていくような気がした。

権田はソファに視線を向けた。

チロと目が合った。

「時計の音が消えても、時間は流れているものね。そんなこと、最初から知ってるのにね」

黒猫は、退屈そうな顔をして「みゃあ」と鳴いた。

◇　◇　◇

四日後の金曜日の夜――。

なんとか日常生活に支障のない程度にまで回復した権田は、籐《とう》のバスケットにチロを入れて「スナックひばり」に向かった。

通い詰めた駅前の古ぼけたビルの前に立つと、ほんの一週間ぶりだというのに、なんだかそこはもう「古巣」と言いたくなるような照れ臭い場所に感じられるのが不思議だった。

足を滑らせて怪我をした薄暗い階段――その前にバスケットを置き、権田はフタをそっと開けた。

「チロちゃん、お家に帰してあげるわ」

なかから、チロが権田を見上げた。

「みゃあ」

黒猫は、ひょいと跳ねてバスケットの外に出ると、二、三度、夜気の匂いをかいだと思ったら、そのまますると闇のなかに走り去ってしまった。

空になったバスケットを手に、権田は慎重に階段を下りた。

地下一階の店のドアには「本日貸切」の札がかけられていた。

え、貸切って？

カオリちゃん、札をかけ間違えているのかしら――首をかしげながら、分厚いドアを押し開ける。

と、その刹那――。

パパッ、パパパンッ！

薄暗い店内から、いきなりクラッカーの破裂音と歓声があがった。

「えっ、ちょっ……な、何なの、これ？」

目を丸くして立ち尽くす権田に、カウンターのなかのカオリちゃんが答えた。

「今日は、恒例の『筋曜日の会』ですから、ママの復帰祝いをしようって、ジムのみなさんが集まってくださったんです」

「え……」

「ゴンママ、お帰りっ！」

美鈴《みれい》が、いちばん奥の席で手を振りながら言った。

「早くこっちに来て座ってよ。俺もう、喉が渇いちゃったよ。ほら、ママの席はシュン君があっためておいてくれたからさ。はい、シュン君、そこをどいた、どいた！」

センセーのマシンガントークに、シュン君が「え、俺がどくんすか？」と言いながら、となりの席に尻をずらした。

「なんだよ、案外、たいしたことなさそうだな」

「まあ、あの屈強な身体ですからね、ダンプに轢《ひ》かれても壊れませんよ」

「だよな」

シャチョーとケラさんがにこにこ笑って言う。

「あの人の場合はね、常人ではあり得ない、驚異的な回復なのよ」

白髪キノコ先生まで来ているではないか。

みんな――。

「あら、やーねぇ、あたしったら、やっぱり人気者じゃない」

ややもすると決壊しそうな涙腺から熱を散らそうとして、権田はジョークを口にした。そして、「シュン君の青いお尻のぬくもり席、いただくわ」と言いながら席に座る。

「青くねえっつーの」

シュン君の不満顔に、みんなが噴き出す。

「じゃあ、主役もそろったので、みなさんに飲み物を配りますね」

カオリちゃんがそう言って、いつも通り甲斐甲斐《かいがい》しく、みんなのドリンクを作ってくれた。

生ビールに、ソルティドッグに、ウーロン茶に、レモンハイに……そして、権田の前に置かれたグラスは、ラム・コークだった。

「あら、カオリちゃん、あたしは生ビールって――」

「その一杯は、みんなからのプレゼントです」

「え？」

権田が周囲を見渡すと、馴染みの面々がニヤニヤ笑っている。

「はい、カオリちゃん、ラム・コークのカクテル言葉を教えて」

美鈴が、権田のお株を奪うような台詞を口にした。

「はい。ラム・コークの意味はですね――」

そこでカオリちゃんは言葉を切って権田を見ると、にっこりと目を細めてみせた。よく見ると、カウンターのなかのカオリちゃんの手にも、権田と同じラム・コークのグラスがあった。

「いいわ、カオリちゃん、あたしが言うわよ。ラム・コークの意味はね――」権田は、気の置けない連中の顔をぐるりと見渡した。みんな、屈託のない笑顔を自分に向けてくれていた。胸の真ん中あたりが気恥ずかしいくらいぬくぬくしてくるのを味わいながら、ゆっくりとグラスを掲げて、言った。「もっと貪欲に行こう！　っていう意味なのよ。みんな、ありがとちゃんね。んもう、めっちゃ愛してるわよぉ。んじゃ、乾杯！」

「かんぱーい！」

カツカツと盛大にグラスをぶつけ合った。

それから先は、いつものようにひたすら明るくて阿呆《あほ》丸出しの「筋曜日の会」だった。

ラム・コークは、別名キューバリブレともいう。そして、同じ酒でも、この別名になると、少し意味合いが変わってくるのだ。つまり、キューバがスペインからの独立を勝ち取り、それを祝った酒、という歴史から、「自由」や「革命」を意味するカクテルになる。

自由、革命、そして、もっと貪欲に行こう——。

カオリちゃんからのメッセージがすべて分かるのは、きっとあたしだけだもんね。

権田がカウンターのなかにグラスを掲げて見せたら、カオリちゃんも同じ酒を掲げて、にっこりキュートに笑ってくれた。

「あ、そうそう、忘れないうちに快気祝いを渡さないと」

ケラさんがそう言って立ち上がった。騒いでいたみんなが、一斉にケラさんと権田に注目した。

「はい、これ。みんなからのプレゼントですよ」

乙女チックなピンク色の化粧箱を権田は受け取った。

「あら〜、嬉しいわ。開けてもいいかしら？」

「もちろん」

シャチョーが頷く。

権田は、丁寧に包装紙を剝がして、箱の中身を取り出した。

「わっ、これ、ちょうど買い替えようと思ってたのよぉ」

権田の手には、トレーニング用のベルトがあった。腰を痛めないように、というみんなからの気遣いだろう。

「ちょっと、着けてみて」

筋肉フェチの美鈴が言う。権田はニヤリと笑って着ていたシャツを脱ぎ捨てると、腰のコルセットも外し、代わりに新品のベルトをきつく巻いた。そして、「どりゃ！」と、決めポーズのサイドチェストを披露した。

「うおおおおっ！」

「すげえ迫力！」

みんな、やんやの喝采だ。

続けざまにポージングを決めながら、権田はふと自分の姿が店の奥の壁の鏡に映っていることに気づいた。

鏡のなかには、幸せそうな道化師がいた。

みんなに喜ばれて、喜んでいる、巨大なオカマ。

あれが、あたしなのね……。

なんだか、少し新鮮な気分になって、権田はさらにポーズを決めまくった。仲間たちが手を叩いて笑う。

案外、悪くないじゃない——。

一ミリの嘘《うそ》もなく、そう思った。

みんなの笑顔に囲まれている、いま、この瞬間が、じつに馬鹿馬鹿しくて、間抜けで、くだらなくて、そして……。

そして、権田は「シェー！」と昔の漫画のキャラのポーズをとって、爆笑を誘った。

ぎりぎりセーフ。

なんとか、しずくをこぼさずにすんだ。

◇　◇　◇

「今夜は、すごく盛り上がりましたね」

静かになった店内で、テーブルの上の後片付けをしながらカオリちゃんが言った。

「そうね、ほんと、お馬鹿な連中よね」

カウンターのスツールに腰掛けた権田は、みんなの騒ぎっぷりを思い出して、小さく噴き出した。笑うと、まだ少し腰が痛む。

「みなさん、本当にママのことが大好きなんですね」

「あたしだって、大好きよ。もう、食べちゃいたいくらい」

「ふふふ」カオリちゃんはキュートに笑って、続けた。「これからは、貪欲に行きましょうね、ママ」

「うん。カオリちゃんもね」

「はい」

権田はカオリちゃんに向かって、巨大な右の手のひらを掲げた。

その手に、カオリちゃんの小さな左手が合わさった。

ハイタッチは、パチンと乾いたいい音がした。

「カオリちゃん、今夜は、ありがと」

まっすぐにお礼を言ったら、美少女バーテンダーは、これまで無数のお客さんたちを虜《とりこ》にしてきた、はにかんだような笑みを浮かべた。

後片付けをすべて終えて、カオリちゃんと一緒に店を出た。

急な階段を上り、外に出ると、世界はもう淡い紫色の空に覆われていた。まもなく、夜が明ける。

「チロちゃーん、ご飯だよ」

宴《うたげ》の残り物を手にしたカオリちゃんが「番猫」に呼びかけた。

「あら、来ないわね」

「ですね。雨も降ってないのに……。チロちゃーん」

路地の隙間やビルの裏手などに向かって、カオリちゃんは何度か声をあげてみたのだが、結局、黒猫は姿を現さなかった。

もしかして、あの子、野良だから、無理矢理あたしの家に拉致《らち》されたのがトラウマになって、どこかに行っちゃったのかしら……。

権田はふとそう思ったけれど、言葉にはしなかった。

「チロちゃん、どこに行っちゃったんだろう……」

カオリちゃんの眉毛が、ハの字になった。

駅前ロータリーの方から、少し土の匂いのする冬めいた風が吹いてきた。街路樹の落ち葉がかさかさと音を立てて、二人の足元を転がりながらすり抜けていく。風は、カオリちゃんの黒いツインテールをどこか淋しげに揺らした。

「大丈夫。チロちゃんは元々自由な猫でしょ。気が向いたら帰ってくるわよ。あたしたちも帰りましょ」

そう言って、権田はカオリちゃんの細い背中をそっと押しやった。

それからいつものように並んで駅前のロータリーまで歩き、小さく手を振り合って別れた。

権田は、淡い朝日に向かって歩き出した。まだ少し腰は痛むけれど、できるだけ胸を張って、悠々とした歩幅で。

◇　◇　◇

帰宅して、上着を脱ごうとしたとき、権田は部屋の掃き出し窓の方に振り向いた。

ん――？

カーテンの隙間で、何かが動いた気がしたのだ。

何かしら……。

そっとカーテンを開けると、権田は思わず「あっ」と声をあげた。新鮮な朝日が降り注ぐベランダに、チロが座っていたのだ。

「みゃあ」

ガラスの向こうから、権田に呼びかけている。

「あらぁ、一階の部屋でよかったわぁ……」

ひとりごとを口にしながら、掃き出し窓を開けてやった。

すると、チロはもはや「当然」という顔で部屋に入ってきた。そして、キッチンの前でもう一度「みゃあ」と鳴いた。「餌をくれ」と言っているのだ。

「はいはい。あんた、カオリちゃんが心配してたわよ。あとで無事だったってメールしてあげないとね」

権田は冷蔵庫のなかから、ハムとミルクを取り出して、それぞれ皿に入れてやった。チロは喉が渇いていたのか、ピチャ、ピチャと音を立てながらミルクを飲みはじめた。

ピチャ、ピチャ、ピチャ、ピチャ、ピチャ……。

小さなその音が、部屋の隅々にまで広がっていく。

しばらくの間、その音を聞いていた権田だったが、ふいに何かを思い出したようにリビングのサイドボードに向かって歩き出した。

そして、「さてと——」と、つぶやいて、サイドボードの上で死んでいた壁掛け時計を手にすると、抜き取っていた電池を再びセットした。
チ、チ、チ……。
秒針が、息を吹き返した。

権田は時計を右手に持って背伸びをすると、ひょいと元々あった壁に掛けた。

チ、チ、チ、チ、チ……。

生き返った時計を、じっと見上げる。

権田は、自分の頬が少し緩んでいることに気づいていた。

「チロちゃん、今日からあたし、貪欲に行くのよ」

食事中の猫のお尻に向かって宣言すると、三食昼寝付きの同居を許された相方は、律儀に権田を振り向いて返事をした。

「みゃあ」

解説

池上冬樹

いい小説だ。二年ぶりに読み返して、あらためてそう思った。

節々でほろりとさせられるし、とくに歯科医を主人公にした第四章は中盤から涙がとまらなかった。悲しくて、とても切ない。でも、温かな涙なのである。これはほかの章（本書はオムニバス形式で毎回主人公が異なる）にもいえることで、変な言い方になるが、実に気持ちよく泣けるのである。泣かせようとして泣かせるのではない。結果的に読者の目頭を熱くさせる。その節度がいい。抑えたたかぶり、静かにひびいてくる人物の思いの強さに、胸を揺さぶられるのである。

森沢明夫といえば、映画『ふしぎな岬の物語』（二〇一四年。東映。監督 成島出）の原作者として、一躍有名になったのではないだろうか。実在した喫茶店での人間模様を繊細に描いた『虹の岬の喫茶店』の映画化であり、原作にほれこんだ吉永小百合がみずから製作の音頭をとり、主演も果たした秀作である（共演は阿部寛、竹内結子ほか）。

映画ついでにいうなら、森沢明夫は、『ふしぎな岬の物語』の二年前に公開され、結果的に高倉健の最後の主演映画となった『あなたへ』（二〇一二年。東宝。監督 降旗康男）の小説版の作家として認知されているかもしれない。亡くなった妻の絵手紙をもとに、妻の真意をさぐるために旅にでる男の思いを力強く描いた感動作である。

でも、個人的なことをいうなら、僕にとっての森沢明夫は、本書『大事なことほど小声でささやく』につきる。二年前にゲラで読んだとき、本当に驚いた。まことに巧みに人物の心情を掬《すく》いあげ、笑わせ、同時に泣かせるからだ。人物たちも個性的に描かれてあるし、陰影も、感受性も豊か。僕は、『大事なことほど小声でささやく』を読む前に、『虹の岬の喫茶店』も、仕事に恋に友情に突っ走るアラサー女子の爽快物語『東京タワーが消えるまで』も読んでいて、実に心地よい作品で気にいってはいたけれど、心を揺さぶられるほどではなかった。まったくノーマークというわけではないけれど、森沢明夫の〝新作〟を読んでびっくりしたのだ。当時の書評にも書いたことだが、「ここに人情小説の名手がいる！」と思ったのだ。

いうまでもないことだが、いい人たちばかりをだして、いい話を描くというのは、とても難しい。どうしたって甘くなる。リアリティが感じられなくなる。喜びや幸せは、悲しみや不幸を対比してこそ光るものだし、悲しみや不幸を色濃く描くことではじめてありがたみがわかる。たとえ悲しみや不幸を描いたとしても、悪意や憎しみなどを抜きにしては人の心を射貫く力が足りない。きわめて洗練された薫り高き香水は、ものすごく臭い成分を配合しないと生まれないといわれるが、それと同じで、醜く汚いものを視野にいれてこそのいい話なのである。

別に醜く汚いものを描く必要はないけれど、それを視野にいれずに人間の善性ばかりで埋められても困るのである。ましてやいまのエンターテインメント、とりわけミステリでは、イヤな人間のイヤな行動を描くイヤなイヤミスが全盛である。それはそれで面白く読むし、傑作も多数生まれているが、やや視野狭窄《きょうさく》に陥るきらいは否定できない。

いや、イヤミスが全盛のときには逆に、森沢明夫の作品などはとてもいいかもしれない。善意の人たちの善意の物語を読みたくなるからだが、森沢明夫は、十二分に現実の辛さを直視しつつも、人生は生きるに値することを静かに肯定してくれるからだ。それは本書を読めばわかる。

前置きが長くなってしまった。本書『大事なことほど小声でささやく』を紹介しよう。一言でいうなら、スポーツジムを中心にした人間模様である。主な登場人物は六人で、それぞれの視点から各自の人生が語られていく。

まず、第一章の主人公は、四十五歳のサラリーマンの本田宗一。出世が遅れている課長補佐。その日もコンドームのパッケージのプレゼンの仕事でしくじり、傷心のまま帰宅。唯一の息抜きの場が家庭だったが、十六歳の一人娘に冷たく扱われる。贅肉のついた体と精神に活をいれるために、ジム通いをはじめ、スナックを経営する巨漢でオカマのゴンママたちと知り合う（「第一章　本田宗一の追伸」）。

同じくジムに通う井上美鈴は二十五歳、男性名義で少年漫画雑誌に連載をもつ漫画家だが、その素性はジム仲間ではゴンママしか知らない。十八歳のときに家を出て、ずっと働きづめで、故郷にいる難病の父親と看病する母親のことを気にかけている。そんなとき事件が起きて、連載を休止するかどうかの瀬戸際にたつ（「第二章　井上美鈴の解放」）。

十六歳の高校生国見俊介は童貞で、紙ヒコーキを作るのが趣味。ジムでばったりと小学生時代に心を寄せていた少女と再会するものの、告白する勇気がでない。やがてそんな俊介に、悲しい知らせが届く（「第三章　国見俊介の両翼」）。

歯科医の四海良一はジムでは明るくふるまっていたが、三年前に五歳の娘を病気で亡くし、夫婦関係は冷えきっていた。そんなとき四海は、娘が残したあるメッセージを見つける（「第四章　四海良一の蜻蛉」）。

六十九歳の末次庄三郎は従業員四名の広告会社の社長。ようやく老人ホームのパンフレットの仕事を獲ってきて、ゆとり世代の二十代の社員に任せたもののクライアントからクレームが届く（「第五章　末次庄三郎の謝罪」）。

スナックを経営するオカマの〝ゴンママ〟こと権田鉄雄（身長二メートルの巨漢）は陽気で明るく、下ネタの冗談をとばして、ジムも店も盛り上げていたが、部屋に帰れば孤独感に支配され過呼吸気味になることもあった。そんなゴンママがある日、怪我をして入院する羽目におちいる（「第六章　権田鉄雄の阿吽」）。

サラリーマン、漫画家、高校生、歯科医、会社社長、スナック経営者の視点が見事に描かれている。サラリーマンの本田は家族の絆の確認、漫画家の井上は故郷と両親への思い、高校生の国見は小学生時代に心を寄せた少女との再会、歯科医の四海は夫婦関係の再生、社長の末次は若い従業員の教育と発見、そして権田は孤独と愛を語るのである。

　興味深いのは、トレーニングマガジンに連載されていたこともあり、肉体的な鍛練が細かく書かれてあることだが（余談になるが、ノンフィクション『渚の旅人』の作者紹介を見ると、現在ベンチプレス120㎏を持ち上げられるとあるから実体験なのだろう）、それと同じくらいの比重を置いて語られているのがカクテルである。章によって主人公は異なるけれど、毎回ゴンママが重要な脇役として登場し、ゴンママが経営するスナックに場所を移して、大切な会話が交わされ、バーテンダーのカオリちゃん（さりげないこのキャラクターもいい）が人物たちの苦悩にリンクするカクテルを作るのである。小難しい凝ったカクテルではなく、わりと有名なラムコーク、ギムレット、ソルティドッグ、オールドファッションドなどを作り、花言葉ならぬカクテル言葉で、生き方のヒントを与えるのである。これがちょっとした箴言《しんげん》めいて、なかなかいい味を出している。

　だが、この小説でいちばん効果を発揮しているのは、やはりゴンママの存在だろう。肉体の鍛練に関しては誰よりも詳しいリーダー的存在だ。下ネタをいい、毒を吐きながらもみんなから慕われているし、スナックも繁盛している。だが、一人になれば孤独感にさいなまれて、過呼吸になるという設定だ。この猥雑で生き生きとしたキャラクターの明るさと暗さが、それぞれの人物が抱える悲しみと苦しみをしっかりと掬いあげることになる。だからこそ善性の人々による人生肯定が力強く響き、読む者の心を激しく揺さぶり、しばしば目頭を熱くさせるのである（繰り返しになるが、とりわけ子どもを失った夫婦の再生を捉えた「第四章　四海良一の蜻蛉」は感涙の極みだ。読みながら嗚咽《おえつ》する人も少なからずいるのではないか）。

目頭を熱くさせるのは、人々の思いをリリカルに掬いあげていることもあるが、一つ一つの文章や台詞が的確で力強いことも大きい。カクテル言葉ばかりではなく、至るところで、人物たちは、人生の真実をつくようなことをいう。箴言などといった大げさな言葉ではなく、ごくごく自然に口にされる台詞がいいのだ。「人生に大切なのはね、自分に何が起こったかじゃなくて、起こったことにたいして自分が何をするか、なのよ」とか、「人はね、人に喜ばれるために生まれてくるんだよ」とか、とりだしてみれば何のことはない台詞なのに、小説のなかで、ある特定の情況の、特定の人物が口にするとめざましい効果を発揮する。作者がしかとテーマを把握しているからだろう。

冒頭に書いたように、本書『大事なことほど小声でささやく』は、いい小説だ。気持ちよく読めて、実に気持ちよく泣くことのできる小説である。花も実もある、まことにハートウォーミングな小説であり、ぜひ一読をお薦めしたいと思う。

——文芸評論家

この作品は二〇一三年五月小社より刊行されたものです。

幻冬舎文庫

●好評既刊
癒し屋キリコの約束
森沢明夫

純喫茶「昭和堂」の美人ぐうたら店主・霧子の裏稼業「癒し屋」。彼女が人助けをする理由とは？　霧子宛てに届いた殺人予告が彼女の哀しい過去を暴き出す。自分に向き合う勇気がわく感動エンタメ。

●好評既刊
虹の岬の喫茶店
森沢明夫

小さな岬の先端にある喫茶店。美味しいコーヒーとともにお客さんに合った音楽を選曲してくれるおばあさんがいた。心に傷を抱えた人々は、その店との出逢いによって生まれ変わる。

●好評既刊
あなたへ
森沢明夫

刑務所の作業技官の倉島は、亡くなった妻から手紙を受け取る。妻の故郷にもう一通手紙があることを知った倉島は、妻の想いを探る旅に出る。夫婦の深い愛情と絆を綴った、心温まる感涙小説。

●好評既刊
渚の旅人
かもめの熱い吐息
森沢明夫

２０１１年３月11日の東日本大震災前に著者が旅した東北。そこで出会ったのは住民達の優しさだった。震災後の今こそ伝えたい、そして取り戻さなければならない東日本の魅力を綴った旅エッセイ。

●最新刊
歓喜の仔
天童荒太

誠、正二、香は、東京の古いアパートで身を寄せあって暮らしている兄妹。多額の借金を返し、生き延びるため、ある犯罪に手を染める。愛も夢も奪われた仔らが運命を切り拓く究極の希望の物語。

大事《だいじ》なことほど小声《こごえ》でささやく

森沢明夫《もりさわあきお》

平成27年8月5日　初版発行
令和7年6月30日　16版発行

発行人——石原正康
編集人——宮城晶子
発行所——株式会社幻冬舎
〒151-0051東京都渋谷区千駄ヶ谷4-9-7
電話　03(5411)6222(営業)
　　　03(5411)6211(編集)
公式HP　https://www.gentosha.co.jp/
印刷・製本—中央精版印刷株式会社
装丁者——高橋雅之

幻冬舎文庫

ISBN978-4-344-42380-0　C0193　も-14-5